가족의 집

≪KICHIKU NO IE≫

© Akiko MIKI 2014

All rights reserved.
Original Japanese edition published by KODANSHA LTD.
Korean translation rights arranged with KODANSHA LTD.
through JM Contents Agency Co.

이 책은 JMCA를 통해 일본의 KODANSHA LTD. 와 독점 계약하여 한국어판 출판권이
블루홀식스에 있습니다.

집

귀축

鬼畜の家

미키 아키코

장편소설

문지원 옮김

블랙홀6

차례

제3장

제4장

제1장

기지마병원 원장
기지마 아쓰시의 이야기

기타가와 히데히코 일 말인가……. 사카키바라 씨라고 하셨나? 탐정이시라고……. 명함에는 이메일 주소와 휴대폰 번호만 적혀 있군. 사립 탐정은 영화나 소설에나 나오는 존재인 줄 알았는데 일본에도 정말로 있군.

그런데 도대체 누구의 의뢰를 받았소? 그래, 영업상 기밀. 하긴, 그럴 만도 하겠군. 그 친구의 아내와는 이미 오래전부터 만나지 않았는데 지금은 어떻게 지내려나. 장남 슈이치로는 대학을 졸업할 때 되지 않았나? 어디 의대라도 다니고 있다면 좋을 텐데……. 아무튼 나는 그 가족과는 오랫동안 연락하지 않았으니.

그런데 사카키바라 씨, 소개장도 없이 불쑥 찾아 와 이야기를 듣겠다고 하는데 단순한 호기심 때문은 아닐 테고. 이제 와 새삼 그런 옛날이야기를 들추다니 속셈이 뭐요?

사실을 있는 그대로만 말해주면 공개하지 않겠다고 약속했지만 처음 보는 데다 보증인도 없고 신상도 모르는 사람의 말을 "아, 그렇군요" 하고 덥석 믿을 수 없지 않겠소. 게다가 협조하지 않으면 지금까지 조사한 내용을 공개하겠다, 그래도 괜찮겠냐니 이건 협박 아닌가. 내 말이 틀렸소?

하지만 뭐, 알겠소. 목적이 무엇인지는 모르겠지만 일단 공갈 협박은 아니라고 믿지. 이미 제법 조사한 모양이니. 거절해도 소용없겠지.

사카키바라 씨, 혹시 경찰 관계자인가? 뭐라고! 전직 경찰관? 내 예상이 맞았군. 나도 오랫동안 밥벌이하면서 사람들을 허투루 상대하지 않았거든. 경험이 많은 내과의는 환자를 문진하거나 촉진하면서 그 사람이 어떤 사람인지 대략 알 수 있소.

내 미리 말해두지. 기타가와의 일은 사심을 채우려고 한 일이 아니야. 내 뜻은 아니었지만 그 친구 아내의 부탁을 받고 남겨진 그 가족들을 위해 도왔지. 옳은 행동은 아닐지라도 양심에 부끄러운 일은 아니라고 생각하오. 하긴, 설령 허위 진단서 작성죄에 해당한다고 해도 벌써 십삼 년도 더 전의 일이니까. 이미 시효가 지났을 거야.

사카키바라 씨는 이미 알고 있겠지만 우선 기타가와와 알게 되었을 무렵부터 순서대로 이야기하겠소. 나와 그의 관계를 모르면 내가 왜 법을 어기면서까지 그 친구 아내의 부탁을 들어줬는지 이해할 수 없을 테니까.

기타가와는 교준대학 의학부 시절부터 함께했소. 우리 둘 다 도쿄 출신이고 학년도 같은 데다 공교롭게도 부모님 모두 신주쿠구 의사회 소속 개업의로 오래전부터 알고 지낸 사이였거든. 물론 그 친구는 어려서부터 수재였고, 나는 내 입으로 말하기 그렇지만 온실 속의 화초로 자란 열등생이어서 재학 중에는 딱히 친하지 않았소. 하지만 우리 모두 부모의 뒤를 이으면서 비슷한 처지의 사람끼리 편하게 고충을 나눌 수 있는 사이가 됐고 함께 골프를 치거나 술을 마시러 다니는 사이로 발전했지. 좋은 친구였어.

둘 다 부모의 뒤를 이었다고는 해도 우리 병원은 일단 의료법인 병원이었고 그 친구 집은 아버지 혼자 직접 운영하는 동네 개인 병원이었지. 그래서 그 친구도 처음에는 기타가와의원을 물려받을지 대학에 남을지 고민했소. 성적이 우수했으니 그대로 대학에 남았다면 나름대로 출세하지 않았을까.

지금은 당연히 더 이상 동네 병원의 시대가 아니라고 생각하지만 당시는 아직 지역 수요가 있을 때였고 아버지가 연세가 많으셨던 점도 한몫했지. 결국 개업의의 길을 선택했소. 결과적으로는 잘못된 선택이었을지도 몰라.

기타가와의원의 경영상태가 어려운 듯하다는 소문이 퍼

진 시점이 아버지가 돌아가시고 몇 년 지났을 무렵이었나. 제약회사 결제를 연체하기도 하고 위험한 곳에서 대출받았다는 이야기도 들었소.

그래서 나도 넌지시 사정을 떠본 적이 있는데 그 친구는 내게 라이벌 의식이 있었던 듯하오. 허세를 부렸다고 할까, 돈 문제는 내게 전혀 털어놓지 않았지. 나도 들어 봤자 도와줄 수 없으니 굳이 캐묻지 않았소.

기타가와의원의 경영이 악화한 이유? 글쎄, 시대의 흐름 문제만은 아닐 거요. 그야 대형병원에 환자를 빼앗긴 탓도 있겠지만. 가장 큰 원인은 기타가와 본인에게 있지 않았을까. 그 친구는 우수한 내과의여서 진료를 잘했지만 옛날부터 참으로 모험을 좋아하는 성격이었거든. 평생 일개 개업의로 살다 죽을 생각은 추호도 없었던 것 같소. 옛날부터 주식이나 투자에 상당히 관심이 많았고 실제로 돈도 꽤 쏟아붓지 않았나 싶어. 마지막에는 뭔가 사업을 계획하던 것 같았는데.

나도 남의 말할 처지는 아니지만 의사라는 족속은 의외로 세상 물정을 모르거든. 평소에 주위에서 선생님, 선생님 떠받드니까 본업 말고도 무엇이든 잘할 수 있다는 착각에 빠지고 말지. 그래서 속기 쉽소. 내게도 이런저런 솔깃한 이야기를 들고 오는 패거리가 많아.

게다가 그런 소문이 돌면 다들 꿀에 꼬이는 개미떼처럼

몰려들지. 수상한 사람들이 끊임없이 접근해. 결국 그걸로 발목이 잡혔을 거요.

그래. 여자를 너무 좋아한 점도 원인일지 몰라. 그 친구의 아내는 이쿠에 씨라는 사람인데 원래 기타가와의원에서 근무하던 간호사였지. 의사와 간호사의 조합, 뭐 흔하다면 흔하겠지만.

그렇지만 정확히 말하면 이쿠에 씨는 간호조무사였소. 지금은 남녀 구분 없이 간호조무사라고 부르지만 간호사는 아니지. 업무 내용은 비슷하지만 간호조무사 자격증은 간호사 면허증보다 따기 쉽소. 당연히 그만큼 처우가 떨어지지.

나는 간호사 출신이라고 이러쿵저러쿵할 생각은 없지만 기타가와의 부모님, 특히 어머니가 두 사람의 결혼을 크게 반대했고 그 친구도 처음에는 그저 가벼운 마음으로 만났을 뿐 이쿠에 씨와 결혼할 생각은 전혀 없었던 것 같소. 솔직히 내가 보기에도 이쿠에 씨는 기타가와에게 어울리지 않는 여자였지. 어머니를 일찍 여의고 아버지 손에 자랐는데 그래서 그런지 어딘지 모르게 사람이 어두웠거든. 속으로 무슨 생각을 하는지 잘 모르겠더라고.

사실 그 친구는 조금 더 성숙하고 대범한, 좋은 집안 아가씨 같은 여자와 잘 맞지 않았을까. 하지만 이쿠에 씨가 슈이치로를 임신하는 바람에 결국 꼼짝없이 혼인 신고하고 부부가 됐소.

슈이치로를 낳은 뒤에 딸을 두 명 더 낳았지만 그 친구의 바람기는 조금도 잠잠해지지 않았어. 아버지와 어머니가 연달아 돌아가시고 나서는 말릴 사람도 없으니 잠잠해지기는 커녕 오히려 대놓고 외박했소. 한때는 가부키초에서 일하는 필리핀 여자에게 푹 빠졌지. 기타가와가 나를 그 필리핀 술집에 데리고 간 적이 있는데 거의 매일 밤 드나들다시피 한 것 같더군……. 그러고는 다음 날 이른 아침부터 진료해야 하니 당연히 몸에 무리가 가지. 젊어서는 몰라도 마흔 넘어서까지 그런 생활을 계속했다면 어차피 오래 살지 못했을지도 모르오.

그래, 의사는 스트레스가 심한 직업이오. 정신적으로, 육체적으로 고된 데다 직장도 폐쇄적이니까. 특히 개업의는 밤에 놀러 나가지 않는 한 숨통을 틔울 시간이 없소. 이쿠에 씨도 그 점을 알기에 그의 외도를 묵인했겠지만 잘도 참았다고 해야 하나.

그래도 밖으로 나돌 때는 그나마 양호했소. 하지만 직원이나 환자에게까지 손을 댔으니 말 다 했지. 뭐, 애초에 그렇게 엮여 결혼까지 했으니 새삼 불평할 처지가 아니었을지 모르지만 말이오.

당연히 부부 사이가 원만할 리 없지. 보다 못한 나도 타이른 적이 있지만 다른 사람의 충고 따위 듣지도 않았소. 이쿠에 씨도 어엿한 원장 부인이니 좀 더 대범하고 침착하게 대처했으면 어땠을까 싶지만. 거듭되는 남편의 바람 때문에 신경이 쇠약해졌겠지. 우리 집사람처럼 금방 히스테리를 부려도 곤란하지만 아내가 그렇게 늘 표정 없는 얼굴로 있으면 남자도 못 견디지 않겠어?

실은 우리 집사람도 이쿠에 씨를 싫어했소. 의사회 때문에 부부 동반으로 만날 기회가 많았는데 함께 밥을 먹거나 공연을 봐도 맛있는지 재밌는지 통 말이 없으니. 너무 우울한 사람이라 불편해서 견딜 수 없다더군……. 우리 집사람이 늘 '수다스러운' 것도 사실이지만.

그래도 적어도 자식에게만은 그 친구 나름대로 애정이 있었다고 생각하오. 그중에서도 큰딸 아야나를 유난히 예뻐했지. 똑똑한 아이였으니 말이오. 세 아이 중 아야나가 가장 머리가 좋다고 자랑했을 정도라오.

그만큼 이쿠에 씨는 아들 슈이치로를 맹목적으로 사랑했소. 원래 남편에게 향했어야 할 애정을 슈이치로에게 전부 쏟아부었지. 그래, 있을 법한 이야기야.

슈이치로를 후계자로 키운다는 말은 없었는데 남자아이치고는 조금 나약한 느낌이었지. 패기가 별로 없는 아이였소. 무슨 일을 하든 반드시 어머니가 결정했고 무엇이든 어머니가 해 줬지. 그러다가 어머니의 그늘에 짓눌리는 것 아닐까 내심 걱정했소.

막내 유키나? 어땠더라……. 외모는 아야나와 비슷했는

데 성격은 조금 더 얌전했던가. 그런데 아버지가 세상을 떠났을 때 그 아이는 아직 어렸으니까.

기타가와가 자살한 진정한 이유는 물론 본인만 알겠지만 아마 자금 조달이 막혀서 이러지도 저러지도 못하게 되었기 때문 아닐까.

자택 겸 병원과 그 부지가 경매로 넘어간다는 이야기가 나온 직후였으니까. 은행에서 대출받은 돈 외에도 사채를 끌어다 쓴 금액까지 빚이 총 몇억 엔이나 됐다고 들었소. 살던 집에 개업한 데다 의사 한 명에 간호사 한 명이었으니 아무리 사정이 안 좋았어도 병원만 성실히 운영했다면 빚이 그렇게까지 늘어날 리 없지. 역시 섣불리 사업에 손을 댄 것이 치명적이었을 거요.

그날은 밤 10시가 지나서 슬슬 잘 준비를 하는데 이쿠에 씨가 전화를 걸어왔지. 남편 상태가 이상하다며 지금 바로 와 줄 수 있냐고 부탁했소.

상태가 구체적으로 어떠하냐고 물어도 일단 와 달라는 소리만 했지. 어쩔 수 없이 택시를 타고 기타가와의원으로 달려갔소. 여기서 차로 이십 분이면 가니까. 그때만 해도 설마 죽었으리라고는 생각 안 했지. 그랬다면 구급차를 불렀을 테니까. 그런데 이쿠에 씨에게 다른 꿍꿍이가 있었더군.

기타가와는 병원 안 진료실 책상 앞에서 의자에 앉은 채로 흘러내리듯 숨겨 있었소. 마침 5월 연휴가 끝난 뒤였는데 그 시기치고는 쌀쌀한 날이었지. 기타가와는 폴로 셔츠와 바지에 카디건을 입은 평상복 차림이었고 책상 위에는 주사기가 나뒹굴고 있었소. 소견으로는 사망한 지 두세 시간 지난 참이었어. 이미 완전히 목숨이 끊어진 상태였소.

그 친구는 정맥에 스스로 염화칼륨을 주사해 자살했소. 현장에 염화칼륨 원액이 남아 있었지. 염화칼륨은 일종의 소금인데 원래는 혈중 칼륨 농도가 낮은 환자에게 투여하는 약물이오. 희석해서 링거로 맞히지. 희석하지 않고 그대로 투여하면 즉사할 위험도 있소. 체내 염화칼륨이 극단적으로 증가하면 급성 심부전을 일으키니까.

당신도 알겠지만 의료사고나 안락사 사건에서 가끔 화제가 되지 않소. 뭐라고? 모른다고? '도카이대학 안락사 사건' 재판 때문에 언론에서도 꽤 크게 다뤘잖소. 그래. 의사가 환자를 편하게 해 달라는 가족의 부탁을 받고 말기 암 환자에게 염화칼륨을 주사해 사망에 이르게 한 행위를 안락사로 인정할 수 있을지 문제 된 사건 말이오.

미국 같은 곳에서는 사형을 집행할 때 염화칼륨을 사용한다고 하더군. 뭐, 자살하기에 좋은 방법인지는 의문이지만. 그 친구 나름대로 생각해서 목을 매달거나 투신하지 않고 그 방법을 선택한 것 아닌가 싶소.

아니, 유서는 없었소. 현장에만 없던 것은 아니오. 결국 집 금고와 책상 서랍에서도 찾지 못했지. 그런데 왜 자살이라고 단언하냐고? 실은 나중에 이야기할 텐데, 유서는 없었지만 이쿠에 씨 말로는 사전에 자살을 암시하는 언행을 보였다더군.

하지만 그 점을 차치하더라도 사고사라고 전혀 의심하지 않았어. 병원에서 간호사가 착각해서 염화칼슘과 염화칼륨을 잘못 투여하거나 깜빡하고 원액을 희석하지 않는 경우는 있소. 그건 사실이오. 하지만 초보 의료 관계자나 저지를 실수지. 그 친구는 베테랑 의사니 어쩌다가 실수했을 리 없소.

애초에 나는 당시 의학적으로 기타가와의 건강이 칼륨을 투여해야 할 상태는 아니었다고 생각했소. 이쿠에 씨도 그렇게 말했고 그 친구와 오랫동안 알고 지내면서 한 번도 그런 화제가 나온 적 없으니까. 만약 투여해야 했어도 굳이 간호사가 퇴근한 후 직접 염화칼륨을 주사한다니 억지스럽기도 하고…….

더욱이 당시 그 친구가 처한 상황을 생각하면 자살 동기가 분명했소. 계속 그 상태였으면 기타가와의원은 조만간 경매에 부쳐져 나중에는 도저히 갚을 수 없는 큰 빚이 남을 것이 뻔했으니까. 그 친구는 수재인 만큼 자존심이 유별났거든. 병원과 집이 남의 손에 넘어가는 것을 도저히 두 눈 뜨고 지켜볼 수 없었겠지.

아, 그건 아니오. 이참에 깨끗하게 개인파산을 신청하고 봉직의로 들어가면 된다는 말은 아무것도 모르는 녀석들이나 하는 말이오.

기타가와는 유일한 아들이었지만 누나가 한 명 있소. 그 누나가 회사원과 결혼했는데 이쿠에 씨 말로는 매형이 기타가와가 여러 대출을 받는 데 보증을 섰다더군. 재산이라고는 집 하나뿐인 평범한 회사원을 보증인으로 세워도 대출인이 의사라면 꽤 수월하게 심사가 통과되거든. 형식적으로 연대보증인만 있으면 보증인의 상환능력과 상관없이 돈을 빌려주는 금융기관이 많소.

매형 말고도 기타가와에게 수상한 사업을 제안한 당사자 중에서도 연대보증을 선 놈이 있다더군. 뭐, 그런 인간은 어떻게 보면 자업자득이니 재산을 잃든 말든 상관없지만. 기타가와는 당연히 책임을 느꼈겠지. 그랬다면 죽고 싶었을 만도 해. 보험금은 별개로 치더라도 말이오.

이쿠에 씨는 나를 진료실로 안내한 뒤 기타가와의 사망을 확인하기를 기다리고는 차분한 목소리로 말했소.

"기지마 원장님에게 긴히 드릴 부탁이 있어요."

이러니저러니 해도 간호사니까. 남편의 죽음을 알자마자 그 '부탁'을 하려고 나를 부른 것이 분명했소. 그러니 구급차를 부르지 않았겠지.

진료 시간은 이미 끝나서 간호사와 사무직원은 퇴근한 뒤였고 아이들은 집에 있는지 보이지 않았소. 아버지가 쓰러졌다는 사실도 모르지 않았을까.

"선생님은 당연히 아시겠지만 남편은 자살했어요. 그래서 생전 남편의 부탁에 따라 가장 먼저 원장님에게 연락했죠."

이게 무슨 날벼락인지. 마치 그 친구와 나 사이에 사전에 무슨 협의가 되어 있다는 듯한 말투에 나는 아연했소.

"이쿠에 씨, 지금 그게 무슨 소리입니까? 기타가와가 자살할 것을 알고 있었다는 말입니까? 어째서 말리지 않았습니까?"

나도 모르게 힐난조로 다그쳤지만 이쿠에 씨는 여전히 가면을 쓴 듯 무표정한 얼굴이었소.

"알고 있었다는 말은 아니에요."

조금도 당황하지 않았지.

"기지마 선생님도 들어서 아시겠지만 남편은 예전부터 병원 일 말고도 여기저기에 손을 댔어요. 특히 최근 몇 년 사이에는 사기꾼 같은 정체 모를 사람들과 어울려 새 사업을 시작했는데……. 본인이 대표가 되어 회사를 설립한다는 등 개업 준비를 한다는 등 여기저기 바쁘게 돌아다녔지만 모조리 실패해서 빚만 쌓이는 바람에 돈 나올 구석이 전혀 없는 상황이었죠. 그동안 빚이 말도 못 하게 불어나서 지금은 6억 엔이나 된다더군요."

그런 식으로 말했소. 자택 겸 병원의 토지 건물이 이미 경매에 부쳐져 기타가와의 경제적 붕괴는 시간문제였을 것이라고 끊임없이 설명했지.

거기까지는 나도 이미 아는 이야기였어. 그런데 기타가와가 최근에 생명보험에 가입했다는 사실은 그때 처음 알았지. 두 달쯤 전에 보험사 두 군데에 각각 5천만 엔씩 총 1억 엔이었다더군. 그런 암담한 상황에서도 어떻게든 처자식이 살아갈 수 있을 만한 돈을 남기고 싶었던 것 같소.

이쿠에 씨의 말을 들어 보니 예전에는 2억 엔짜리 생명보험에 가입한 적도 있었다던데 자금 사정이 어려워지면서 전부 해약했다더군. 그런데 궁지에 몰린 상황에서 신규 계약을 했다는 것은 역시 죽음을 결심했기 때문이겠지.

물론 생명보험에 가입한 뒤 곧바로 자살하면 보험금이 지급되지 않소. 면책 사유에 해당하니까. 당시에는 분명 일 년이내에 자살하면 안 됐을 거요. 지금은 더 엄격해져서 이 년이나 삼 년이 지나야 하는 것 같지만. 너도나도 보험금을 노리고 자살하면 안 되니까 당연한 규정이겠지.

그래서 이쿠에 씨의 '부탁'은 짐작한 바로 그것이오. 기타가와의 사인을 '자살'이 아닌 '병사'로 처리해 달라는 부탁이었지.

"남편은 만에 하나 자신에게 일이 생기면 그 1억 엔을 아이들 양육비로 쓰라고 했어요. 남편은 슈이치로를 의사로 키울 생각이었고 두 딸은 여자아이라서 결혼할 때까지 여러 가지로 돈이 드니까요. 아이들만 다 키워 놓으면 당신은 자격증이 있으니 간호사로 먹고살 만큼 벌 수는 있을 거라면서……. 그래서 제가 설마 죽을 생각은 아니지? 라고 물으니 아니라고 했어요. 하지만 만약 자신에게 무슨 일이 생기면 절대로 구급차나 의사를 부르면 안 된다고, 아이들에게도 아무에게도 알리지 말고 내 상태가 이상하다며 기지마를 불러 달라고 했죠. 그 친구가 시키는 대로 해. 다 알아서 처리해 줄 거야, 라면서……."

나 참, 기절초풍할 이야기였소.

정말로 기타가와에게 아무런 부탁도 받지 못했거든. 1억 엔짜리 생명보험에 가입했다는 소리도 듣지 못했고.

하지만 그 친구의 마음을 이해 못 할 것도 아니었어. 내게 미리 부탁한다고 해도 사인 조작은 위법 행위니까. 내가 순순히 알겠다고 대답하리란 보장이 없었지. 자살을 결심한 것을 알면서 가만히 손 놓고 있을 리도 없고……. 결국 일부터 저지르고 억지로 들이밀 수밖에 없었을 터요.

사망했을 때 기타가와는 아직 마흔한 살이었소. 나는 삼수해서 의대에 들어갔지만 그 친구는 단번에 합격했으니……. 정말, 죽기에는 너무 젊은 나이였지.

슈이치로는 그해 4월에 막 열 살이 되었고 아직 초등학교 4학년이었어. 아야나가 2학년이었고 유키나는 유치원생이었을 거요.

이런 토끼 같은 자식이 셋이나 있는데 경매로 집까지 빼앗길 테니까 하다못해 돈이라도 남겨야겠다고 생각했겠지. 제멋대로 사는 사람인 줄 알았는데 그 친구도 역시 자식을 둔 부모구나 실감했소.

그런데 조금 이해 가지 않는 부분도 있었어. 설령 기타가 와가 병사 처리돼서 순조롭게 사망보험금을 받는다고 해도 빚이 많지 않소. 결국 채권자에게 전부 빼앗기지 않을까 걱정했지. 유족이 채무 면제를 받으려면 상속을 포기해야 하는데 그러면 또 보험금을 못 받으니까 말이오. 그런데 그 점도 부부가 이미 해결책을 찾았더군. 이쿠에 씨가 설명하길 보험계약서의 보험금 수령인에 '피상속인'으로 적혀 있는지 '상속인'으로 적혀 있는지에 따라 결과가 완전히 달라진다더군.

수령인이 '피상속인'으로 적혀 있다면 보험금은 원래대로 사망자가 받아야 하니 즉 상속 재산인 셈이오. 그래서 상속인이 보험회사에서 보험금을 받으면 자동으로 상속을 승인한 것으로 인정된다고 하오. 당연히 상속을 포기할 수 없게 되지. 하지만 수령인이 '상속인'으로 지정되어 있으면 처음부터 보험금이 상속인인 아내의 몫이므로 애초에 상속 재산에 포함되지 않아. 따라서 상속인이 상속을 포기하면 보험금은 받아도 채무를 부담하지 않아도 된다고 하더군.

그렇게 더할 나위 없는 일이 있을 수 있나 싶지? 빚더미에 올라 죽은 뒤 보험금이 나왔는데 피해를 입은 채권자는 한 푼도 못 건지고 상속을 포기한 유족은 보험금으로 희희낙락 산다니, 아무리 생각해도 이상하지?

그런데 법이 그렇다는데 어쩌겠소. 우리 고문 변호사에게 확인한 내용이니 틀림없소. 그런데 나는 그 이야기를 듣고서 기타가와가 계획 자살을 했다고 확신했지. 그 친구는 이쿠에 씨가 내게 협조를 부탁하면 결국 승낙하리라는 것을 알았어.

어차피 보험금을 노린 자살이라면 왜 금액이 더 큰 생명보험에 가입하지 않았느냐고? 글쎄, 그건 나도 잘……

하지만 이건 내 생각인데, 욕심을 내서 보험회사 서너 군데와 계약해서 총액이 2억 엔, 3억 엔이나 되면 보험회사쪽에서도 사인을 의심할지 모르잖소. 그러면 곤란하다고 생각한 것 아닐까. 욕심내지 않고 1억 엔이라도 확실히 손에넣는 방법이 상책이라고 판단했겠지.

그래서 그날 밤 나는 우선 그 친구가 자살하기 전 상황을 이쿠에 씨에게 물었소. 자세한 상황을 모르면 '자살'을 '병사'로 만들 수 없으니.

그날 기타가와는 평소대로 아침부터 진료했다더군. 아까

도 말했듯 당시 기타가와의원 의사는 그 친구 한 명뿐이지만 간호사 한 명과 아르바이트 사무직원 한 명이 있었어. 예전에 그 친구가 젊은 간호사와 문제를 일으키는 바람에 이쿠에 씨의 강력한 의지로 쉰 넘은 아주머니 간호사를 채용했소. 사무직원은 야간에 전문학교를 다니는 남자였고.

오전 진료 시간은 9시부터 12시, 오후 진료 시간은 2시부터 6시였소. 진료가 끝나고 간호사와 사무직원이 퇴근한 뒤에도 계속 진료실에 남아 있었다더군.

세 아이와 이쿠에 씨는 매일 저녁 6시 30분에 저녁을 먹었는데 기타가와는 평소 가족과 함께 식사하지 않았다고 했소. 햄버그스테이크나 카레처럼 아이들 입맛에 맞는 음식이 마음에 들지 않은 탓도 있겠지만 진료가 끝난 뒤 홀로 외출해서 늦은 밤까지 돌아오지 않았다더군. 물론 술을 마시러 나갔을 테지만 꼭 놀러만 다닌 것은 아니고 신규 사업 관계자와 미팅도 했던 것 같소.

점심은 집에서 먹었는데 그때도 가족과는 따로 먹었소. 그 친구와 직원까지 세 명 분의 식사를 이쿠에 씨가 매일 집 응접실에 준비해줬다고 하더군. 어린아이도 셋이나 있었으니 상당히 힘들었을 거요.

그렇게 생활했기 때문에 자살한 날도 남편이 옷을 갈아입으러 집에 돌아왔다가 다시 병원에서 꼼짝하지 않았어도 이쿠에 씨는 크게 신경 쓰지 않았다고 했소. 어차피 조만간 외출하겠거니 생각했겠지.

그런데 기타가와는 밤 9시가 넘도록 병원에서 나오지 않았소. 집과 병원은 같은 부지 안에 있긴 하지만 각각 다른 건물이었고 짧은 복도로 연결되어 있었소. 내선 전화가 있었지만 남편이 언짢은 목소리로 대꾸하는 소리가 듣기 싫었던 이쿠에 씨는 직접 병원을 살펴보러 갔나 보오. 그러다가 진료실에서 쓰러진 남편을 발견했지.

이쿠에 씨도 나처럼 그 자리에서 기타가와가 염화칼륨을 주사해 자살했다고 판단한 듯했소. 이렇게 되리라고 어렴풋이 예상했겠지. 설마 남편이 자살을 계획했다는 사실을 알면서도 그 시간이 넘도록 방치했다고는 생각하지 않지만.

어쨌든 남편이 예전에 한 말을 기억한 이쿠에 씨는 경찰도 구급차도 부르지 않았소. 남편의 시신을 그대로 두고 일단 집으로 돌아가 아무 일도 없는 얼굴로 아이들을 방으로 몰아넣고 재웠지.

아이들 말인데 둘째와 셋째는 아직 어려서 어머니가 재우니 금세 잠들었을 거요. 하지만 슈이치는 4학년이었잖소. 방에 들어간 뒤에도 안 자고 깨어 있었을 수 있지 않소? 어머니가 아버지의 사인을 숨기려고 일을 꾸민 것까지 이해할지는 의문이지만 아버지가 사망하기 전후로 묘한 변화가 있었다는 사실은 충분히 인지할 수 있을 나이니까. 나는 그 점이 조금 염려됐소.

아이는 어른이 생각하는 것보다 더 감이 예리하거든. 슈이치로가 아버지의 죽음이 뭔가 석연치 않다고 느끼면 곤란하잖소.

내가 이런 말을 하는 이유는 사실 이쿠에 씨와 진료실에서 이야기를 나눌 때 복도 쪽에서 덜컹 소리가 난 것 같았기 때문이오. 순간 슈이치로가 아직 깨어 있어서 어머니를 찾아 병원까지 온 것 아닌가 싶었지. 그래서 이쿠에 씨에게 말했지만 슈이치로는 금방 잠드는 아이고 한번 잠들면 절대 깨지 않으니 괜찮다고 했지.

이쿠에 씨는 다음 날 아침이 되어서야 아이들에게 아버지가 밤중에 갑작스러운 병으로 돌아가셨다고 알아듣게 설명할 계획이라고 했소. 그것은 집안 문제니까 내가 참견할 일은 아니긴 하지.

결국 나는 사망 진단서에 '병사'라고 적는 데 동의했소. 그것이야말로 기타가와의 마지막 소원이었을 테고 이쿠에 씨가 간호조무사 자격증이 있다고는 해도 그 친구의 아내와 자식들이 집에서 쫓겨나 길거리에 나앉는 모습을 두고만 볼 수는 없었으니까 말이오.

문제는 어떤 식으로, 어떤 사인으로 꾸밀 것인가였소. 사망신고 자체는 걱정할 필요가 없었지. 관공서는 의사가 작성한 사망 진단서만 있으면 아무 말 안 하거든. '자살'이든

'사고사'든 '병사'든, 호적 내용과 일치하지 않는 내용이 있는 것도 아니니.

하지만 보험회사는 다르오. '자살'인가 '병사'인가, '병사'라면 '사인'은 무엇인가. 고지 의무 위반 때문에 사망 진단서에 적힌 내용을 중요하게 보지. 거기서 의심 가는 부분을 발견하면 철저히 조사해. 의혹이 풀릴 때까지는 보험금을 지급하지 않소.

나는 뇌동맥류 파열로 의한 지주막하출혈로 급사했다고 처리하는 것이 적합하다고 생각했소. 뇌동맥류가 있었는지는 일반 건강검진으로는 전혀 알 수 없으니까. 뇌 MRI와 혈액검사를 해도 놓치는 경우가 있을 정도거든. 그러니까 고지 의무 위반 책임을 물을 염려가 적었지.

보통은 뇌동맥류가 있어도 파열되기 직전까지는 증상이 전혀 없지만 한번 터지면 곧바로 의식을 잃고 그대로 사망에 이르는 경우도 많아. 그전까지만 해도 건강하고 쌩쌩하던 사람이 갑자기 죽어도 이상하지 않은 병이오.

하지만 그렇다고는 해도 검사도 하지 않고 지주막하출혈 진단을 내릴 수는 없지 않소. 게다가 조금 더 자세히 설명하면 내가 기타가와의원에 도착한 시점에 기타가와가 이미 사망한 상태였다고 하기에는 조금 곤란하지.

맞소. 쓰러진 남편이 아직 숨이 붙어 있는데 아내가 구급차를 부르지 않았다는 점도 확실히 문제이긴 하지. 그런데 그보다 더 중요한 사실은 의사가 진찰한 시점에 환자가 이미 사망한 상태거나 마지막 진찰 후 스물네 시간 이내에 진찰 중이던 병으로 사망한 경우가 아닌 이상 사망을 판정한 의사는 '사망 진단서'가 아니라 '시체검안서'를 작성해야 하오. 그리고 사인이 '외인사'면 의사법에 따라 반드시 경찰에 신고해야 하지.

'외인사'의 정의는 '자연사'가 아닌 외적 원인에 의한 죽음이오. 요컨대 병에 걸려 진료를 받던 사람이 진료받던 병으로 사망하는 것이 '자연사'라고 하면, 그렇지 않은 경우를 '외인사'라고 하지.

'외인사'면 사법 해부나 행정 해부로 넘어갈 테니 그것만은 절대로 피해야 했소. '외인사'에는 아까 말했듯 자살과 사고사 외에 지주막하출혈 같은 내인성 급사도 포함되니까 말이오. 그래서 어떻게든 사망 시각을 뒤로 늦추거나 발병 시각을 앞당겨서 내가 사전에 그 친구를 진찰한 상황으로 만들어야 했지.

이쿠에 씨는 역시 간호사였소. 내 말을 곧바로 이해했지. 하지만 그의 시신을 여기, 기지마병원으로 옮기는 것은 반대했소.

우리 병원에는 당연히 간호사를 비롯한 많은 직원이 있으며 절대로 그들의 눈을 속일 수 없으니. 그렇다고 그들에게 사정을 설명하고 협조를 부탁하기에는 위험부담이 너무 컸지. 이쿠에 씨가 지적하지 않아도 나도 당연히 그렇게 생각했소.

결국 시신을 옮기지 않고 그대로 둔 채 서류상으로만 기시마병원에서 치료 중 사망한 것으로 하자고 정리했지.

그러려면 어떻게든 사무장을 포섭해야 했는데 당시 우리 사무장은 삼십 년 근속한 남자였거든. 걱정할 필요가 없었소.

오히려 장의사가 문제였지. 보통 병원에서 사망 진단서를 떼거나 관공서에 사망신고를 하는 행정 절차는 유족이 아니라 장의사가 담당하는데 그러면 기시마병원에서 사망한 환자의 시신이 왜 기타가와의원에 있냐는 말이 나올 수도 있지 않소.

하지만 이 부분도 우리 사무장이 주로 거래하는 장의사를 소개해 줘서 해결됐지. 일이 무사히 처리했소. 사망자가 의사였고 본인의 병원에서 죽어서 다행이었지. 사망 진단서와 사망신고에 장의사가 관여하지 않았으니 말이오. 설령 그들이 사인에 대해 무언가 의심한다고 해도 주거래 병원에서 소개받은 시신이니 일을 크게 만들 일은 없으리라 판단한 점이 딱 들어맞은 셈이었소.

그렇게 하기로 정한 뒤 일단 시신을 진료실 침대에 똑바로 눕히고 둘이서 옷을 벗긴 뒤 이쿠에 씨가 집에서 가져온 유카타를 입혔소. 아직 사후 경직이 별로 진행되지 않았기 때문에 그리 힘들지 않았지. 책상 위에 있던 주사기와 염화칼륨도 처리했소.

이쿠에 씨는 간호사와 사무직원에게 알리면 당장 달려올 것 같기도 하고 또 이런저런 이유로 시누이를 비롯한 친척에게는 다음 날 아침에 연락하고 싶다고 했어.

일단 우리 사무장과 장의사가 올 때까지 이쿠에 씨와 함께하다가 나는 그 뒤로 교대하듯 자리를 떠나서 이후 일은 모르오. 경야와 영결식은 하지 않고 장례식장을 빌려 친족들끼리만 조용히 장례를 치렀다더군.

지역에서 오래 활동한 개업의가 세상을 떠났으니 제대로 장례식을 치르는 편이 좋지 않을까 생각했소. 하지만 막대한 빚을 남기고 죽기도 했고 기타가와의 누나도 남편이 보증을 선 입장에서 장례를 치를 정신이 아니었을 테니. 그런 식으로 장례를 치렀다고 불만을 토로한 친척은 없다더군.

한 가지 마음에 걸린 점이 있었어. 만약 기타가와의 누나 부부가 내게 뭔가 물어도 진정한 사인이 자살이라는 사실은 물론, 기타가와가 1억 엔짜리 생명보험에 가입했다는 사실도 절대 발설하지 말아 달라고 이쿠에 씨가 부탁한 일이오. 이쿠에 씨는 시누이 부부가 보험금에서 자신들 몫을 떼어달라고 할까 봐 경계했지.

마지막에 어떻게 됐는지는 모르지만 보증인의 책임 때문

에 채권자에게 탈탈 털린다면 누나 부부도 가만히 있을 수 없는 노릇 아니겠소. 그래서 나도 내심 갈등했지만⋯⋯. 결국 이쿠에 씨의 부탁을 들어줬지. 세 아이를 생각하면 그럴 수밖에 없지 않겠소?

보험금? 보험회사는 두 군데 모두 별다른 분쟁 없이 사망 보험금을 지급했소. 만에 하나 조사에 들어가면 어떻게 대처할지 생각은 해 뒀지만.

이렇게 쉽게 보험금이 나온다니 보험 사기를 치는 놈이 나오는 것도 이해가 가더군. 보험회사는 오랜 세월 꼬박꼬박 보험금을 낸 고객에게는 이상한 트집을 잡으면서 정작 중요한 부분에서 허술하구나 생각했소.

보험금은 받았지만 당연하게도 기타가와의원은 곧바로 문을 닫았어. 봉직의를 고용하자니 도저히 수지가 맞지 않고 애초에 병원이 경매에 나왔으니까. 어쨌든 미래를 내다본 결정이었소. 보험금을 받은 사실을 채권자들에게는 최대한 비밀로 했으니까. 안타깝게도 직원들은 퇴직금도 충분히 받지 못했던 것 같소.

기타가와의원의 토지 건물은 반년이 조금 지난 후 낙찰됐지. 이쿠에 씨와 세 아이는 이사했소. 지금 그 자리에는 맨션이 들어섰고.

흠, 내가 아는 것은 여기까지요. 그 후 일은 몰라. 이쿠에 씨는 이웃에게도 내게도 인사조차 하지 않은 채 조용히 자취를 감췄거든. 어디로 갔는지, 이후에 어떻게 지내는지 전혀 모르고 알아보지도 않았소. 끝끝내 전화 한 통 없었어.

처음에는 '내게 그런 짓까지 시켜놓고 그러면 안 되지' 하는 마음에 화가 났는데 시간이 지나니 그렇게 떠나서 다행일지도 모른다는 생각이 들더군. 서로 꺼림칙한 기억은 빨리 떨쳐 버리는 편이 마음 편하니까. 대학이나 의사회 지인 사이에서도 처음에만 화제가 됐지 지금은 기억하는 사람도 없다고.

하지만 현재 어떻게 지내던 이쿠에 씨가 먼저 그 일을 들추어낼 것 같지 않으니…… 이번에 당신에게 조사를 의뢰한 사람은 슈이치로겠군?

아니, 딱히 대답하기 싫으면 하지 않아도 되오. 하지만 역시 그때 슈이치로가 나와 이쿠에 씨의 대화를 들었나 보군. 내용까지는 못 들었어도 어머니가 아버지의 죽음에 관해 무언가 숨기고 있다는 사실은 느꼈을 터요. 어른이 되었으니 실제로 무슨 일이 있었는지 알고 싶겠지.

탐정에게 부탁하지 않아도 본인이 직접 오면 내가 전부 이야기해 줬을 텐데.

뭐라고? 이쿠에 씨가 기타가와를 죽인 것이 아니냐고?
보험금 살인?

어이가 없군!

당신, 그렇게 경솔한 말은 꺼내지 마시오. 소설도 아니고, 이래서 탐정 같은 족속은 상종 못 하겠다니까. 남편을 살해하다니, 그런 일이 현실에서 그리 쉽게 일어날 리 없지 않소!

애당초 사망을 진단한 내게 실례라고 생각하지 않소?

스스로 주사를 놓았는지, 타인이 억지로 주사를 놓았는지는 주사 자국을 보면 금방 알 수 있다고. 기타가와는 의사였어. 염화칼륨을 주사하는데 가만히 있을 리 없잖소. 현장에 다툰 흔적은 전혀 없었거든.

뭐라고?

수면제 때문에 잠들었을 가능성?

그건……. 글쎄, 따로 혈액검사를 하지 않아서…….

하지만 말도 안 되오! 그런 일이 있었을 리 없어.

그건 단순히 상상이지 않나! 아니, 망상이야.

누가 그런 말을 했는지 모르겠지만 아무리 농담이라도 해도 되는 말과 해서는 안 되는 말이 있는 법이오. 부부 사이가 나쁘다는 이유로 아내가 남편을 죽였다고 생각하다니, 진심이오?

머리를 조금 식히고 냉정하게 생각해 보시오.

응? 그게 무슨 망발이야! 내가 이쿠에 씨에게 돈을 받았다고?

무슨 근거로 그딴 억지를…….

뭐라고오? 내가 필리핀 술집의 오로라와 관계를 끊으려고 준 위자료 1천만 엔의 출처라니……. 증거가 있다고? 당신이 그 일을 어떻게 알아?

그딴 가게는 이미 오래전에 망했다고. 오로라는 필리핀으로 돌아갔을 텐데. 설마 슈이치로 녀석이 거기까지…….

너, 도대체 목적이 뭐야?

돌아가! 썩 꺼져! 안 나가면 경찰 부를……, 아니, 됐으니까 어서 나가!

한시라도 빨리 여기서 꺼져버리라고!

주부 아이자와
기요코의 이야기

어머나, 사카키바라 사토루 씨라고요. 탐정이시구나!

탐정이라면……, 사립 탐정이죠? 사립 탐정은 드라마나 소설에나 나오는 줄 알았는데. 그래요? 꽤 흔한가 보네요. 나는 그런 곳에 의뢰해 본 적 없는데, 흥신소 같은 개념인가?

오호, 그렇구나. 분야를 막론하고 여러 조사를 한다고요? 그런데 흥신소가 아니라 탐정인 이상 상황에 따라서는 위험한 일을 당할 수도 있지 않아요? 탐정님은 싸움도 잘할 것 같지만 폭력 조직과 싸운다거나……. 일본은 총기 소지 금지니 아직은 괜찮지만 살인범을 쫓는 일은 역시 무섭죠?

아, 그런 일을 하는 게 아니시라고요? 그런데 사립 탐정이 왜 그 화재 사건을 조사해요?

개인적으로 관심 있어서? 말은 그래도 사실 누구에게 의뢰받았죠? 보나 마나 이쿠에겠지……. 이쿠에가 무엇을 노리는지는 모르겠지만.

그렇지 않으면 왜 이제 와 내게 그 일을 물으러 왔겠어요? 굳이 그 먼 도쿄에서 이바라키현 하마나미시까지……. 벌써 십 년쯤 지난 옛날 일이라고요. 내가 히시누마 집안과 친척 관계라는 사실도 보통 사람은 모를 텐데.

그 화재는 말이죠, 당시 신문과 TV 뉴스에서 제법 크게 다뤘죠. 아무튼 부모가 불에 타 죽고 초등학교 1학년 아이만 기적적으로 살아남았으니까요.

나도 소식을 들었을 때는 어찌나 깜짝 놀랐는지. 불길이 엄청 빠르게 번졌다고 해요. 이웃 사람이 신고해서 소방차가 출동했는데 그때는 이미 손 쓸 수 없는 상황이었다더라고. 운이 나빴죠, 겨울철이라 건조한 시기였거든.

하지만 방화나 다른 곳에서 불길이 옮겨붙어 벌어진 일이라면 몰라도 자기들이 부주의해서 불이 났으니 누구를 원망하겠어요. 정말, 아이라도 살아남아 다행이죠. 그 집 부부는 둘 다 술꾼이어서 조만간 건강이 망가지지 않을까 걱정하기는 했지만 설마 술에 취해 불을 내리라고는 꿈에도 생각도 못 했어요.

네, 맞아요. 화재로 죽은 히시누마 미에코와 히시누마 겐이치는 내 여동생과 제부예요.

우리는 세 남매였거든요. 내가 장녀고 아래로 남동생과 여동생이 있었지만 결국 둘 다 나보다 먼저 갔네요. 지금은 나 혼자 남았어요.

결혼하기 전 내 성은 스즈키였어요. 지금은 지역이 통폐합돼서 하마난시가 됐는데 옛날에는 토리가하마시였고 아버지는 어부셨죠. 그런데 세 살 터울 남동생 마코토는 어려서부터 그다지 튼튼한 편이 아니었어요. 어부를 하기에는 체력이 받쳐주지 않아서 중학교를 졸업하고서 고향의 수산회사에 취직했죠. 회사라고는 해도 규모가 작았고 주로 건어물 가공과 도매를 하는 곳이었어요.

그것까지는 좋았는데, 거기서 사무직원으로 일하던 연상녀에게 홀리는 바람에……. 부모님 반대를 무릅쓰고 고작 스무 살에 결혼했지 뭐예요. 그렇게 결혼해서 낳은 외동딸이 이쿠에예요.

마코토는 어려서부터 말수가 적고 온순했거든요. 인생의 낙이 오로지 술밖에 없는 성실하고 다정한 아이였는데 아내인 가즈에는 화려한 것을 좋아한 데다 바람기를 타고나서. 정말이지 어쩌다 그런 여자에게 걸려들었는지, 올케가 아무리 제멋대로 굴어도 마코토는 부모님이나 내 의견은 듣지 않았죠. 아내가 시키는 대로만 했어요.

가즈에는 낭비벽이 심해서 마코토의 월급만으로는 부족

하다며 스낵바¹에 나가 일하기 시작했는데 그곳에서 만난 손님과 눈이 맞아서……. 그래서 결국 겨우 네다섯 살이던 이쿠에를 두고 남자와 도망쳤어요.

이쿠에의 엄마가 병으로 일찍 세상을 떠났다니, 순 거짓말이죠! 가즈에는 멀쩡했어요. 남자와 도망가 놓고도 가끔 생각났다는 듯 마코토를 찾아왔을 정도로 강심장이었으니까. 병에 걸려 요절하는 기특한 짓을 할 여자가 아니었죠.

그런데 가끔 찾아왔어도 딸인 이쿠에가 걱정돼서 어떻게 지내는지 살피러 온 것은 아니었어요. 별거 상태여도 아직 마코토의 호적에 올라 있었으니까. 마코토에게 새 여자가 생기지는 않았는지 탐색하러 왔죠. 아무튼 그 여자는 속물이었다니까요.

그런데 마코토가 죽을 때까지 홀아비로 살면서 자기 손으로 이쿠에를 키운 것은 사실이에요. 그 녀석은 바보여서 가즈에가 돌아오기를 끝까지 기다렸죠. 가즈에가 집을 나간 뒤로 마코토는 청소, 빨래, 장보기는 물론 매일 아침 이쿠에에게 직접 밥을 차려줬어요. 어쩌다 집을 비울 때는 나나 미에코에게 부탁하기도 했지만 먹을거리를 가득 사다 놓아서 자신이 집을 비워도 이쿠에가 굶지 않도록 했죠.

---

1   주인이 술을 따라주고 말 상대를 해주는 바 형태 술집으로, 음식과 가라오케를 함께 즐길 수 있다. 이용자 연령대가 비교적 높은 편이다.

이쿠에가 조금 컸을 무렵부터는 그 아이가 직접 집안일을 맡았죠. 마코토도 조금은 편해졌나 싶었는데 이쿠에가 중학교를 졸업하고서 본인 바람대로 간호사 학교에 진학했지 뭐예요. 마코토는 정말 무엇을 위해 그 고생을 하며 살았을까……. 이쿠에가 조금이라도 정이 있는 아이였다면 좋았을 텐데 제 엄마를 닮았거든요. 남자를 꾀는 법은 알아도 뼈빠지게 제 뒷바라지를 한 아버지에게는 쌀쌀맞았어요.

마코토는 착해서 끝까지 불평 한마디 하지 않았지만 나는 보고만 있어도 울화가 치밀어서 말이죠. 어휴, 불쌍해서 혼났다니까요.

맞아요. 이쿠에는 간호사 자격증을 딴 뒤 도쿄로 떠났어요. 진심으로 아버지 곁에 있을 마음이 있었다면 도리가하마시에도 병원이 있었으니 여기서 취직해도 됐을 거예요.

도쿄의 사립병원에서 간호사로 일했는데 근무하던 병원의 후계자를 붙잡아서 요즘 말로 '혼전임신'으로 결혼했네요. 의사 선생님의 사모님 자리를 꿰차고 앉아 슈이치로를 낳았어요. 그때 이쿠에가 스물두 살이었나? 얼굴은 평범했지만 가즈에를 닮아서 남자 꼬시는 데 도가 튼 아이었죠.

그런데 신데렐라가 된 것까지는 좋았지만 막상 원장 사모님이 되고 보니 친정아버지가 생선 파는 사람이라서 창피했나 봐요. 손자 얼굴을 보여주러 친정에 오는 일은 거의 없었어요.

딱한 마코토는 외로운 나머지 술만 마셔댔고 결국 간이 당해내지 못해서……. 뭐, 애초에 스즈키 집안사람들은 술을 워낙 좋아해서 우리 아버지도 간이 나빠져 돌아가셨거든요. 네, 맞아요. 간경변이셨어요.

마코토가 병으로 쓰러졌을 때도 원래라면 딸인 이쿠에가 아버지를 모셔가야 옳잖아요? 시댁이 의사 집안이기도 하니. 그런데 고것이 자기네 병원은 빈 병상이 없어서 입원 대기 환자가 많고, 의사 가족을 우대하면 다른 환자들이 항의한다는 둥 당치도 않은 핑계를 들먹이지 않겠어요? 본인이 모셔가겠다는 말은 절대 하지 않았어요.

딸의 그런 속내를 짐작해서인지 마코토도 도쿄 같은 데는 가기 싫다고 했죠. 결국 마코토의 임종을 지킨 사람은 바로 나였어요. 마코토는 줄곧 이곳 시민병원에 입원해 지냈죠.

마코토가 세상을 떠나기 전날 밤에 주치의 선생님이 환자와 꼭 만나야 할 사람이 있으면 지금 부르라고 해서 도쿄에 있는 이쿠에에게 전화했어요. 그랬더니 그 아이가 뭐라고 한 줄 알아요?

"그러면 아직 견딜 수 있는 상태니 괜찮아요. 그렇게 되고서 일주일이나 보름도 버티는 환자도 있어요. 만에 하나 어떻게 될지 모르니 의사도 과장해서 말하는 거예요. 고모도 그렇게 의사 말에 일일이 휘둘리면 몸이 버티질 못해요."

아버지의 용태를 듣더니 그러더라고요.

결국 새벽 4시 넘어 세상을 떠났는데 이쿠에는 점심 무렵에나 왔어요. 눈물 한 방울 안 흘리더라고요. 심지어 피를 나눈 할아버지와 작별하는 자리인데 세 손주 중 한 명도 데려오지 않았다면 믿어지시겠어요? 하다못해 장남인 슈이치로만이라도 임종을 지켰으면 오죽 좋았겠어요.

이쿠에에게 그렇게 말했더니 글쎄 무시무시한 기세로 그랬다가 아이에게 간염 바이러스가 옮으면 어떡하냐고 따지더라고요. 참나, 이쿠에가 병에 관해 전문가인지는 몰라도 감염이 걱정되면 시신을 직접 만지지 않으면 되는 것 아닌가요? 게다가 마코토의 병은 간경변이었거든요. 술을 너무 많이 마셔서 간경변에 걸렸는데 그것도 간염 바이러스로 전염되나요?

그뿐만이 아니에요. 친척이 모두 기함할 만한 일이 벌어졌죠. 상주가 겨우 나타났나 싶어서 영안실에서 장의사가 장례식 논의를 하자니까 이쿠에가 장례식 같은 것은 하지 않겠다고 했어요.

경야와 고별식은 필요 없다. 관에 안치해서 화장터에서 화장하는 것으로 충분하다지 뭐예요. 스님도 부르지 않겠다고 했죠. 당연히 초재도 사십구재도 안 할 생각이고 화장터에서 유골을 직접 받아와 납골당에 안치할 생각이라고……

요즘 도쿄에서는 그게 당연하다고 바득바득 우기는 거예요.

그런데 여기는 도쿄가 아니라 이바라키 시골이잖아요. 가족이 없는 노인도 아니고, 마코토는 우리 스즈키 집안 장남이고 딸은 의사에게 시집간 데다 우리 집안 대대로 위패를 모신 절에 가족묘가 있거든요. 경야도 고별식도 안 한다는 말이 통하겠어요? 마코토가 병치레할 때도 회사에서 휴직 처리를 해 줘서 죽을 때도 여전히 회사 소속 직원이었어요. 그런데 그런 식으로 처리하면 어떻게 얼굴을 들고 다니겠어요?

우리 남편은 그야말로 노발대발했지만 이쿠에는 냉담했어요. 장례식은 장의사와 스님의 주머니만 불려주는 유족의 허례허식이라고요. 계명[2] 따위 없어도 죽은 사람은 아무 상관 없다고. 정 안타까우면 하고 싶은 사람이 돈을 내면 되지 않냐고……. 하긴 자기는 이제 스즈키 집안 사람이 아니니까. 기타가와 집안으로 시집갔으니 스즈키 집안 사람의 명복 따위 관계없다. 스즈키 집안 묘가 돌보는 사람 하나 없이 버려져도 전혀 상관없다고 안면몰수하고 말하더라니까요.

아뇨, 그 아이는 목소리도 높이지 않았어요. 표정 변화도 거의 없이 작은 소리로 조곤조곤 떠들어대는데 똥고집도 그런 똥고집이 없어요. 한번 꺼낸 말은 절대로 굽히지 않는 인

---

2 고인의 극락왕생을 위해 스님이 지어주는 불교식 이름.

간이에요.

결국 우리가 먼저 나가떨어졌죠. 나도 아이자와 집안으로 시집간 사람이지만 어쩔 수 없으니 내가 상주를 맡아 장례식만은 치르기로 했어요. 남편에게는 민망하지만 불경도 올리지 않고 동생을 보내면 나중에 저승에 가서 부모님 얼굴을 어떻게 보겠어요.

이쿠에와 세 손주만 장례식에 참석하고 기타가와 집안에서는 아무도 오지 않았어요. 지금 생각하면 이쿠에가 분에 넘치는 결혼을 한 것은 좋았지만 친정이 시집에 비해 너무 기울다 보니 창피했던 것 아닐까 싶어요. 분명 장례식 자리에서 남편과 병원 관계자들이 친정 친지들을 만나게 하고 싶지 않았겠죠.

아뇨. 가즈에도 장례식에 오지 않았어요. 애초에 내가 가즈에에게 소식을 전하지 않았거든요. 아무리 서류상 배우자라도 간병 한 번 안 한 인간을 가족석에 앉힐 수 없잖아요?

간호사가 넌지시 알려줬는데 마코토가 시민병원에 입원했을 때 가즈에가 면회를 한 번 왔다나 봐요. 그래봤자 상황이 어떤가 염탐하러 왔겠죠. 분명 유산이 나올 구멍은 없을 것 같다는 것을 눈치채고는 서둘러 내뺐을 거예요.

시골이기는 해도 옛날에는 우리 집안도 작은 밭과 넓은 집이 있었어요. 그런데 마코토가 결혼한 뒤 가즈에의 감언이설에 넘어가 헐값에 팔아 버렸어요. 직장과 가깝다며 시

내에 있는 좁은 셋집으로 이사 가는 바람에 결국 마코토가 죽고 나서는 아무것도 남지 않았죠. 불쌍하지만 바보 같은 동생이에요.

내 정신 좀 봐, 중요한 이야기를 하기 전에 이쿠에 이야기만 떠들어대서 미안해요. 생각만 해도 나도 모르게 흥분해서……

네. 분명히 말하지만 이쿠에는 악마예요. 얼굴은 온순해 보이지만 속은 시커먼 점이 가즈에를 쏙 닮았죠. 이쿠에가 자기 딸을 어떻게 대했는지 보면 알 수 있어요. 남편이 아무리 빚을 지고 일찍 죽었다고 해도 어떻게 아직 초등학교도 들어가지 않은 딸을 양녀로 내다 버릴 수 있을까요. 본인이 엄마에게 당한 일을 기억한다면 결코 그러지 못할 텐데.

그래요, 맞아요. 이쿠에의 시댁은 도쿄에서 대대로 병원을 운영하는 의사 집안이죠. 이쿠에는 병원장의 아내고요.

아뇨, 나는 가본 적 없어요. 여하튼 도쿄에서 유서 깊은 병원이었다던데요. 그런데 나중에 들은 이야기로는 이쿠에의 남편이 꽤 놀기 좋아한 사람이었다나 봐요. 여자 문제로 계속 이쿠에의 속을 썩였대요.

그런데 그게 십 년 전이었나……, 아니, 벌써 십삼 년 전이네요.

이쿠에의 남편이 갑자기 병에 걸려 죽었어요. 병명은 무슨 출혈……

맞아, 그거예요. 지주막하출혈. 뇌출혈이죠?

죽기 전만 해도 엄청 건강했는데 자신이 운영하는 병원 진료실에서 갑자기 쓰러졌대요. 이쿠에가 낌새를 알아차리고 달려갔을 때는 이미 의식이 전혀 없어서 그렇게 그대로 떠났다더라고요. 아직 한창 일할 마흔한 살이었는데 무섭죠?

그런데 더 놀란 점은 부유한 줄로만 알았던 기타가와 집안이 실은 몹시 쪼들리는 상황이었다는 사실이에요. 나중에 들은 바로는 병원도 계속 적자가 나서 망하기 일보 직전이었다던데……. 요즘은 어느 병원이나 운영하기 힘든 것 같더라고요. 이쿠에도 막상 남편이 세상을 떠나고 뚜껑을 열어보니 빚더미에 올라앉아 손쓸 수 없었어요.

이쿠에는 허영심이 심해서 그때까지는 그런 내색을 전혀 하지 않았지만 사실은 고생깨나 하지 않았을까요?

그런데 아무리 그래도 집안의 가장이 죽자마자 그때까지 살던 집이 남의 손에 넘어가고 입에 겨우 풀칠이나 하는 형편으로 전락하다니 조금 너무하지 않아요? 직장인 남편을 둔 전업주부도 보통 만일을 대비해 생명보험을 들어 놓든가 비상금 오백만 엔이나 천만 엔은 모아두잖아요.

이쿠에 말로는 병원의 자금 융통이 어려워졌을 때 남편의 지시로 모아둔 예금을 전부 약국 결제와 직원들 월급으로 썼다고 했지만 말이에요. 매달 생명보험을 부을 돈도 없었다고 하니 참, 뭐라고 할 말이 없네요.

그래도 내가 늘 하는 말이지만 그렇다고 자기 자식을 버리는 것이 말이 되냐고요. 간호조무사 자격증도 있잖아요. 마음만 먹으면 아이 셋쯤이야 혼자서 거뜬히 키울 수 있다고요. 그러니까 말하자면 이쿠에한테는 모성애가 없어요.

아까도 말했지만 화재로 죽은 히시누마 미에코는 저보다 일곱 살 어린 여동생이에요. 막내라서 어려서부터 응석받이였죠. 학교 성적은 별로 좋지 않았지만 결혼하기 전에는 애교 있고 귀여운 아이였어요.

맞선을 본 뒤 당시 에지마군의 농가로 시집갔어요. 지금 이 부근은 전부 하마난시가 됐지만. 그런데 무슨 이유에서인지 아이가 생기지 않았죠.

남편 겐이치는 미에코와 동갑이었는데 말수가 적고 붙임성은 없었지만 성실하고 부지런한 사람이었어요. 미에코에게는 다정했죠. 그래서 후사가 없어도 부부 모두 불만은 없다고 생각했죠.

그런 미에코가 이쿠에의 남편이 죽은 지 반년쯤 지났을 때 느닷없이 이쿠에의 막내딸을 양녀로 들일까 고민이라고 털어놓더라고요. 정말 깜짝 놀랐지 뭐예요.

그때 미에코는 벌써 쉰넷이었거든요. 슬슬 허리가 굽을

나이잖아요. 유키나는 아직 여섯 살이었는데 아기는 아니더라도 한 번도 아이를 키워 본 적 없는 여자가 그 나이 먹고서 앞으로 초등학교에 입학할 아이의 어머니 노릇을 하기 당연히 호락호락하지 않을 테니까요.

이야기를 들어 보니 어느 날 갑자기 이쿠에가 세 아이를 데리고 미에코네 집으로 기어들어 갔대요. 남편이 막대한 빚을 남기고 죽어서 살던 집에서 쫓겨났다. 현금은 땡전 한 푼 없다. 앞으로 간호사 일을 하면서 아이들을 키울 생각이지만 위에 두 아이는 초등학생이니 어떻게든 된다고 해도 막내인 유키나는 도저히 돌볼 수 없다. 제발 유키나를 받아 달라. 미에코 부부에게 눈물로 호소했대요.

미에코가 사는 곳은 농가니까요. 도쿄에서 살던 사람 눈에는 집도 넓고 음식도 부족하지 않아 보였겠죠. 하지만 아무리 친척이라도 난데없이 네 사람이나 쳐들어와서는 당연한 듯 얹혀사는 것은 아니잖아요. 그런데 이쿠에 고것은 미안해하기는커녕 본인이 도쿄에서 직장을 찾는 동안에도 미에코 부부에게 아이들을 맡겨놓고는……. 동생 부부가 사람이 좋아서 이 주 동안이나 매일 세 끼 식사를 챙겨 주고 보살폈다고 해요.

그렇게 이 주가 지난 뒤에 간신히 직원 기숙사가 딸린 직장을 구한 것까지는 좋았는데 이쿠에가 기숙사 방이 좁아 아이 셋을 모두 데리고 가기에는 도저히 무리라고 했대요.

그러면서 사실은 두 아이도 기숙사에 데리고 갈 수 없지만 사정사정해서 간신히 허락받았다고 이 기회를 놓치면 조건이 더 나쁜 직장밖에 남지 않는다고. 그러면 두 아이도 언제쯤 데리고 갈 수 있을지 모르는 상황이라고 했대요. 그것이 협박이 아니고 뭐겠어요?

나였다면 헛소리 그만하라며 아주 혼쭐을 내줬겠지만 미에코는 옛날부터 마음이 여린 바보라서 그런 말을 들으면 거절하지 못하거든요. 아이를 셋이나 떠맡으면 난감하니까 어쩔 수 없으니 유키나만이라도 맡을까 하는 생각이 들었다고 해요.

내가 전화를 받고 달려갔을 때 이쿠에와 두 아이는 이미 도쿄로 돌아간 뒤였어요. 후회해도 소용없었죠. 가엾게도 유키나 홀로 남겨졌지만 세 사람은 곁에서 보면 진짜 부모와 자식처럼 살았어요.

나는, 지금 당장은 좋아도 이 아이가 성인이 될 무렵 너희는 일흔 살이나 된다. 그때 유키나가 좋아하는 남자라도 생겨서 멋대로 집을 나가면 어쩔 셈이냐고 설득했죠. 그런데 이쿠에가 어찌나 잘 구워삶았던지 부부 모두 그러면 그것대로 좋다고 생각하는 것 같았어요. 당사자들이 만족한다는데 나인들 어쩌겠어요.

게다가 솔직히 말해서 어차피 이쿠에의 아이를 맡아야 한다면 유키나가 낫다는 생각도 했어요. 유키나는 아직 어리기도 하지만 세 아이 중에서 가장 온순하고 순수했거든요. 귀여운 아이였죠.

장남인 슈이치로는 아빠를 닮았으면 머리는 나쁘지 않겠지만 왜인지 항상 주뼛대는 느낌이 드는 나약한 아이였어요. 아들 하나라고 이쿠에가 어지간히 싸고돌았던 모양인데 남자아이답게 활기 넘치는 모습은 전혀 보이지 않았어요.

둘째인 아야나는 똑똑한 아이였어요. 마코토의 장례식을 치를 때도 나이답지 않게 의젓했죠. 그런데 성격이 어딘가 이쿠에와 닮은 느낌이 들어서 나는 도무지 정이 안 가더라고요.

일단 양녀로 들이기로 결정하니 아이가 없는 부부라서 그런지 겐이치도 미에코도 갑자기 애정이 샘솟았나 봐요. 손자 같은 아이를 데리고 밥이니 목욕이니 세심하게 보살폈어요.

유키나는 본인만 어머니에게 버림받았다는 사실에 상당히 큰 충격을 받았는지 처음에는 말을 걸어도 고개도 안 들었어요. 꿔다 놓은 보릿자루 같아서 안쓰러웠죠.

그런데 두세 달 지나니 미에코를 아주 잘 따르더라고요. 장을 보러 갈 때도 미용실에 갈 때도 엄마, 엄마 하면서 미에코한테 딱 달라붙어서 걸었죠. 그전까지는 친부모에게 그렇게 사랑받은 적이 없던 것 아닐까 싶어요.

겐이치도 순박하고 말수가 적은 사람인데 차를 태워주거나 자전거를 사주면서 꽤 예뻐했어요. 친아버지에 대한 기억이 별로 없는지 유키나도 재롱부렸죠.

그래서 초등학교에 입학하기 전에 정식으로 입양 신고를 했어요. 입학을 준비할 때는 일부러 백화점까지 가서 책상이니 책가방이니 사들이고 사진관에 가서 셋이서 기념사진을 찍고 난리도 아니었죠.

학교에 다니면서부터는 유키나도 완전히 그 동네 아이가 됐어요. 친구도 많이 사귀고, 집에 아이가 한 명 있을 때와 없을 때 차이가 크잖아요. 곳곳에 유키나의 옷이니 책이니 장난감이니 굴러다녀서 제법 단란한 가정답더라고요.

이쿠에도 발길을 완전히 끊지는 않고 가끔 유키나의 언니 오빠를 데리고 놀러 온 모양이에요. 나도 잘된 일이라고 생각했죠.

그 화재는 유키나가 초등학교 1학년이었던 겨울, 새해가 밝은 1월 4일에 일어났어요. 입양한 지 일 년도 채 지나지 않았을 무렵이죠. 술을 좋아한 미에코 부부는 그날 밤도 둘이서 술을 마셨다고 하더라고요.

무슨 술을 마셨냐고요? 글쎄요……. 그런데 겨울철에는 자주 소주를 뜨거운 물에 희석해 마셨어요. 주사는 없었지만 한번 마시기 시작하면 끝도 없이 마셔서……. 곤드레만드레 취할 때까지 마셨거든요.

그날은 날씨는 좋았지만 바람이 부는 추운 날이었어요. 소방서 말로는 그날 밤 10시가 넘어서 신고가 들어왔대요. 겐이치 씨 부부 집에 불이 났다고 이웃이 신고했다더라고요. 신고자는 나카무라 씨라고 이웃 농가에 사는 분이었어요. 마침 바람이 나카무라 씨 집 방향으로 불어서 TV를 보던 나카무라 씨가 타는 냄새를 맡았죠. 그래서 밖으로 나와 봤더니 미에코의 집이 있는 쪽 하늘이 새빨갛게 물들었다고 해요.

시골은 시내와 다르잖아요. 옆집이라도 꽤 떨어져 있거든요. 나카무라 씨의 남편이 달려갔을 때는 도저히 집 안으로 들어갈 수 없는 상황이었는데 집에서 백 미터 정도 떨어진 길가에 잠옷 차림으로 새끼 고양이를 품에 안은 채 우두커니 서 있는 유키나를 발견했대요. 깜짝 놀라서 엄마와 아빠는 어디 계시느냐고 물었더니 새빨개진 눈으로 코를 훌쩍이면서 불타고 있는 집을 턱으로 가리켰는데 집을 본 순간 이건 틀렸다 싶었다네요.

아, 고양이요? 그때 유키나가 안고 있던 새끼 고양이는 바로 며칠 전에 길을 잃고 집 마당으로 들어온, 태어난 지 한 달이 됐을까 말까 한 삼색 고양이였어요. 유키나가 미에코의 허락을 받고 막 기르기 시작한 참이었죠. 분명 이불 속에서 같이 자던 유키나가 불이 나자 품에 안아 데리고 나왔겠죠.

감기에 걸리면 안 되니 나카무라 씨는 일단 유키나를 집으로 데리고 갔어요. 하지만 그 집 안주인 말로는 누가 무엇을 물어도 유키나는 입을 꾹 다물고 그저 고개만 숙이고 있었대요.

그래서 정확한 상황은 모르지만 내 생각에 아마 유키나는 현관 옆에 있던 자기 방에서 자다가 타닥타닥 소리나 타는 냄새 때문에 깨지 않았을까 싶어요. 잠이 덜 깬 눈으로 일어나 방을 나와 보니 거실과 주변이 시뻘겋게 불타며 연기가 뿜어져 나오고 있었고 초등학교 1학년 정도 되면 불이 났다는 사실을 판단할 수 있으니까요. 그래서 스스로 현관문을 열고 밖으로 뛰쳐나온 것 같아요.

집 밖에서 큰 소리로 부모님을 불렀지만 대답이 없었고 그사이에 불길이 심해져 집에서 조금씩 물러났겠죠. 그래도 도망치지 않고 불타는 집을 지켜봤을 거예요. 나카무라 씨 집에 데려갔을 때 가엾게도 얼굴이 검댕투성이었고 불똥이 튀어 머리카락이 조금 탄 상태였대요.

유키나가 잠자리에 들었던 시간이, 글쎄 몇 시쯤이었지……. 대략 8시 전후 아니었을까요? 그런데 미에코 부부는 평소처럼 저녁을 먹을 때부터 쭉 거실에서 술을 마셨을 거예요.

소방서에서는 집 안쪽 거실에서 불이 났다고 하던데 겐

이치와 미에코 둘 다 그곳에 쓰러져 있었다더라고요. 고타쓰[3]에서 술을 마시다가 취했는데 둘 중 한 사람이 일어나려다가 비틀거리는 바람에 석유난로를 쓰러뜨렸을 것이라고 했죠. 담뱃불까지 있어서 쏟아진 등유에 불이 붙은 것 아닐까요?

두 사람 모두 만취하지 않았다면 목숨만은 건졌을 것 같지만……. 시신은 완전히 새까맣게 타서 도저히 가족에게 보여줄 수 없다고 했어요. 참, 유키나만이라도 살아남아서 다행이라고 감사해야겠죠. 셋이서 겨우 행복하게 살게 됐는데 하늘도 무심하시지.

눈앞에서 부모가 불에 타 죽었으니 당연한 일이죠. 유키나는 시간이 지날수록 충격이 커 보였어요. 화재가 일어난 후 한동안 말을 못 했죠. 넋을 놓았다고 해야 할까요? 친엄마인 이쿠에가 연락을 받고 찾아왔지만 조개처럼 입을 다물고 있기만 했죠. 화재 전만 해도 내가 말을 걸면 생글 웃는 아이였는데, 유키나를 걱정한 학교 친구가 집으로 찾아와도 웃기는커녕 눈도 안 마주쳤어요. 얼마나 걱정이었는지 몰라요.

그 화재에 대해서도 유키나는 끝내 한마디도 하지 않았어요. 소방관이나 담임선생에게도요. 비단 아이뿐 아니라 누

---

3 탁자 아랫부분을 이불 등으로 덮은 일본의 겨울 난방기구. 탁자 상판 밑에는 난로가 달려 있다.

구라도 몹시 두려운 기분을 느끼면 스스로 그것을 떠올리려고 하지 않잖아요. 요즘 같은 시대면 심리치료를 받아 상담사가 어떻게든 해주겠지만……. 그 시절 유키나는 정말로 안쓰러웠어요.

그런데 도무지 이해할 수 없던 것은 그 뒤에 일어난 일이에요.

유키나는 정식으로 히시누마 집안의 양녀가 됐으니 부모가 모두 세상을 떠난 이상 유키나가 그 집안 재산을 물려받아야 마땅하죠. 나도 알아요. 하지만 그것은 어디까지나 유키나가 히시누마 집안에 남았을 때 이야기잖아요?

물론 집은 불에 타 버렸고 어린 유키나가 혼자 살 수는 없었죠. 하지만 집은 보험금으로 다시 지으면 되고 바로 근처에 히시누마 가문 친척들이 살고 있잖아요. 유키나가 다 자랄 때까지 친척들이 보살피면 됐어요.

그런데 유키나는 도쿄로 끌려간 후 결국 이 동네로 돌아오지 않았어요. 당연히 이쿠에가 데리고 갔죠. 지금은 히시누마 가문은 그림자도 형체도 없어지고 그 재산도 사실상 전부 이쿠에의 몫이 되어 버렸죠. 세상에 이런 말도 안 되는 일이 어디 있어요?

겐이치와 미에코는 돈은 없었지만 농업에 종사하는 집안이었던 만큼 조상에게 물려받은 논밭이 있었거든요. 겐이치는 막내였는데 히시누마 집안 장남이었어요. 누나 두 명은 모두 농가로 시집을 갔죠. 겐이치가 스무 살이 지나고서 얼마 되지 않아 아버지가 돌아가셨고 대단히 넓은 땅도 아니라 겐이치 혼자 상속받았어요.

네, 맞아요. 누나들은 상속을 포기했죠. 하지만 그건 어디까지나 겐이치가 히시누마 가문의 후계자로서 집안을 이었기 때문이잖아요. 히시누마 가문이 겐이치 대에서 끝나고 대대로 물려받은 논밭을 전부 내다 판다면 이야기가 달라지죠.

게다가 겐이치와 미에코는 불이 나서 죽었으니 당연히 보험금이 나오잖아요. 다른 사람에게 들은 바로는 건물 화재보험과 생명보험까지 합쳐서 못해도 5천만 엔은 나왔을 터라더군요. 그 돈만 있으면 집을 짓고 유키나가 성인이 될 때까지 살아갈 생활비로 충분하지 않아요?

나는 말이에요, 솔직히 말해서 겐이치의 조카가 유키나를 맡아 키우면 좋겠다고 생각했어요. 그 사람 이름이 다이스케거든요? 겐이치 작은 누나의 아들인데 겐이치 부부의 집 바로 근처에 살아서 화재 이후에 유키나를 임시로 맡아 돌봤어요.

다이스케의 아버지인 기모토 씨라는 분도 당시에 아직 건강하셨거든요. 가족이 모두 농사를 지으니까 겐이치가 남긴 논밭도 관리해 줄 수 있었고 다이스케 부부는 아들이 둘 있었는데 첫째는 벌써 중학교 1학년이지만 둘째는 유키나처럼 초등학생이었기 때문에 딱 좋지 않을까 싶었죠. 내가 의중을 떠보니 다이스케 부부 반응도 꽤 긍정적이었어요.

설마 쓰레기 버리듯 유키나를 양녀로 보낸 이쿠에가 약삭빠르게 히시누마 집안의 재산을 노리고 있으리라고는 상상도 못 했죠.

불이 나고 열흘 남짓 지난 날 그 일이 일어났어요. 겐이치와 미에코의 장례식이 끝나고 한숨 돌리던 차였는데 그일 이후 입을 열지 않던 유키나도 다이스케와 아이들이 말을 거니 한두 마디 대답은 하더라고요. 이제는 학교에 나가야 하는 상황이어서 나도 그 소식을 듣고 안심했어요. 그런데 다이스케가 우리 집에 전화해서는 이쿠에가 느닷없이 찾아왔다고 하더라고요.

애초에 이쿠에 고것은 불난리가 나자마자 연락을 받았으면서 오늘 밤은 이미 늦었다면서 달려오지도 않았을 정도였죠. 다음 날 아침이 되고 나서야 차를 타고 찾아왔다고 하는데 어차피 차를 끌고 올 거면 마음만 먹으면 한밤중에라도 달려올 수 있잖아요. 어쩌면 유키나도 죽었을지 모르는 상황인데, 정말이지 고것은 사람도 아니에요.

이쿠에에게 차가 있다는 이야기도 금시초문이었어요. 혼자 힘으로는 아이 셋을 키울 수 없다더니 이게 도대체 무슨 상황인지. 심지어 다음 날 오기는 했지만 휴가를 낼 수 없다며 곧바로 도쿄로 돌아가 버렸어요. 경야 자리에는 또 잠깐 얼굴을 비쳤지만 영결식에도 참석하지 않았죠.

하긴, 자기 부모 장례식도 안 한다던 인간이니까요. 새삼 놀라지 않았지만 히시누마 사람들이 보고 있으니 참 부끄럽더라고요. 시골은 도시와 달리 그런 일에 말이 많으니까요.

그래서, 이쿠에가 다이스케에게 뭐라고 했게요? 유키나를 도쿄로 데리고 갈 준비가 됐으니 지금 데리고 가겠다. 당장 짐을 싸달라. 가까운 시일 내에 변호사가 법원에서 정식 절차를 밟을 테니 그렇게 알라고……. 화재 후에 신경도 쓰지 않고 방치한 딸을 돌봐 준 사람에게 인사 한마디 없이 오늘 당장 데리고 가겠다니, 경우가 없어도 유분수지.

나는 기가 막혀서 전화로 당장 이쿠에를 바꾸라고 했죠. 그랬더니 그 물건이 고모는 아무 관계 없으니 끼어들지 말라며 전화를 안 받더라고요. 그래서 당사자인 유키나는 뭐라고 하냐고 물었더니 누가 무슨 말을 물어도 고개 숙인 채 대답하지 않는다고……. 아무래도 제 엄마가 무서워 반항할 수 없었겠죠.

결국 이쿠에는 유키에를 끌고 가다시피 차에 태우고 돌아갔대요. 다이스케 부부는 마음이 약한 데다 상대가 친부모이니 어쩔 수 없었을 거예요.

유키나는 화재 이후 새끼 고양이 미야를 잠시도 품에서

떼어 놓지 않았죠. 그렇게 집에 틀어박혀 있었는데 불이 난 날 밤 잠옷 한 벌만 입고 밖에 있었던 탓인지 감기에 걸리고 말았어요. 그 감기가 아직 낫지 않아서 콧물을 흘리고 자꾸 재채기했는데 이쿠에는 신경도 쓰지 않고 집에서 억지로 끌어냈대요.

그게 다가 아니에요. 그 잡것은 유키나가 꼭 안고 있던 미야를 보고는 너는 고양이 따위 키울 수 없는 처지다, 그런 것은 여기 두고 가라고 했대요. 그래도 유키나가 미야를 놓지 않자 애 팔에서 억지로 고양이를 빼앗더니 그 집 뒤에 있는 3미터쯤 하는 절벽 아래로 내던졌대요, 글쎄. 유키나는 찍 소리도 내지 못하고 새파랗게 질린 얼굴로 벌벌 떨었죠. 그게 인간이 할 짓이에요?

아, 미야요? 미야는 다행히 별일 없었어요. 고양이는 몸이 워낙 날래잖아요. 나중에 다이스케의 아들들이 찾으러 갔다가 절벽 밑 풀숲에서 어슬렁거리는 모습을 발견하고 데리고 돌아왔대요. 한동안 다이스케 집에서 먹이를 주고 길렀는데 일 년 정도 지났을 때 휙 사라져서 그 뒤로 보이지 않았다고 하네요.

그런데 그로부터 두세 달인가 지났을 무렵에 도쿄에 살던 이쿠에가 전화를 했는데, 그때는 사람 좋은 다이스케도 결국 분노가 폭발했나 봐요. 부부가 나를 찾아왔죠.

이야기를 들어 보니 세상에나, 이쿠에가 입을 열자마자 이번에 가정법원에서 유키나와 양부모와의 파양이 정식으로 인정됐다고 했대요.

"유키나의 파양이 결정돼서 친부모 호적으로 돌아왔으니 이제 히시누마 유키나가 아니라 기타가와 유키나예요. 유키나는 더 이상 그 집안 친척과도 히시누마의 가족묘와도 아무 관계 없으니 그리 알아요. 따라서 유키나가 상속받은 히시누마 가문의 재산은 앞으로 모두 친권자인 내가 관리할 테니 그쪽 집안사람이 히시누마 집안의 논밭을 건드리는 일은 절대로 용납할 수 없어요. 단 그쪽에서 합당한 가격에 논밭을 매입한다면 협상에 응할 테니 잘 생각해 보고 대답하세요."

이쿠에가 다이스케에게 그렇게 통보했대요.

유키나를 억지로 도쿄로 데리고 갔을 때부터 뭔가 꿍꿍이 속이 있지 않을까 짐작은 했는데 일이 그런 식으로 흘러갈 줄을 정말 상상도 못 했죠.

본인 말을 믿을 수 없으면 직접 법원에 가서 확인해 보라고 했답디다. 그래도 불만이 있으면 제대로 변호사를 선임해서 찾아오라고까지 했대요. 마치 다이스케 부부가 논밭을 노리고 유키나를 돌본 것처럼 말했다고 다이스케의 아내가 눈물을 흘리며 억울해했어요.

그런데 나는 그때 화나기보다 이쿠에가 한 말이 잘 이해

되지 않았어요. 그도 그럴 것이 겐이치와 미에코는 이미 죽었으니까요. 사망한 양부모와 파양했다는 말이 무슨 뜻인지 이해할 수 없었고, 또 파양했다면서 유키나가 히시누마 가문의 재산을 상속받았다는 이야기도 이상하다고 생각했죠. 이쿠에가 미친 소리를 지껄였구나 싶었어요.

당시 하마난시 시청에서 매월 법률 상담을 지원했거든요. 그래서 내가 가서 물어봤죠. 그랬더니 변호사 선생님이 이쿠에의 말이 맞다고 하더라고요.

아무튼 법에 '양부모 사망 후 파양'이라는 것이 있고 양자는 양부모가 죽은 뒤에도 파양해서 양부모의 가족과 친족 관계를 끊을 수 있다고 했어요. 심지어 친부모에게 돌아가도 양부모에게 상속받은 재산은 돌려주지 않아도 된다고요.

참나, 이거 순 날강도 아니에요? 아무리 생각해도 이해할 수 없네요. 내가 그랬더니 변호사 선생님도 동감하지만 법이 그런 이상 어쩔 수 없다고 했어요. 그러니까 이쿠에의 주장이 맞았죠. 유키나가 상속받은 재산은 유키나가 성인이 될 때까지는 이쿠에가 마음대로 주무를 수 있다는 뜻이었어요. 세상에 이런 불합리한 논리가 버젓이 통용된다니.

변호사 선생님은 설령 친권자라도 멋대로 아이의 재산을 처분해 본인이 챙기는 것은 허용되지 않는다고 했어요. 그래서 히시누마 가문의 재산이 이쿠에의 것이 되는 건 아니라고요. 하지만 그것은 허울 좋은 말이잖아요. 실제로는 당연히 이쿠에가 원하면 마음대로 쓸 수 있죠.

나는 그 뒤로 유키나를 만난 적이 없어요. 그 아이가 지금 열일곱인가? 곧 열여덟이죠? 제 엄마 닮지 말고 멀쩡하게 자랐어야 할 텐데……

그때 이쿠에가 정떨어지게 굴지 않았다면 나중에 유키나를 다이스케의 아들 중 한 명과 짝을 지어주면 딱 좋겠다고 생각했거든요. 생각하면 생각할수록 안타까워요.

예전에 한 번, 도쿄에 간 김에 오랜만에 유키나의 얼굴이나 보고 올까 하고 이쿠에가 근무한다는 병원에 전화를 건 적이 있어요. 그런데 예나 지금이나 우리 병원에 그런 간호사는 없다고 하더라고요.

글쎄요. 아마 유키나가 도쿄로 돌아간 지 일 년쯤 지났을 때였나? 병원 이름이요? 분명 도쿄도 신주쿠구에 있는 기지마병원이라는 곳이었어요.

내 생각에는 이쿠에가 우리에게 거짓말을 한 것 같아요. 사실은 기숙사 딸린 간호사 자리에 취직한 적도 없던 것 아닐까요? 뭘 하고 살았는지는 모르지만요. 병원장 사모님까지 한 여자가 다시 일개 간호사로 어떻게 돌아가겠어요.

이쿠에는 새 주소도 알려주지 않았어요. 내 앞에 나타난 이유도 아마 자기가 무엇을 하는지 들키지 않으려 경계하려던 속셈이었을 거예요. 분명 남자가 있을 거예요. 미에코는 속여도 내 눈은 못 속이지.

유키나의 파양 소동이 있고서 반년쯤 지났을 때였나, 이쿠에와 마지막으로 만났어요. 히시누마 가문의 논밭을 기모토 씨가 사들이는 것으로 상황이 정리됐을 때 일이었죠. 사실 저는 제삼자였지만 상대가 상대이니만큼 함께 자리해 달라는 다이스케의 부탁을 받고 참석했어요.

처음에는 이쿠에도 배짱 있게 나온 것 같던데, 농지는 농지법이 있어서 택지처럼 마음대로 아무한테나 팔 수 없거든요. 구매자는 농업에 종사하는 사람이어야 하고 농업위원회의 허가도 받아야 하죠. 다이스케의 아버지 기모토 씨는 지역 유력가여서 농업위원회도 기모토 씨의 뜻을 무시할 수 없었어요. 그런 사정까지 몰랐던 이쿠에는 만만하게 봤죠.

마지막으로 만났을 때 이쿠에는 보험금을 받아서인지 옷차림이 제법 번듯했어요. 도무지 간호사 같아 보이지 않았어요. 결국 어떻게든 돈이 필요했겠죠. 마지막에는 친척 시세라고 해야 하나? 타당한 가격으로 마무리됐어요. 유키나가 히시누마 가문에 입양되지 않았다면 원래 겐이치의 누나들이 상속할 땅이었으니 당연한 결과죠.

아마 겐이치와 미에코의 보험금과 논밭을 팔아 받은 돈 덕분에 이쿠에는 일하지 않아도 돈 걱정할 일은 없지 않았을까요? 옛날 같았으면 딸을 유곽에 팔아넘긴 것이나 마찬가지예요. 본인도 엄마에게 버림받아 고생한 만큼 죄책감이 없는 모양이에요.

만약 지금 유키나가 나를 만나러 온다면 당연히 반갑게 맞이할 거예요. 유키나는 아무 죄가 없으니까. 미에코 부부의 묘에도 데리고 가고 싶고. 하지만 벌써 스무 살이 넘었을 슈이치로도 마음만 먹으면 도쿄에서 여기까지 찾아올 만도 한데 단 한 번도 마코토의 성묘를 오지 않았거든요. 기대 안해요, 나는.

귀축의 자식은 귀축⋯⋯.

콩 심은 데 콩 나고 팥 심은 데 팥 나겠죠.

사카키바라 씨라고 했죠? 만약 댁이 이쿠에의 부탁을 받고 왔다면 내가 그 잡것을 절대로 용서하지 않는다고 전해 줘요.

그 여자는 인간의 탈을 쓴 악귀예요.

초난경찰서 형사과
시미즈 데쓰유키의 이야기

이런, 깜짝 놀랐습니다. 사카키바라 씨가 특별히 부탁하다니. 제가 지금까지 그럭저럭 경찰관 노릇을 할 수 있었던 것도 신입으로 들어왔을 때 사카키바라 씨를 만났기 때문인걸요. 사카키바라 씨가 안 계셨다면 아마 이삼 년 만에 그만뒀을 거예요.

그런 사카키바라 씨가 일찌감치 퇴직하셨을 때는 큰 충격을 받았는데, 역시 사카키바라 씨답네요. 혼자서 움직이는 탐정이라니, 다른 사람들은 흉내 낼 수 없을 거예요. 저 같은 사람은 꿈도 못 꾸죠. 경찰 조직에서 한 발짝이라도 벗어나면 아무것도 아닌, 그야말로 평범한 사람이니까요.

기타가와 아야나 사건은 분명 제가 담당했어요. 결국 사건 성립은 안 됐지만요. 형사 사건으로 만들기란 처음부터 무리였지만 피해자의 어머니가 소란을 피우며 집요하게 물고 늘어졌죠.

그런데 사카키바라 씨가 계셨을 때와 달리 요즘은 정보 유출에 상당히 민감해서요. 언론에서 떠들어대면 큰일이니까 윗선에서 신경이 곤두서 있어요. 사실 우리도 예전에 외부에 자료를 유출해서 문제 된 경우가 있으니까요. 이 년이나 지난 사건을 이제 와 몰래 조사한다는 사실을 상사에게 들키면 조용히 넘어가지 않을 거예요.

자료는 보여줄 수 없지만 제가 아는 범위의 일이라면 뭐든지 이야기해 드릴게요. 양해해 주세요. 그 대신이라고 하기에는 그렇지만 사카키바라 씨의 의뢰인이 누구고, 무슨 목적으로 그 사건을 조사하는지는 전부 묻지 않겠습니다. 괜찮으시죠?

기타가와 아야나가 자신이 살던 맨션 베란다에서 추락사한 것은 재작년 3월 말의 일이었어요. 당시 열여덟 살이었죠. 도립 미와고등학교를 졸업하고 세이에이대학 이공학부 입학이 결정된 상황이었어요.

세이에이대학 캠퍼스는 야마토하라시에 있어서 4월부터 학생 기숙사에 입사할 예정이었다고 해요. 건강 상태부터 평소 행실까지 지극히 평범한 여자였던 것 같아요.

네, 뭐 그렇죠. 나중에 말씀드리겠지만 본인 말고 가족은 다양한 의미로 '지극히 평범'하다고 말하기 어려웠어요.

현장이었던 맨션은 아다치구 초난초 4번가에 있는 니시초난하이츠 5층 501호였습니다. 지은 지 삼십오 년이 넘은 5층짜리 맨션이었는데 501호의 소유자는 오노다 사와라는 칠십 대 미망인이었어요. 오노다의 직업은 부동산 임대업으로 알려졌지만 임대용 맨션을 몇 채 소유했을 뿐 관리는 공인중개사에게 맡겼으니 사실상 전업주부였죠.

이 맨션은 세상을 떠난 남편이 처음부터 임대 목적으로 매입했다고 하는데 세입자는 기타가와 아야나의 어머니 기타가와 이쿠에로 네 번째 세입자였다고 합니다. 세 번째 세입자가 집세를 체납하는 바람에 임대차 계약이 해지됐다더군요. 여러모로 상당한 괴짜였던 모양인데 규칙을 어기고 집에서 개를 세 마리나 길러서 악취가 진동했다고 해요. 냄새가 너무 심해서 그 뒤로 반년 정도 세입자를 구하지 못했대요.

약 65평방미터 크기에 방 세 개 딸린 맨션. 서향집으로 거실과 마룻바닥이 깔린 약 세 평짜리 방이 베란다와 붙어 있고, 현관 옆에 두 평 반짜리 다다미방과 세 평짜리 다다미방. 그리고 부엌과 화장실, 욕실, 세면대[4]가 있는 구조였어요. 기타가와 가족은 모두 네 식구였죠. 어머니인 이쿠에와 스무 살이 된 장남 슈이치로, 장녀 아야나, 열여섯 살 막내

---

4 일본 집은 보통 화장실, 욕실, 세면대가 분리되어 있다.

유키나. 입주하고 일주일 만에 사고가 났어요.

　기타가와 이쿠에는 남편을 먼저 떠나보냈는데 신주쿠구에서 개인 병원을 운영하던 의사였대요. 이쿠에도 원래는 간호사였다고 하는데 남편이 사망한 뒤에도 딱히 취업하지는 않은 듯하더라고요. 아마 사망한 남편의 사망보험금으로 생계를 꾸린 것 같아요. 이렇게만 들으면 제법 팔자 좋아 보이지만 현실은 꼭 그렇지만도 않았죠. 죽은 아야나를 제외하고 장남과 막내는 모두 은둔형 외톨이로 학교도 직장도 나가지 않았거든요.

　우선 막내 유키나는 초등학생 때부터 줄곧 등교를 거부해서 학교에 거의 출석하지 않았어요. 사고 이후에 저도 한 번 만난 적 있는데 현관 옆 본인 방에서 내내 시선을 내리깐 채 한마디 대답도 하지 않았어요. 지능에 문제가 있지는 않고 상대가 누구냐에 따라 정상적으로 대화할 때도 있다고 하는데 아무래도 어렸을 적 생긴 트라우마가 지속돼서 그랬나 봐요.

　아버지를 잃은 뒤 남매 중 아직 어렸던 막내 유키나만 양녀로 보내졌어요. 자식이 없는 외가 쪽 친척 부부에게 입양됐는데 짐승 같은 놈들이었대요. 양부모에게 엄청난 정신적, 육체적 학대를 받았다고 이쿠에가 말하더군요. 정말 끔찍한 이야기죠. 그런 놈들은 엄벌에 처해야 하는데 이미 죽었다더군요. 그런데 애초에 양부모가 죽어서 학대 사실이 밝혀졌대요.

양부모가 죽은 뒤 유키나는 정식으로 파양 절차를 밟고 친어머니의 곁으로 돌아갔지만 한번 망가진 마음은 쉽게 되돌릴 수 없죠. 어쩔 수 없이 여전히 대인기피증을 앓고 있다고 했어요. 특정 몇 명, 정말로 마음을 허락하는 사람만 받아들인다고 했죠. 집에서는 아야나가 공부를 가르쳐 주기도 하면서 살뜰히 보살폈다고 해요.

장남 슈이치로는 중학교를 졸업할 때까지는 평범하게 학교에 다녔다고 하는데 도립 고등학교에 입학했을 무렵부터는 결석하기 시작하더니 등교를 거부해서 결국 중퇴했어요. 사고 후 슈이치로를 직접 만나 이야기를 들었는데 어쩌면 유키나보다 슈이치로의 병이 더 심할지도 모른다고 생각했어요. 대화를 나누고 있어도 영혼이 느껴지지 않는다고 할까, 표정도 없고 눈이 텅 비어 있었어요. 물론 일도 공부도 하지 않고 매일 집에서 빈둥거리는 것 같았고요.

그런데 슈이치로는 완전히 집에 틀어박힌 것은 아니고 한밤중에 편의점에 가거나 가끔 불쑥 외출하기도 하는 듯했습니다. 그런 점을 보면 어떠한 트라우마에 갇혀 있거나 태생부터 뇌에 이상이 있던 것이 아니라 단순히 백수일지도 몰라요.

그리고 어머니인 이쿠에도 참 괴상하다고 해야 할지, 집착이 심하고 맹목적인 사람이더라고요. 하나뿐인 아들 슈이치로를 끔찍이 사랑해서 사고 후에 만났을 때도 끊임없이 "슈짱, 슈짱" 하고 감싸고돌더라고요. 아들은 말하자면 마마보이죠, 분명 어려서부터 그런 어머니의 치마폭에 싸여 자랐으니 그렇게 못난 인간으로 자랐을 거예요.

결국 사망한 큰딸 아야나가 남매 중에서 유일하게 멀쩡한 자식이었던 것 같네요. 아야나는 머리도 좋았나 본데, 어머니 말에 따르면 이른바 '문무를 겸비한 인재'였다고 합니다. 공부도 열심히 하고 동아리 활동도 적극적이었다더군요. 하긴, 부모가 하는 말이니 다 믿을 수는 없지만요. 미나토구 구립 오야마다초등학교를 다니고 오야마다중학교를 졸업한 뒤 들어가기 어렵다는 도립 미와고등학교에 입학해 지정 학교 추천 전형으로 대학에 합격했다고 합니다. 추천 입학자는 대학 입학시험을 치르지 않아도 되기에 연초부터는 자동차운전전문학원에 다녀 면허도 취득했다더군요.

기타가와 가족이 왜 니시초난하이츠로 이사 왔는가 하면, 그전까지 살던 미나토구의 임대 맨션은 똑같이 방 세 개 딸린 구조라도 니시초난하이츠보다 더 넓고 주거환경도 훨씬 좋았지만 그만큼 집세가 비쌌나 봐요.

실제로 니시초나하이츠는 낡고 꼼꼼히 관리되지 않아 지저분한 맨션이거든요. 빈집이 제법 눈에 띄었습니다. 그 동네는 우리 서가 관할하는 구역 중에서도 특히 낙후된 지역이에요. 요컨대 자금 사정이 여의치 않아 집세가 저렴한 곳으로 옮긴 것 같더군요.

　사고가 일어난 베란다 말인데요. 아무래도 난간을 고정하던 나사가 어떠한 사정으로 없어졌는데 균형을 잃은 피해자가 난간을 붙잡았다가 난간동자가 빠져 추락한 듯 보여요. 그 밑은 콘크리트 길이었는데 온몸을 부딪쳐 거의 즉사했죠.

　사고 발생 시각이요? 새벽 3시 지나서였어요. 아야나는 곧 학생 기숙사에 들어갈 예정이어서 일단 세 평짜리 다다미방에서 지냈거든요. 이불을 깔고 잤는데 올빼미형 인간이었는지 매일 새벽 3시나 4시에 잠들었대요.

　사고 당시에는 슈이치로도 깨어 있었는데 거실에서 맥주를 마시며 컴퓨터를 했다더군요. 슈이치로도 올빼미형 인간이었는지 밤낮이 바뀐 생활을 한 듯해요. 유키나는 깨어 있었는지 자고 있었는지는 모르지만 거실에 없던 것은 확실합니다. 그날도 낮부터 두 평 반짜리 자기 방에 틀어박혀 있었다고 하니까요.

　슈이치로의 말로는 아야나는 어머니가 침실로 들어간 밤 11시 30분경부터 줄곧 거실에서 TV를 보면서 캔맥주와 캔 츄하이를 섞어 마셨대요. 스웨터에 청바지 차림이었는데 슈이치로와는 딱히 이야기를 나누지 않았던 것 같습니다. 각자 내키는 일을 하고 있었겠죠. 3시경에 아야나가 불쑥 베

란다로 나간 사실은 알았지만 추락 장면은 보지 못했다고
하더군요.

아, 술이요? 아야나는 당연히 미성년자죠. 그런데 평소에
도 집에서 아무렇지 않게 술을 마셨다나 봐요. 특별히 불량
하지 않아도 술을 마시거나 담배를 피우는 고등학생이 많으
니까요. 게다가 아야나는 조만간 대학생이 될 예정이었잖아
요. 뭐, 남매끼리 사이좋게 마신 것은 아닌 듯하지만 어머니
도 오빠도 지적할 생각은 전혀 없었을 겁니다.

슈이치로 말로는 그날 밤 아야나는 맥주와 츄하이를 적어
도 네다섯 캔은 마셨다더군요. 실제로 혈중알코올농도를 봐
도 피해자가 거의 만취 상태였던 사실은 분명해요.

슈이치로의 증언이 맞는다면 아야나가 베란다로 나간 지
약 일 분 후 꺅 하는 짧은 비명과 함께 밑에서 쿵 하는 엄청
난 소리가 났다고 해요. 황급히 베란다로 나가봤더니 난간
일부가 통으로 빠져 있었고 조심조심 아래를 살피니 바로
아래 땅바닥에 아야나가 떨어져 있는 모습이 보였답니다.
어둑한 가로등 불빛만 있었지만 아야나가 입고 있던 하얀
스웨터를 똑똑히 보았다고 하더군요.

거실 옆 침실에서 자던 어머니는 아야나가 떨어지는 소리
가 아니라 슈이치로가 베란다에서 내지른 소리에 잠에서 깼
다고 해요. 어머니는 방에서 곧바로 베란다로 뛰쳐나갔는데
딸이 떨어진 사실을 알고 일단 안으로 돌아와 휴대폰으로

110[5]에 신고했습니다.

그러니까요. 110으로 신고했다니까요. 119가 아니라.

경찰차로 출동한 경찰이 그 점에 대해 묻자 이쿠에는 맨션 5층에서 떨어졌으니 살 가망이 없는 데다 딸의 모습을 내려다보니 머리가 터져 있어서 딱 봐도 죽은 것 같았기 때문이라도 대답했어요. 뭐, 실제로도 그랬던 것 같긴 한데. 냉정하다고 할지, 어머니답지 않다고 할지⋯⋯. 하긴, 원래 간호사였으니까요. 교통사고 등으로 사망한 시신을 여럿 봤겠죠.

그런데 이 어머니가 조금 심상치 않았던 점이 110에 신고했을 때부터 딸의 시신을 이송할 때까지 일관되게 누가 딸을 죽였다, 딸이 살해당했다고 계속 떠들어댔어요.

누가 떠밀었다는 말이 아니었어요. 베란다 난간이 망가져 있었으니 집주인이 딸을 죽였다는 말이었어요. 누구 한 놈만 걸리라는 식으로 집주인을 살인죄로 고소하겠다며 서슬이 대단했다니까요.

일단 울어서 퉁퉁 부은 눈으로 코를 계속 훌쩍이면서도 초동 수사를 잘하고 증거 사진을 찍어 달라고, 죽은 딸은 뒷전이고 망가진 베란다 난간만 신경 썼다고 합니다. 날이 밝으면 증거가 사라질 우려가 있다, 나중에 현장에 손을 댔다

---

5   우리나라의 112에 해당한다.

고 집주인이 트집을 잡을 수 있다면서요.

베란다 난간은 아까도 말씀드렸듯 난간을 고정하는 나사가 없어져서 갑자기 체중이 실린 순간 난간동자가 빠진 것으로 보입니다. 그러니까 말할 것도 없이 인재인 셈이죠. 하지만 형사 사건으로 누구에게 책임을 물을 수 있냐고 하면 상당히 어려운 문제예요.

이쿠에는 사고가 났을 때부터 줄곧 집주인이 딸을 죽였다고 주장했는데 살인죄는 논외라고 해도 과실치사죄나 업무상과실치사죄도 막상 형사 사건으로 수사하려면 문제가 많아요. 나사 조이는 것을 잊은 점 등 부실 공사를 이유로 업자를 검거한다면 또 모르죠. 물론 공사에 결함이 있었다는 사실을 증명할 수 있다면 말이에요. 그런데 집주인은 이야기가 다르잖아요?

집주인은 임차인에게 안전한 집을 제공할 의무가 있는 것은 분명하니까요. 예컨대 부실 공사로 결함이 있는 집이라는 사실을 알면서도 타인에게 임대했고, 그 결과 사상자가 나왔다면 집주인이 형사책임을 져야겠죠. 하지만 집주인이 모르는 곳에 결함이 있었다면 어떨까요? 민사 사건이라면 주택 설비 불량으로 사고가 발생했을 때 당연히 집주인이 손해를 배상할 의무가 있지만 민사와 형사는 다르니까요.

집주인이라고 해서 세를 준 집의 상태를 완벽하게 파악할

수 없는 노릇 아닙니까. 업자를 믿을 수밖에 없죠. 육안으로
봐도 위험한 상태였다면 모를까 베란다 난간의 나사가 빠져
있다는 사실을 인지하지 못한 채 집을 세놓은 행위가 형법
으로 처벌해야 할 과실일지는 몹시 의문이에요.

애초에 그 사건에서 언제 어떻게 나사가 빠졌는지 알 수
없고 더 세세히 따지면 임대차 계약 당시 이미 나사가 없었
다는 확증도 없죠. 기타가와 가족이 니시초난하이츠에 입주
한 지 일주일밖에 안 됐다고는 하나 그 일주일 사이에 나사
가 빠졌을 가능성도 제로는 아니니까요.

네. 이전 세입자가 나간 뒤 집주인 오노다와 부동산 중개
인의 아버지가 한번 집 상태를 확인했다고 합니다. 마구 어
질러져 있어서 대강 청소했고 인테리어를 바꾸지는 않은 채
더러워진 맹장지 일부만 교체했다네요. 당시 베란다 난간은
언뜻 보기에 문제가 없어서 강도 검사 등은 전혀 하지 않았
다고 해요.

물론 그 난간 자체는 상당히 낡았고, 또 사고 후에 베란다
말고도 땅바닥까지 수색했지만 난간을 고정했던 것으로 추
정되는 나사는 떨어져 있지 않았어요. 그래서 난간을 고정
하던 나사가 없었다는 추측은 사실 아닐까 싶어요.

아, 파손된 난간동자 외 다른 부분은 제대로 나사로 고정
되어 있었어요. 니시초난하이츠의 다른 집 베란다 난간도
얼추 조사했지만 나사가 빠져 있는 곳은 없었습니다.

음, 민사 재판이라면 현실에서 사고가 일어난 이상 그 난간에 결함이 있었다고 추정하겠지만, 형사 재판이라면 입증 책임이 백 퍼센트 검찰에게 있으니까요. 그래서 저희도 기타가와 이쿠에에게 형사는 포기하고 민사 소송을 제기하라고 충고했죠. 하지만 무조건 집주인을 체포하고 기소하라는 말만 고집했어요. 들을 생각을 안 하더라고요. 심지어 고소장을 제출한 것만으로는 성에 차지 않는지 매일같이 경찰서로 찾아와 아직이냐고 재촉했어요.

원래라면 쫓아내도 괜찮은 상황이지만 아시다시피 요즘은 경찰에 불미스러운 일이 마구 터져서요. 무슨 일이 있으면 곧바로 언론의 집중포화를 받거든요. 피해자가 아무리 요청해도 경찰이 꿈쩍도 안 했다면서……. 그러니 시끄럽게 군다고 너무 매몰차게 상대할 수 없어요.

이쿠에는 또 집주인인 오노다 사와를 찾아가서 당신이 내 딸을 죽였다, 딸을 살려내라며 매일 밤낮으로 집요하게 항의했습니다. 그 주장이 사실이라면 가해자여야 할 오노다가 제발 좀 살려 달라고 죽는소리를 하며 울면서 경찰을 찾아올 지경이었죠.

아무리 피해자라도 하루에도 수십 번, 수백 번씩 전화를 걸어 말없이 끊거나 으름장을 놓으며 우익단체처럼 집 앞에서 확성기로 고성을 지르면 법에 저촉되지만 하루에 두세 번 정도 전화를 걸거나 찾아가서 귀찮게 굴며 원망의 말을 내뱉기만 해서는 저지할 방법이 없잖아요. 저는 그 점을 잘 아는 이쿠에가 선을 넘지 않으며 사안을 점점 신경전으로 끌고 간 것 아닐까 생각해요.

집주인 고소 건은 결국 취하했습니다. 이쿠에와 집주인이 합의했거든요.

합의 내용이요? 사카키바라 씨는 물론 잘 아실 테지만 경찰은 민사에 개입하지 않잖아요. 저는 합의 내용에는 관여하지 않았어요. 다만 집주인 측이 상당히 양보했다고 할까, 거의 이쿠에가 원하는 금액으로 마무리됐다고는 들었어요.

이번 사고가 만약 평범한 교통사고였다면 피해자가 대학 진학이 결정된 열여덟 살 여성이니 사망 위자료가 2천만 엔에서 2천 4백만 엔, 일실 이익[6] 4천만 엔까지 더해 총 6천만 엔 이상이 표준 아닐까요? 그 금액에 장례비용도 추가됐을 테고, 반대로 과실 상계[7] 등 여러 가지가 있겠지만……. 하지만 최종적으로 오노다가 지급한 금액은 적어도 1억 엔은 된 것 같아요.

경찰은 가해자와 피해자 모두에게 변호사 상담을 받도록

6　피해자가 사고를 당하지 않았다면 발생했을 수입을 상정한 금액.

7　피해자 또는 채권자에게도 손해의 발생 또는 확대에 책임이 있을 경우 손해 배상 책임의 유무 및 배상액을 산정할 때 참작하는 것.

조언했지만 이쿠에는 변호사를 선임할 돈 따위 없다고 일축했어요. 오노다는 돈은 있지만 아무래도 이쿠에가 '당신이 변호사를 내세워 싸운다면 나도 피 터지게 싸우겠다. 절대 합의하지 않고 대법원까지 가겠다. 나는 살해당한 딸의 한을 평생 짊어지고 살아가야 한다. 죽을 때까지 증오할 테니 각오하라'라고 협박한 것 같아요.

피해자 어머니가 날마다 그런 기세로 몰아세우면 누구라도 두 손 두 발 다 들 겁니다. 더군다나 오노다 사와는 홀로 사는 할머니라서 안타깝게도 완전히 신경증에 걸렸죠. 돈으로 해결할 수 있는 일이면 얼마라도 괜찮으니 한시라도 빨리 고통에서 벗어나고 싶다고 생각했을 거예요. 니시초난하이츠 말고도 맨션 두세 채를 더 갖고 있었는데 그 집들을 팔아 현금을 마련했나 보더군요.

이쿠에가 단단히 못을 박았으니 변호사를 선임할 수 없었죠. 그렇다고 혼자서 합의하기에는 몹시 불안했기 때문에 임대를 중개한 부동산 업자의 아버지를 동석시켜 고소 취하를 조건으로 합의했다고 해요. 드디어 이제 밤에 마음 놓고 푹 잘 수 있겠다며 울었어요. 경찰로서는 순조롭게 한 건이 해결된 셈이지만 저는 왠지 뒷맛이 찝찝했어요.

물론 합의를 유리하게 끌고 가려고 고소를 이용하는 일은 자주 있지만 민사 불개입 원칙8이라고 해도 형사 사건이 성립될 가능성이 있는 이상 경찰은 고소를 접수할 수밖에 없잖아요. 민사 재판에서는 뻔뻔하게 부인하고 적반하장으로 나오는 놈도 당연히 경찰 조사는 피하고 싶을 테니까요. 합의를 빨리 끌어내고 싶으면 형사 사건으로 고소하는 방법이 쉽죠.

그래서 저는 고소를 협상 카드로 이용하는 사실을 완전히 부인할 생각은 없지만, 아무래도 이번 건은 경찰이 그 여자에게 감쪽같이 이용당한 것 같다는 생각이 들어요. 집주인이 제대로 변호사를 선임해 민사 재판까지 갔다면 절대 인정될 리 없을 만큼 큰 배상금을 고소를 무기로 강제로 몰아붙여 받아낸 셈이니까요. 노골적인 표현이지만.

하긴 이쿠에의 심정도 이해는 가요. 아무튼 세 자식 중 유일하게 의지할 수 있는 큰딸이 사망하고 은둔형 외톨이와 백수만 남았으니까요. 당연히 앞날이 불안할 만했죠.

그렇지 않아도 부모는 세상을 떠난 아이가 가장 뛰어났다고 생각하는 경향이 있잖아요. 예전에 제가 맡은 건 중에 아이를 교통사고로 잃은 부모가 이구동성으로 '자식 중 가장 뛰어난 아이가 죽었다, 차라리 다른 아이가 죽었으면 좋았

---

8 경찰은 사회 공공의 안녕 및 질서와 직접 관계가 없는 개인적 분쟁이나 민사상 법률관계에는 개입할 수 없다는 원칙.

을 텐데'라고 말했을 때는 정말 놀랐어요. 아무리 그래도 그렇게까지 말하면 다른 아이들이 불쌍하잖아요.

이쿠에는 '차라리 유키나가 죽었으면 좋았을 텐데'라고는 말하지 않았지만 입만 열면 '아야나는 성적이 우수하고 효심이 깊은 야무진 아이였다. 그 아이가 떠났으니 나는 이제 어떻게 살까'라고 지겹도록 하소연했어요.

기타가와 아야나의 장례식이요? 경야나 고별식은 하지 않았어요. 가족끼리 조용히 상을 치르고 말았다고 하더군요. 그런데 가족끼리 치렀다고 해도 오빠와 동생도 장례식장에 갔나? 잘 모르겠네요. 하지만 장례를 치를 때는 아직 합의가 끝나지 않았고 돈이 궁해 보였던 것 같으니 장례식을 성대하게 치르지 않은 것도 어쩔 수 없지 않을까요. 무엇보다 아무래도 죽은 방식이 그랬으니까요.

자살 가능성이요? 하하, 사카키바라 씨. 아까부터 그걸 찾았군요.

아뇨, 자살은 백 퍼센트 아니에요. 경찰 사이에서도 그 부분은 전혀 문제 되지 않았죠. 완전히 머리부터 떨어졌거든요. 자살이라면 아무래도 공포감이 들어 다리부터 떨어지는 경우가 많으니까요.

추락 직전까지 같이 거실에 있던 슈이치로의 증언도 있었지만 무엇보다 아야나에게 자살 동기가 없었거든요. 물론 유서도 없었고……. 숨 막히는 가족에게 해방되어 마침내 새로운 생활을 시작하기 직전이었으니 오히려 설레지 않았을까요? 아야나가 쓰던 세 평짜리 다다미방에는 기숙사로 옮기려고 풀지 않고 보관한 골판지 상자가 쌓여 있었어요.

게다가 만약 자살할 결심이었다면 난간 위를 넘어가 뛰어내렸을 테죠. 그런 난간은 누구라도 쉽게 넘어갈 수 있으니까. 난간동자가 빠지는 바람에 추락했으니 중심을 잡지 못하고 기우뚱하는 순간 나사가 빠진 난간동자를 붙잡았다가 강한 힘을 이기지 못하고 떨어졌다고밖에 생각할 수 없어요. 어쨌든 아야나는 술에 많이 취한 상태였으니까.

하긴 사카키바라 씨는 현장을 잘 모르니 그렇게 생각할 만하죠. 애초에 그곳은 젊은 여성이 몸을 던질 만한 장소가 아닙니다. 문제의 베란다 바닥도 콘크리트에 거무스름한 얼룩투성이고, 난간도 페인트칠이 벗겨진 데다 떨어진 장소는 지린내가 나는 더러운 통로였거든요. 어지간히 절박한 사람이 아닌 이상 일부러 그런 곳에서 자살할 것 같지는 않아요.

목격자요? 새벽 3시 넘은 시간이었으니까요. 추락 순간을 목격한 사람은 없습니다. 게다가 길 하나를 사이에 두고 맞은편에 있는 빌딩은 철거 직전이라 아무도 없었어요. 그 길도 공공도로였지만 샛길이어서 그 시간대에는 보행자가 없었죠.

하지만 사고 순간 난 소리에 잠에서 깬 사람이 있습니다.

니시초난하이츠는 낡은 탓인지 빈집이 많거든요. 501호의 옆집인 502호도, 바로 아랫집인 401호도 당시 비어 있었는데 그 아래층인 301호는 세입자가 아니라 소유주가 거주했죠. 칠십 대 노부부인데 부부 모두 쿵 하는 충격음과 짧은 비명을 들었어요. 슈이치로의 증언과 일치하는데 만약 자살이었다면 추락할 때 비명을 지르지는 않았겠죠.

부부는 즉시 베란다로 나가 밖을 살피고는 여자가 떨어졌다는 사실을 확인했다고 합니다. 실은 그 부부가 119에 신고했어요. 구급차를 불렀죠.

301호 노부부 외에도 소리를 들은 사람이 있을 것 같은데, 추락 직후 슈이치로와 이쿠에가 요란하게 난리를 피웠고 경찰차와 구급차까지 출동해서 야단법석이 났거든요. 결국 아파트 주민 대부분이 잠에서 깬 듯하더라고요. 무엇보다 기타가와 가족이 니시초난하이츠에 이사 온 지 일주일밖에 안 된 시점이라 주민 대부분은 그런 가족이 살고 있었는지도 몰랐던 것 같아요.

저는 사고 난 지 열흘 정도 지나고서 현장에 갔는데 니시초난하이츠 주민들은 완전히 평온을 되찾았고 추락 지점에도 행인들이 평소처럼 지나다녔습니다.

네? 뭐라고요!? 살인이요? 또 무서운 말씀을 하시네요. 사카키바라 씨, 정말 무슨 생각을 하세요?

살인이라면 범인은 당연히 가족이라는 말씀이죠? 그 상황에서 가족 외 다른 사람은 있을 리 없으니까요. 그렇다면 이쿠에입니까? 아니면 슈이치로일까요? 물론 공범일 수도 있겠지만……. 으음, 그래도 역시 말이 안 되네요.

일단 동기가 없잖아요. 당시 아야나는 대학 입학을 앞두고 있었어요. 조만간 집을 나갈 딸을 죽일 이유가 뭘까요? 그나마 '돈'일 수도 있겠지만 아무리 가난해도 친어머니가 그렇게까지 하겠습니까? 은둔형 외톨이인 자식들을 부양하려고 유일하게 정상인인 자식을 살해하다니, 그럴 리가요.

아니면 사카키바라 씨가 조사하시다가 뭔가 살인이 의심가는 부분이 있었습니까? 아야나의 행실이나 성격에 문제가 있었다거나 남매 사이에 불화가 있었다거나……. 확실히 조금 이상한 집안이기는 하니까요. 무슨 일이 있었다고 해도 이상하지 않아요. 만약 있다면 꼭 알려주세요. 그 추락사고는 이미 오래전에 수사 종료되긴 했지만.

기타가와 가족도 사건이 일어난 지 얼마 후 니시초난하이츠를 떠났어요. 합의했다고 해도 집주인과 그렇게나 사이가 안 좋아졌으니 계속 머무를 수 없잖아요. 무엇보다 베란다에 나갈 때마다 그 사고가 떠올라 견딜 수 없을 테니까요.

어디로 이사했는지는 모릅니다. 우리 관할이 아닌 곳으로 간 것만은 확실해요. 분명 아다치구를 떠났겠죠. 하지만 사카키바라 씨는 당연히 알고 계시죠?

아뇨, 사법 해부는 하지 않았습니다. 부검하지 않아도 사인은 추락사가 분명했으니까요. 전신타박상으로 거의 즉사했거든요. 당연히 검시도 하고 의사가 검안도 했습니다. 그 결과 아야나의 혈중알코올농도가 만취 상태였다는 사실이 밝혀졌습니다.

그러나 시신에 수상한 상흔 등 이상은 발견되지 않았던 듯해요. 하긴, 만약 살해당했다고 해도 술에 취해 몸도 가누지 못하는 아야나를 가족이 밀어 떨어뜨렸다면 방어흔 등이 없어도 이상하지 않지만요. 그랬다면 불의의 사고로 위장하려고 가족 중 누군가가 사전에 몰래 나사를 빼놓았다는 뜻이겠죠? 그렇다면 치밀한 계획 범행이잖아요. 하지만 이쿠에는 딸의 생명보험을 들지 않았던 것 같아요. 돈이 목적이었다면 분명 보험에 가입했을 것 아니에요.

그런데 사카키바라 씨. 사립 탐정이 되면 경찰관 시절과 발상이 매우 달라지나 보네요. 옛날 같으면 제가 만약 그런 말을 하면 "이 자식아. TV 드라마도 아니고, 형사가 무슨 그런 황당한 소리를 해"라며 혼쭐을 냈을 텐데.

뭐, 좋습니다. 사카키바라 씨가 누구를 위해 무엇을 조사하는지 일절 묻지 않기로 약속했으니까요. 그러면 지금부터 하는 이야기는 초난 경찰서 형사가 아니라 시미즈 데쓰유키 개인의 느낌이라고 생각하고 들어주세요. 말하지 않아도 아시겠지만 오프 더 레코드로 부탁드립니다.

솔직히 말해서 딸이 그렇게 끔찍하게 죽었는데 친어머니가 딱히 슬퍼하지 않는 듯 보여서 이상하다고 생각했습니다. 그런데 번데기 앞에서 주름 잡는 것 같지만 이 일을 하다 보면 그런 괴상한 피해자가 그리 드물지 않잖아요.

살인이나 상해치사는 물론이고 교통사고나 산재 사고에도 흔한데 피해자, 특히 가족을 빼앗긴 유족은 가해자나 회사나 정부 등 여하튼 눈앞에 보이는 구체적인 대상에게 분노의 화살을 돌림으로써 무의식중에 자신의 슬픔 또는 후회로부터 도망치려고 하죠. 분노, 슬픔, 증오 같은 부정적인 에너지는 굉장합니다. 기타가와 이쿠에도 오노다 사와를 눈앞의 적으로 인식하고 그악스럽게 공격하면서 일단 현실에서 도피했을 수도 있다고 생각해요.

딸이 곤드레만드레 취하지만 않았다면 설령 베란다 난간이 부서졌다고 해도 떨어지지는 않았을지도 모르잖아요. 이쿠에는 무의식중에 아야나의 음주를 방관한 자신의 책임을 느낀 것 아닐까요?

그런데 저는 그것보다 이쿠에와 장남 슈이치로의 관계가 더 기이하다고 느꼈습니다. 그 두 사람은 정말로 단순한 모자 관계일까요?

기타가와 이쿠에가 오노다 사와를 상대로 기타가와 아야

나 살해 고소장을 제출한 후에 제가 니시초난하이츠를 방문했는데 그때 만난 이쿠에는 경찰서에서 몇 번 대면했을 때와는 인상이 매우 달랐어요. 아니요, 윗선에서 정식 수사를 지시한 것은 아니고 고소장을 제출했기에 일단 제가 직접 현장을 봐 두려고 혼자 찾아갔죠.

뭐라고 해야 할까, 집 안에서의 이쿠에는 마치 연기하는 듯한 분위기가 느껴졌어요. 보통은 반대잖아요? 사고 후 며칠이나 지났는데도 일부러 새빨간 눈을 하고 가끔 코를 훌쩍거리는 행동도 그렇고 혼자서 경찰을 찾아왔을 때 얼굴이 굳어 있던 모습과 달리 묘하게 요염한 모습이었죠. 솔직히 그 차이에 놀랐습니다.

나이가 마흔네다섯인가? 굳이 말하자면 평범한 외모인데 집에 있는데도 굳이 얼굴을 새하얗게 칠하고 화장을 했더라고요. 그 궁상맞은 맨션에는 어울리지 않는 깔끔한 차림이었어요.

예전에 의사 사모님이었다고 하니 형편이 곤궁해지기 전까지는 제법 부유하게 살았겠죠. 집에 있던 가구류도 싸구려가 아니었어요. 그러니 옷차림에 신경을 쓰는 것도 당연할지 모르겠네요. 이쿠에의 색기가 어쩐지 내부를 향한 것 같다고 느꼈습니다. 우리를 포함한 외부인이 아니라 가정 내, 그것도 아들을 향한 것 같은…….

아야나는 사망했으니 모르겠지만 적어도 유키나와 슈이

치로를 대하는 태도는 노골적으로 달랐어요. 예시를 말해
달라고요? 흠, 글쎄요.

예를 들면 제가 거실에서 슈이치로에게 사고 직전 상황을
듣는 동안에도 이쿠에는 슈이치로의 뒤에 딱 붙어 서서 수
시로 아들의 어깨에 손을 얹거나 머리카락을 쓰다듬거나 얼
굴을 들여다봤어요.

"슈짱. 대답할 수 없으면 억지로 대답하지 않아도 돼."

"슈짱은 아무 잘못 없으니까 걱정할 것 없어."

"괜찮아, 엄마가 곁에 있으니까. 아야나가 죽었다고 슈짱
이 책임을 느낄 필요 없어."

뭐, 이런 식이었죠.

아들이 범죄를 저질러서 형사에게 취조받고 있다고 착각
하는 것은 아닐까 싶었다니까요.

보통 남자라면 이런 짜증 나는 어머니가 있으면 진작에
집을 뛰쳐나갔거나 폭발했을 텐데. 하지만 슈이치로는 극단
적인 마마보이인지 그런 이쿠에에게 완전히 길들여진 듯했
어요. 반항할 기력도 없어 보였죠.

내친김에 등교를 거부한 이유를 물어보려고 했더니 순식
간에 안색이 바뀌더라고요.

"우리 아이가 등교를 거부한 것과 아야나의 사고가 무슨
상관이죠? 우리 아이는 전교에서 심한 괴롭힘을 당해서 내
가 알아차리고 구해주지 않았다면 하마터면 살해당할 뻔했

어요. 겨우 마음의 상처가 아문 참이거든요. 이번 사고가 일어난 것만으로도 걱정인데 만약 아들에게 무슨 일이 생기면 경찰이 책임질 거예요?"

옆에서 바로 기관총으로 방호사격을 날리더라고요.

그런데 그때도 슈이치로는 아무 반응이 없었어요. 어머니와 형사의 대화를 어떤 심정으로 듣고 있는지 아니, 듣고 있기는 한지 한결같이 무표정이었죠. 은둔형 외톨이가 된다는 것은 내면에서 외면으로 발산되는 에너지가 없다는 뜻인가 봅니다.

제 질문에 조금씩 대답하는 슈이치로의 설명에 수상한 점은 없었습니다. 사고 당시 슈이치로도 캔맥주를 마셨지만 만취는 아니었고 기억 자체도 또렷하다고 느꼈어요. 다만 말투에 감정이 실리지 않아 마치 대사를 읊는 것 같았어요.

좁은 거실은 물건들로 가득했습니다. 구석에 컴퓨터 책상이 있었고 그 옆에는 게임 CD가 산더미처럼 쌓여 있었어요. 그날 밤 무엇을 하고 있었냐고 물으니 말없이 컴퓨터를 눈짓했는데 게임이든 뭐든 흥미를 느끼는 일을 할 만큼의 에너지는 있다는 의미겠죠.

이것은 이쿠에도 인정한 사실인데 아야나는 고등학생이 된 후 집에서 아무렇지 않게 맥주와 츄하이를 마셨다고 합니다. 휴일에는 늘 늦은 밤까지 깨어 있었고 사고 당일에만 보인 특별한 점은 전혀 없었다고 했어요. '아야나가 사고 직전까지 TV를 보고 있었지만 어떤 프로그램을 봤는지는 모른다. 관심도 없었다'라더군요.

여동생의 죽음에 대해 어떤 감정을 느끼는지도 솔직히 속을 전혀 읽을 수 없었습니다. 하지만 제 직감으로는 슈이치로가 아야나의 죽음을 바랐던 것 같지는 않아요. 슈이치로는 역시 마음이 병들었다고 생각합니다. 그 어머니 때문에.

저는 유키나에게도 이야기를 들어야 한다고 생각했습니다.

유키나는 사고 당시에도 현관문 옆 방에 틀어박혀 있었다고 했지만 이쿠에 본인은 침실에서 깊게 잠들어서 아무것도 모른다고 진술했기 때문에요. 슈이치로의 증언이 사실인지 확인하려면 유키나에게 물을 수밖에 없었죠.

제가 유키나와 이야기를 나누고 싶다고 요청하자 이쿠에는 이렇게 말했습니다.

"상관없지만 걔는 생각이란 게 없는 아이니까 물어도 별소용 없을 거예요."

그러더니 유키나의 방까지 안내해 주기는 했습니다.

"유키나! 형사님이 너와 이야기하고 싶으시단다. 문 연다."

문 앞에서 크게 소리치더니 본인은 방에 들어가지 않고 재빨리 거실 쪽으로 사라졌어요.

똑같은 은둔형 외톨이지만 슈이치로를 대하는 방식과는 전혀 다르더군요.

유키나의 방은 두 평 반 크기였는데 그 방에도 물건이 가득 쌓여 있었어요. 방 한가운데에 이불 한 채 겨우 깔 수 있는 공간만 비어 있었어요. 그 산더미 같은 짐을 보기만 해도 니시초난하이츠로 이사 오기 전 기타가와 가족이 얼마나 사치스러운 생활을 했는지 알 수 있었죠.

그런데 인상 깊었던 점은 그런 것이 아니에요. 방구석에 크고 고급스러운 책장 두 개가 있었는데 초중고등학교 각 과목 교과서에 양장본, 문고본, 잡지, 만화 등 다양한 장르가 뒤섞인 채 빼곡히 꽂혀 있었어요. 언니 아야나가 등교를 거부하는 유키나에게 공부를 가르쳐 줬다는 이쿠에의 말은 사실이었죠.

그런데 유키나는 생각보다 건강해 보였어요. 아야나는 사망한 후 얼굴밖에 본 적 없지만 역시 자매인 만큼 어딘지 모르게 닮았다고 느꼈습니다. 유키나는 다다미방 한가운데에서 무릎을 세우고 웅크려 앉은 채 제가 방에 들어가든 자기소개를 하고 말을 걸든 전혀 고개를 들지 않았어요.

아이참, 무슨 말씀이 하고 싶은지 압니다. 고개를 들지 않았는데 어떻게 아야나와 닮았는지 알 수 있었냐는 말이죠? 잠시 기다리세요. 순서대로 말씀드릴게요.

유키나는 제가 무슨 질문을 해도 한마디도 하지 않았어

요. 아야나가 죽었다는 사실은 알고 있다고 들었고, 언니가 살뜰히 보살핀 것 같으니 얼마나 충격을 받았을까 걱정했지만 아무 반응도 없었죠.

상태가 나쁠 때는 방에 웅크리고 앉아 밥 먹으러 나오지도 않는다고 들어서 지금이 바로 그런 상황인가 싶었는데……. 그래도 여자아이라서 그런지 잠옷이 아니라 평상복을 입고 머리도 깔끔하게 빗었더라고요.

하지만 멋을 낼 필요가 없던 탓일까요? 아야나가 쓰던 방은 옷장과 화장대가 있어서 자못 젊은 여자 방 같았는데 유키나의 방은 마치 창고 같더군요. 유일하게 여자아이다운 물건이라면 책장 위에 놓인 고양이 인형일까요? 상당히 때가 타고 닳은 것으로 보아 아마 유키나가 어렸을 때부터 소중히 여긴 물건 아닐까 싶어요.

아무 대답도 없는데 일방적으로 한없이 말을 걸 수 없으니 슬슬 유키나의 조사를 끝내려던 때였습니다.

갑자기 거실 쪽에서 악 하는 비명이 들렸어요.

"슈짱! 무슨 짓이니?"

이쿠에가 소리쳤죠.

서둘러 유키나의 방을 나왔더니 이쿠에와 슈이치로 두 사람이 거실 끝에 있는 베란다에 나가 있더라고요. 난간을 붙잡고 그 너머로 몸을 쑥 내민 슈이치를 덮치듯 붙들고 늘어진 이쿠에가 보였어요.

사고가 일어났던 난간동자는 아직 보수되지 않은 채 빠져 있어서 위험했거든요. 그래서 일단 판을 덧대어 놓은 상태였죠. 그런데 슈이치로가 홀로 베란다로 나가 난간 위로 몸을 내밀어 아래를, 그러니까 아야나가 떨어진 땅 부근을 보고 있었던 모양이에요.

난간이 그다지 높지 않았거든요. 이쿠에는 아들이 난간 너머로 떨어질까 봐 기겁한 것 같아요. 슈이치로 키가 170 센티미터 정도 됐나? 남자로서 결코 큰 키는 아니거든요.

그런데 지금 생각하면 어쩌면 이쿠에는 슈이치로가 베란다에서 뛰어내리려고 한 줄 알았을지도 모르겠어요. 형사에게 신문을 받은 충격으로 죽은 동생을 뒤따라 자살하려고…….

이런, 도대체 무슨 헛소리를 하는 건지. 그러면 마치 TV 드라마 같잖아요. 사카키바라 씨에게 영향을 받았는지 저까지 그런 생각이 드네요.

그래서 말입니다.

"무슨 일이에요?"

제가 크게 외치면서 베란다로 달려갔더니 두 사람은 번뜩 정신이 든 듯 저를 돌아봤어요.

이쿠에는 조금 머쓱한 듯했어요. 아들의 몸을 감싼 팔을 떼고는 "슈짱이 위험한 행동을 하니까 깜짝 놀랐잖아"라고 중얼거렸습니다.

슈이치로는 어머니와 눈도 마주치지 않은 채 주변 일 따위 전혀 안중에 없는 사람 같아 보였어요. 그의 본심은 모르지만 굳이 표현하자면 '허무'해 보였달까요.

그런데 제가 잊을 수 없는 장면은 어머니의 비명을 들은 유키나가 무심코 고개를 든 순간이었습니다. 저는 이쿠에의 비명을 듣자마자 방을 뛰쳐나왔기 때문에 유키나의 얼굴을 본 시간은 아주 잠깐뿐이었지만 눈초리가 긴 눈에서 뿜어져 나온 감정은 '무기력'이나 '무감정'과는 전혀 반대였어요. 그것은 차라리 '분노'나 '증오'라는 단어로 표현해야 할 격렬한 감정의 발로였죠.

그래서 유키나는 슈이치로와 달리 언젠간 은둔형 외톨이 상태에서 벗어날 희망이 있다는 생각이 들었습니다. 책장에 그만한 책이 빼곡히 꽂혀 있던 것도 겉치레가 아니라고 생각해요.

사실 제가 유키나보다 슈이치로가 더 중증이라고 느낀 이유가 하나 더 있어요. 이건 상사는 물론 아무에게도 말하지 않은 이야기인데요. 그 베란다 소동 후 슈이치로는 베란다에서 직접 유리문을 열고 침실로 들어갔는데 그때 조금 이상한 풍경을 봤거든요.

거실과 나란히 있는 침실은 베란다와 붙어 있는데 두꺼운 레이스 커튼이 쳐져 있어서 밖에서는 잘 보이지 않더라고요. 그때 언뜻 본 침실은 마룻바닥이 깔린 세 평쯤 되는 방이었고 배치상 집에서 가장 좋은 방이었어요.

붙박이장이 있고 경대도 놓여 있고 벽 옷걸이에는 여성복이 걸려 있었죠. 분명 이쿠에의 침실인데 그 좁은 공간에 무려 더블베드가 자리를 차지하고 있었어요. 찰나였지만 베개가 두 개 나란히 놓인 모습이 눈에 들어왔죠. 침대 위에 아무렇게나 던져 놓은 물건은 슈이치로의 것으로 짐작되는 남성용 셔츠였습니다.

이쿠에가 황급히 뒤를 쫓아갔는데 방으로 들어간 슈이치로는 그대로 침대에 털썩 몸을 던졌어요. 그 장면을 본 순간 온몸에 소름이 돋더라고요.

아야나는 세 평짜리 다다미방에서 잤다고 하고, 두 평 반짜리 방은 말할 것도 없이 유키나의 방이었으니까요. 곰곰이 생각해 보면 이쿠에와 슈이치로가 분명 같은 방을 사용하는 셈인데 설마하니 스무 살 넘은 남자가 어머니와 한 침대에서 자리라고는 상상도 못 했죠.

아무리 그래도 친모자 사이잖아요. 저도 그들이 남녀 관계라고는 믿고 싶지 않지만 슈이치로가 정신 질환을 앓는 이유는 틀림없이 그 어머니의 존재와 깊은 연관이 있을 겁니다. 하지만 그 사실이 아야나의 추락 사고와 관계있느냐하면 정말로 모르겠네요.

만약 어머니와 아들이 비정상적인 관계였다면 아마 하루

이틀 된 일이 아닐 겁니다. 최근 들어 갑자기 가족 사이에 심각한 문제가 생긴 것도 아니라고 생각하고요.

대강 이렇게 된 일인데 제 이야기가 도움이 됐을까요?

그것참 다행이네요! 마음이 놓여요.

그런데 탐정 일도 꽤 재미있어 보이는데요. 확실히 이 건도 털면 먼지 정도가 아니라 이런저런 사실이 더 나올 것 같죠?

경찰은 어차피 국가 기관이니 변사체가 발견되거나 피해자가 신고하거나 명확하게 눈에 보이는 피해가 없으면 먼저 움직이지 않으니까요. 가족이 사고사라고 인정하는 건을 구태여 타살이 아닐까 의심하며 넘겨짚을 수 없는 노릇이죠……, 보통은요. 하지만 역시 단순한 사고가 아닐까 싶어요.

자, 사카키바라 씨가 맡은 일이 순조롭게 마무리되면 그날 꼭 한잔해요.

그럼요. 뭔가 정보를 얻으면 당연히 소식 전하겠습니다.

그럼 또 연락 주세요. 기다리고 있겠습니다.

제2장

어린이 공원

3월 하순 평일 오후 2시. 신주쿠구 히가시 3번가 어린이 공원에는 사람이 없었다.

공원이라고는 하나 아이가 열 명 정도 오면 가득 차 버린다. 공터보다 조금 나은 수준으로 놀이기구를 설치한 작은 공간이었다. 사카키바라 사토루는 천천히 벤치에 앉았다.

이곳에서 기타가와 유키나와 만나는 것은 오늘로 두 번째다. 한적한 주택가 한 편에 있는 이 어린이 공원은 사람이 없는 데다 두 개 있는 벤치 중 안쪽에 있는 하나는 2인용이라서 둘이 나란히 앉으면 옆에 다른 사람이 앉을 염려가 없었다.

비밀 엄수가 생명인 탐정업에서 관계자와 나누는 대화를 누군가가 엿듣는 상황은 최악의 사태를 의미한다. 사무소가 없는 사카키바라로서는 회의 장소 확보가 중요한 과제였다. 의뢰인의 집이나 사무실이라면 문제없지만 의뢰인이 유키나처럼 아파트에서 사는 젊은 여성일 경우 집으로 찾아갈 수 없다. 고급 호텔의 라운지가 편리하지만 직업이 없는 유키나에게는 가격이 너무 부담스러운 데다 옷차림에 신경 써야 하는 점이 걸림돌이었다.

기타가와 유키나, 열여덟 살. 무직……. 초등학교 저학년 때부터 오랫동안 '은둔형 외톨이'였다고 한다. 그런데 재작년에 불의의 사고로 연달아 가족을 잃고 아동양육시설에 입소한 뒤 바뀐 환경이 좋은 영향을 끼친 듯했다. 놀라운 회복을 보였고, 은둔형 외톨이 시절 집에서 읽고 쓰기를 포함한 의무교육 수준의 교육을 받은 점까지 더해 지금은 자립해서 임대 아파트 생활을 할 정도로 발전했다.

사카키바라가 대화를 나누어 본 바로는 유키나의 현재 정신 상태에 문제는 없는 듯했다. 오히려 나이에 비해 야무졌고 적어도 머리가 나쁘지 않은 것은 분명했다. 외모는 한마디로 표현하면 '수수하다'지만 자세히 뜯어보면 눈초리가 길고 피부가 하얗고 고와서 옛날 같으면 미인에 속했으리라. 다만 사카키바라 눈에 이 나이대 소녀는 마치 어린아이 같기도 하면서도 묘하게 어른스러운 성적 매력도 풍겨서 본질이 어떤지 판단하기 어려웠다.

사카키바라도 과거에는 아내가 있었고 딸이 있었다.

당시 사카키바라는 경찰관이었는데 가정을 돌볼 시간적, 정신적 여유는 없었지만 적어도 마음만은 결코 가족에게 소홀하지 않았다. 그러나 아내의 생각은 달랐다. 집을 자주 비우는 남편에게 늘 불만만 토로했다. 그러다 보니 사카키바라도 형사와 결혼했으면서 그런 남편에게 가족과 함께하는 시간을 요구하는 아내에게 어느새 혐오감과 경멸을 느꼈고 정신을 차렸을 때는 아내가 딸을 데리고 집을 나간 뒤였다. 초등학생이 된 딸이 딸린 그녀를 맞아준 남자가 있었기에 아내는 위자료는커녕 양육비도 청구하지 않았다. 아내의 요구는 두 가지뿐이었다. 이혼신고서에 서명하거나 도장을 찍을 것, 그리고 앞으로 딸이 성인이 될 때까지 면회를 요청하지 않을 것.

사카키바라는 항의하지 않았다. 떠나는 사람을 붙잡을 마음은 없었다. 딸과 헤어지자니 가슴 아팠지만 딸을 자신이 맡아 키우는 일은 꿈에서도 상상할 수 없으니 도리가 없었다. 새 아버지가 생기면 깔끔하게 물러나야 한다는 생각도 했다.

그리고 입 밖으로 꺼내지는 않았지만 당시 그의 마음속에는 무엇보다 이 이혼이 자신의 인생을 리셋할 천재일우의 기회라는 생각이 머릿속을 지배했다.

사카키바라에게 형사라는 직업 자체가 천직이었다고 해도 거짓은 아니다. 하지만 경찰 조직은 엉망이었다. 아니,

그보다 자신은 경찰뿐 아니라 조직이라는 틀에서 살아갈 수 없는 사람이라는 사실을 형사가 되고서야 비로소 깨달았다. 조직에 속하는 것은 그저 고통뿐이었다. 그 사실을 분명하게 자각한 것만으로도 남들처럼 취직하고 결혼한 의미가 있을지도 모른다.

이혼과 동시에 경찰을 그만둔 사카키바라는 좋게 말하면 한 마리의 늑대, 현실적으로 말하면 영세한 사립 탐정을 시작했다. 직원은 물론이고 장사 수완도 없었다. 다만 목표가 무엇이든 노리는 사냥감을 물고 늘어지는 집념은 누구에게도 지지 않을 자신이 있었다.

조직에서 살아가는 것은 서툴러도 독자적인 인맥을 만드는 데는 서툴지 않았다. 무법자와도 거부감없이 어울리는 유연성과 굳센 정의감이 위화감 없이 공존하는 성격에다 늘씬한 근육질 몸매면서 보통 사람과 다른 분위기를 풍기는 외모가 좋게 작용했다. 그 덕분에 마흔여덟 살인 지금까지 그럭저럭 먹고살기 곤란하지 않을 만큼 의뢰가 들어왔다.

딸은 스물한 살이 됐다. 전 부인의 재혼 상대에게 입양되어 성이 바뀌었는데 세이린여자대학교 학생이라는 사실을 이미 조사했다.

성인이 되었다고 면회를 요청하거나 멀리서 몰래 엿보지는 않는다. 건강하고 평온하게 살고 있다면 그것으로 됐다. 전 부인과 딸을 받아들이고 대학까지 보내준 남자에게 이제는 고마운 마음마저 느낀다.

사카키바라에게 기타가와 유키나를 소개한 사람은 사카키바라의 사촌 여동생이자 아동양육시설 교사인 엔도 리에코였다.

2월 중순에 리에코의 전화를 받았다. 어릴 적에는 자주 함께 놀았지만 성인이 된 후로는 경조사가 있을 때 말고는 만날 기회조차 없는 사이였다. 업무 관련 용건이겠거니 쉽게 짐작이 갔다. 아니나 다를까, 근무하는 아동양육시설에 입소했던 아이의 일로 상의하고 싶다고 했다.

호텔 뉴 오카와 라운지에 나타난 리에코는 경쾌한 발걸음으로 사카키바라가 있는 테이블까지 다가왔다. 그러고는 소파에 앉자마자 인사도 하는 둥 마는 둥 하더니 용건을 꺼냈다. 어려서부터 외곬으로 이거다 싶으면 멈추지 않는 성질 급한 사람이었다.

"오빠, 실종선고라는 제도 알지? 누군가 행방불명됐을 때 일정 기간이 지나면 법률상 그 사람을 사망한 것으로 처리하는 제도 말이야."

실종선고라면 사카키바라도 안다.

예를 들어 가출이나 재해 등 사람이 어떠한 사정으로 실종되어 생사불명 상태가 됐을 경우, 사망이 객관적으로 확인될 때까지 호적상으로 영구히 생존한다면 남은 가족에게 상당한 지장을 준다. 요컨대 실종자의 재산을 처분할 수 없고 배우자는 몇 년이 지나도 다른 사람과 재혼할 수 없다. 따라서 그러한 곤란한 상황을 해소하기 위해 민법상 생사불명 상태가 일정 기간 계속될 경우 법원의 실종선고에 따라 법률상 사망한 것과 동일하게 취급한다.

실종 기간은 가출 등 평범한 실종은 7년이지만, 전쟁에 참전하거나 재해로 인해 사망 가능성이 큰 경우에는 특별 실종으로 1년으로 정한다.

사카키바라처럼 탐정 일을 하면 가출한 사람에 관한 의뢰가 많이 들어온다. 사업에 실패해 빚을 진 부모가 사라지는 경우가 있으니 리에코가 말한 의뢰인도 이 제도와 관계있을 터다.

그건 그렇고 우선 음료부터 주문해야지. 리에코에게 물을 내온 웨이터가 그 자리에 서서 기다리고 있었다.

사카키바라는 레몬티를 주문받은 웨이터가 떠나기를 기다리더니 몸을 돌리며 말했다.

"당연하지. 그래서, 아동양육시설에 있던 아이의 부모가 실종된 거야?"

아마 그 부모의 행방을 찾아달라는 의뢰이리라.

리에코는 고개를 끄덕였다.

"응. 기타가와 유키나라고, 지금은 시설을 나와 자립했고 재작년에 우리 원에 들어온 아이야. 그런데 사실은 실종이라기보다 사고였어. 어머니가 운전하던 승용차가 주행 중 항구 안벽으로 추락해 밤바다에 빠졌거든. 차에서 탈출했지만 조류 때문에 먼바다로 떠내려갔나 봐. 차에 탔던 어머니와 오빠 둘 다 모두 실종됐대."

"그 아이만 살아남은 건가?"

"아니. 유키나는 그 차에 타지 않았어. 애초에 심리 문제 때문에 오랫동안 은둔형 외톨이로 지낸 아이거든. 그 아이 집안 사정이 복잡해. 하긴, 시설에 오는 아이들은 정도만 다르지 다 사정이 있지만."

"그래서 다른 가족은?"

"아무도 없어. 원래라면 대학생 언니가 있어야 했는데 그 사고가 일어나기 반년 전에 맨션 베란다에서 떨어져 죽었대."

"저런, 안됐네."

"그렇지? 고모는 있는데 지금까지 줄곧 소원했는지 그 아이를 맡아줄 생각이 전혀 없더라고. 그래서 우리 아동양육시설로 왔어. 친아버지는 유키나가 다섯 살 때 돌아가셨고 그 뒤 친척 집에 양녀로 갔는데 입양된 지 얼마 지나지 않아 양부모도 화재로 사망했대. 그래서 다시 친어머니에게 돌아갔는데 아무래도 그 사건을 계기로 은둔형 외톨이가 된 것 같아. 그 후로 집에만 틀어박혀 살았나 봐. 재작년에 아동양육시설에 왔을 때 열일곱 살이었는데 초등학교도 졸업하지 못한 상태였어."

"끔찍한 일을 당했네. 어머니가 병원에 안 데려갔나?"

"응, 훨씬 이른 단계에 적절한 치료를 받았어야 했거든. 그런데 실종된 오빠라는 사람도 고등학생 때부터 집에 틀어박혀 빈둥댔다고 하고, 어머니의 인성을 비롯한 가정환경에 문제가 있었던 것 같아. 어머니를 직접 본 것은 아니라 단정할 수 없지만 시설에 온 뒤로 유키나의 몸과 마음이 빠르게 회복돼 우리에게 마음을 연 것을 보면 결국 어머니가 원흉 아니었나 싶어."

"그렇군……. 그런데 국가 기관의 행정 태만 아닌가. 의무교육도 받지 않는 아이가 있다는 사실을 알면서도 몇 년째 방치하다니."

사카키바라는 아무 생각 없이 말했지만 리에코는 그 말을 듣자마자 순식간에 화가 치미는 표정을 지었다.

아차, 실언했군! 깜빡 잊었다. 리에코도 그 '행정'을 담당하는 사람 중 한 명이라는 사실을.

현행법상 학교나 아동복지 관계자가 부모가 있는 아이의 생활에 개입하기란 매우 어렵다. 리에코는 일도 열심히 하고 책임감도 남보다 배는 강하다. 평소에 그렇게 열심히 일하는데 아이에게 무슨 일이 생기면 곧바로 '국가 기관의 행정'을 비난할 때마다 화가 나는 듯했다.

"그래서, 엄마와 오빠가 실종돼서 어떻게 됐는데?"

서둘러 화제를 되돌렸다.

"바다와 하늘 전부 수색했지만 끝내 시신을 찾지 못했대. 조류가 너무 빠르지 않았나 싶어. 그게 재작년 일이야. 그래서 특별실종기간인 1년이 지나기를 기다렸다가 법원에 실종선고 신청을 했고 순조롭게 인정받았어. 그러니까 유키나는 정식으로 어머니의 재산을 상속받은 셈이지."

"어머니의 재산이라니, 그렇게나 대단한 자산가였어?"

"대단한 자산가는 아니긴 한데……. 시골이라고는 해도 누마이사키시에 정원이 딸린 단독 주택이 있고 예금도 1억 엔 이상 남아 있었다고 하니 제법 많은 셈이지."

"그러네."

"실종선고가 나와서 그 유산을 쓸 수 있으니 유키나가 이번에 열여덟 살이 되면서 자립할 때 경제적으로 곤란하지 않았어."

"그런데 아무리 아동양육시설 나이 제한이 열여덟 살까지라고 해도 초등학교도 나오지 않은 아이를 사회로 내보내는 것은 너무하지 않아? 그동안 계속 은둔형 외톨이였다며. 돈이 있어도 사회생활을 못 할 텐데."

"보통은 그렇지. 그런데 유키나는 조금 특수하거든. 사망한 언니가 유키나를 아주 잘 돌봤더라고. 본인의 교과서로 집에서 공부를 가르쳤나 봐. 공부뿐만이 아니야. 일상생활에 필요한 여러 가지 일부터 세상에 나갔을 때 필요한 상식과 유행까지, 그 모든 것을 어머니와 선생님 대신 언니가 철저히 가르쳤대. 유키나 본인도 바깥세상에 전혀 무관심하지 않아서 자기 방에서 TV를 보거나 책을 읽었던 것 같아."

"흐음, 그럴 수가 있나."

"그러니까 아까도 말했듯이 유키나에게 무슨 병이 있었다기보다 어머니에게 문제가 있던 게 아닐까 생각이 들어. 어머니가 정신적으로 학대했다거나 심리적으로 속박했다거나…… 그 어머니가 사라지면서 단번에 해방되었을 거야. 일 년 동안 시설에서 지내면서 몰라보게 성장했거든."

"그렇군."

지금까지 한 이야기는 이해했지만 단지 그뿐이라면 굳이 사카키바라에게 상담할 필요가 없었다. 슬슬 본론으로 들어가도 되겠지.

"그래서 의뢰 내용이 뭔데?"

"그러니까 지금 문제가 뭐냐면 어머니와 오빠가 자동차 사고로 사망했으니 유키나가 보험금을 받아야 하잖아?"

"그런데 보험회사가 보험금 지급을 거부하는구나?"

"맞아."

리에코가 고개를 크게 끄덕였다.

"바다에 빠진 차는 어머니 소유였거든. 물론 자동차종합보험에도 가입되어 있고 거기에는 상해보험도 포함되어 있어서 원래 한 사람당 5천만 엔, 총 1억 엔을 받을 수 있어.

그런데 시신을 수습하지 못하고 종결된 탓도 있고 애초에 보험회사에서는 보험금을 노린 위장사고가 아닌가 의심하는 것 같아."

"그럴 법도 하지. 이해가 안 가는 건 아니야."

"사고 정황이 정황이니만큼 보험회사도 자체 조사를 한 듯한데 결국 두 사람이 어딘가에 살아 있는 흔적은 찾지 못했고 일 년이 지나서 법원에서 실종선고가 내려온 거야. 그런데도 보험회사는 여전히 트집을 잡을 생각인 것 같아. 어머니가 아들과 동반 자살할 목적으로 계획적으로 바다로 뛰어든 것 아니냐고 짙게 의심하더라고. 유키나는 틀림없이 사고라고 믿는 듯한데 그러면 도저히 혼자서는 당해낼 수 없잖아."

"동반 자살이 목적이었다니, 애초에 부모 자식 사이인 그 두 사람이 동반 자살할 이유가 있었나?"

"그러니까 그게 말이야……."

무슨 사정이 있는 듯했다.

사카키바라는 본격적으로 이야기를 들을 준비를 했다.

기분 좋은 가을바람이 부는 9월 하순, 기타가와 이쿠에가 소유한 하얀색 왜건이 가나가와현 누마이사키시 서쪽에 있는 누마이초 니시누마이항 안벽에서 떨어진 뒤 발견됐다.

왜건은 항구 안벽에서 십 미터 남짓 떨어진 바닷속으로

가라앉았고 운전자와 동승자는 추락 직후 차창 밖으로 탈출했는지 차 안에는 사람이 없었다. 새벽 5시 넘어서 발견됐지만 사고 발생 시각은 심야로 추정되며 목격자는 없다.

경찰이 누마이사키시 야마노베초에 있는 이쿠에의 집을 찾아갔을 때 막내 유키나가 있었는데 그녀의 진술로 사고 전날 밤 10시경 이쿠에가 슈이치로를 데리고 차로 외출했고 두 사람 모두 집에 돌아오지 않은 사실이 밝혀졌다. 최근 이쿠에와 슈이치로는 매일 야간 드라이브를 나갔다고 한다. 평소에는 몇 시간이면 집으로 돌아왔지만 어머니와 오빠와 대화다운 대화를 나누지 않았던 유키나는 드라이브에 동행한 적 없는 것은 물론이고 목적지도 묻지 않았으며 날이 밝았는데 두 사람이 보이지 않아도 걱정하는 기색은 전혀 찾아볼 수 없었다고 한다.

누마이사키시 야마노베초에 있는 기타가와 가족의 집은 도쿄에서 차로 두 시간 남짓 걸리는 숲속 외딴집이다. 사고 현장인 누마이사키시 니시누마이초 니시누마이항에서는 차로 약 이십 분. 오백 평 부지에 오래된 단층 목조 주택과 창고 겸용인 차고가 있었다.

둘째 아야나가 불의의 사고로 추락사한 뒤 이쿠에는 번잡한 도시에서 벗어나 자연으로 둘러싸인 환경에서 은둔형 외톨이 자식들, 특히 슈이치로의 요양에 매진해야겠다고 심경의 변화를 겪은 듯하다. 고층 맨션은 이제 지긋지긋해졌는지도 모른다. 별장용으로 지어진 구축 주택을 매입해 경비견으로 수컷 저먼 셰퍼드 한 마리를 키우는 등 이전과는 백팔십도 다른 전원생활을 시작했다.

새로운 생활은 적어도 슈이치로에게는 어느 정도 효과가 있었나 보다. 경찰이 인근 주민에게 들은 바로는 낮에는 여전히 집에 틀어박혀 살았지만 개를 돌보는 것을 좋아하는 듯 밤에는 인근 산길을 돌며 개를 산책시킨 듯했다.

그런데 곤이라고 이름 붙인 그 개는 사고가 나기 닷새 전쯤 원인을 알 수 없는 병으로 갑자기 죽었다. 곤은 펫숍이 아니라 관공서나 동물보호단체에서 포획한 유기견을 이쿠에가 입양한 개였다. 아직 서너 살로 젊은 개였는데 간호사인 이쿠에는 장염전증을 의심했지만 결국 수의사에게 진찰받지 않고 반려동물 장례지도사를 통해 화장했다고 한다.

이에 비해 유키나의 삶은 도쿄를 떠나 숲속 외딴집으로 이사해도 큰 변화가 없었다. 하루 대부분을 본인 방에서 보냈고 정원조차 나가지 않았다고 한다.

이쿠에는 직장을 구하지 않은 채 모아둔 돈을 소진하며 살았지만 아야나의 사망사고로 배상금을 받아서인지 살림은 넉넉했던 것으로 보인다. 거의 외출하지 않았고 이웃이나 인근 상점의 상인들과도 거의 교류하지 않았다. 대형 냉장고와 냉동고를 사 놓고 가끔 차로 도쿄까지 나가 식량과 생활용품을 대량 구매해 오는 방식으로 생활했다.

이쿠에가 사망한 지금은 야간 드라이브의 목적과 자세한 내용은 알 수 없지만 늦은 밤에라도 아들을 집 밖으로 데리고 나가 잠깐이라도 바깥에서 활동할 시간을 주고 싶었던 마음 아닐까 추측할 수 있다.

이쿠에와 슈이치로의 시신은 끝내 발견되지 않았다. 육지에서도 생존이 확인되지 않았다. 당연히 해상보안청 순시정과 헬리콥터로 수색했지만 니시누마이해안 부근은 조류가 심한 곳이었다. 먼바다로 떠내려갔으리라 짐작된다.

그런데 한밤중이라는 악조건을 고려해도 차에서 무사히 탈출했는데 목숨을 건지지 못했다니……. 어촌 출신인 이쿠에는 분명 수영을 잘했을 테지만 슈이치로는 거의 맥주병이었을지 모른다. 그렇다면 이쿠에가 아들을 구하려다가 결국 두 사람 모두 익사했을 수도 있다.

문제는 이쿠에가 왜 이십 센티미터 높이 진입 금지 턱을 뛰어넘을 정도로 속도를 냈는지다. 현장에 스키드마크는 없었다고 한다. 실수로 브레이크와 액셀을 착각해 잘못 밟았다고 생각할 수 있지만 바로 그 점이 보험회사가 자살 혹은 보험금을 노린 위장사고라고 의심하는 근거가 된 듯하다.

보험회사가 자살을 의심하는 또 다른 이유는 이쿠에에게 동반 자살을 계획할 동기가 있었다는 점 때문이다. 손해보험회사의 보험금심사원은 오랜 경험에서 우러난 독특한 감과 후각이 있다. 남편을 잃은 이쿠에가 친인척과 거의 교류하지 않은 점, 세 아이 중 두 명이 심각한 은둔형 외톨이로 개선의 기미가 전혀 보이지 않은 점, 유일하게 건강하고 우수했던 딸이 불의의 사고로 사망해 주변에 의지할 사람이 사라진 점, 아끼던 반려견이 며칠 전 갑자기 죽은 점, 그리고 가장 중요한 사실인데 이쿠에가 아들 슈이치로에게 비정상적인 애정을 쏟은 점…… 이런 요소들이 복합 작용해 결국 아들을 저승길 길동무로 끌고 간 것 아니냐는 의견이 그들의 결론인 듯했다.

그런데 이쿠에가 슈이치로를 억지로 끌어들인 자살이라는 설에도 의문이 남는다. 바다로 추락한 직후 슈이치로는 몰라도 자살을 각오한 이쿠에가 창문을 열고 탈출할 이유가 없기 때문이다. 바다로 떨어진 자동차는 보통 몇 분 만에 바닷속으로 가라앉는다. 물에 잠긴 뒤에는 유리창을 깨뜨려 탈출할 수는 있어도 전동식 창문을 열고 밖으로 나가기란 불가능하다.

적극적인 동반 자살 행위와 모순되는 사실도 있다. 사고 직전으로 추정되는 밤 11시 넘은 시간, 니시누마이항과 가까운 니시누마이역 앞 심야 영업 도넛 가게에서 구매한 도넛 열 개들이 상자가 영수증과 함께 바닷속에서 인양한 차에서 발견됐다.

점원의 진술에 따르면 도넛을 사러 온 사람은 나이를 알 수 없는 안경 쓴 여성이었는데 화장이 짙었다고 한다. 그 여성은 도넛과 뜨거운 커피 두 잔을 테이크 아웃했다. 상자에 남아 있던 도넛은 일곱 개였는데 커피 컵은 발견되지 않은 점으로 보아 이쿠에와 슈이치로가 차 밖에서 커피를 마시며 도넛 세 개를 먹은 것으로 짐작된다. 어머니와 오빠가 도넛을 좋아하기는 했지만 곧 자살할 생각이었다면 열 개들이 상자를 사지 않았을 것이라고 유키나는 주장했다.

사고 후 일 년이 지나도록 두 사람의 모습을 목격한 사람이 나타나지 않았기 때문에 이들의 생존을 의심할 만한 구체적 정보가 전무한 이상 보험금을 노린 위장 사고설은 자연히 소멸했다고 판단해야 옳았다. 이제 와 새삼 보험금 지급을 거부할 이유는 없다고 생각하지만 여전히 의심이 불식되지 않는 이유는 역시 시신이 발견되지 않았기 때문이리라.

사고 후 홀로 남겨진 유키나는 아동양육시설에 맡겨졌다.

호적상 가장 가까운 친족은 고모, 즉 사망한 아버지 기타가와 히데히코의 누나 이노우에 유리코였지만 연락을 받은 유리코는 유키나를 데려가기는커녕 면회조차 거부했다. 기타가와 히데히코가 사망한 후 이쿠에와 그 자식들과는 한 번도 연락하거나 만난 적이 없으며 앞으로도 연을 끊을 생각이라고 단호하게 말했다. 유키나도 고모의 존재를 거의 기억하지 못하는 듯했고 이쿠에는 형제가 없었기 때문에 그야말로 혈혈단신 천애고아라고 해도 무방한 처지였다.

당시 유키나가 아직 열일곱 살이어서 아동양육시설 입소 조건을 충족한다는 사실이 그나마 다행이었다. 열일곱 살이면 보통 아동양육시설에 머물며 고등학교에 다닌다. 그런데 유키나는 중학교는 고사하고 초등학교조차 졸업하지 못했기에 시설 측도 처음에는 머리를 싸매고 고민했다. 시설에서 가장 우수한 베테랑 보육교사 리에코가 유키나를 담당하게 된 이유도 바로 그 때문이다.

그런데 뜻밖에도 오래지 않아 유키나의 지능과 지식은 정상일 뿐 아니라 정신도 매우 건전하다고 판명됐다. 은둔형 외톨이라고 해도 가정에서 나이에 걸맞은 교육을 받았을 뿐 아니라 TV와 신문, 잡지도 챙겨 봤다고 한다. 그렇다면 유키나가 집에 틀어박힌 원인은 어머니의 학대 때문이거나, 혹은 어머니가 유키나를 학대하려고 그런 생활을 강요한 것 아니었을까. 리에코는 직감했다.

유키나는 어머니와 오빠가 실종됐다는 소식을 듣고서도 무표정으로 눈물 한 방울 흘리지 않았다고 한다. 시설에 와서도 평범하게 대화하다가도 어머니의 이야기가 나오면 입을 굳게 다물었다. 이는 시설을 나온 지금도 여전했다.

유키나는 결국 학교에 다니지 않았지만 시설에서 평범하게 생활했고, 처음에는 직원과 함께, 나중에는 혼자서 쇼핑하러 가거나 영화를 보러 외출할 수 있을 정도로 회복했다.

그러나 학교생활 경험이 없어서인지 또래 아이들을 사귀는 데 서툰 듯했다. 시설에서 아이들과 어울리지 않았고 사적인 대화도 나누지 않은 점은 마지막까지 화제로 남았다.

유키나가 열여덟 살이 되었을 때 이쿠에와 슈이치로의 특별 실종 선고가 나오고 유키나의 경제적 자립이 가능해졌다. 아동양육시설 입소 대상은 원칙적으로 열여덟 살 미만이지만 스무 살까지 연장할 수 있다. 따라서 유키나가 그 시기에 시설을 나왔다는 것은 주변 사람에게 홀로서기 능력을 인정받았을 뿐 아니라 유키나 본인도 자립 생활을 시작할 의욕이 있었다는 의미였다.

자립한 유키나는 유년 시절을 보낸 도쿄 신주쿠구의 임대 아파트에 살기로 정했다. 이바라키현 하마난시에서 보낸 양녀 시절을 제외하면 유키나가 거리 풍경을 아는 유일한 지역이었다.

취직이나 학업 계획은 아직 백지였고 우선 홀로서기에 익숙해지는 것이 중요했다. 마지막에 살았던 누마이사키시의 정원 딸린 단독 주택에는 별다른 애착이 없는 듯했다. 그렇지 않아도 차도 없는 유키나가 혼자 살 만한 장소는 아니었다. 땅은 머지않아 매각한다고 해도 낡은 목조 주택을 빈집으로 방치하면 위험하니 일단 집을 헐어 공터로 두었다.

"내 생각에 사회복귀 첫 단계로는 더할 나위 없는 출발이야. 의식주가 해결됐잖아."

유키나를 염려하는 리에코는 그녀가 어떻게 지내는지 때때로 유키나의 집에 들러 살피는 듯했다.

"그런데 보험회사와 협상하는 문제는 별개야. 보험회사와 싸우려면 우리도 반론에 필요한 정보를 쥐어야 해. 그러니까 오빠가 힘이 되어주면 좋겠어. 비용은 보험금이 나온 뒤에 후불로 지급할 수 있게 배려해 주면 감격의 눈물을 흘릴 거야."

어머니에게 상속받은 돈은 당분간 매달 생활비로 고정 지출할 계획이라고 했다.

1억 엔을 받느냐 못 받느냐는 큰 문제였다. 리에코가 전전긍긍하는 것도 이해가 갔다.

"좋아, 알았어. 돈은 알아서 해. 하지만 일을 맡으면 내 방식대로 움직일 거야."

사카키바라는 의뢰를 받아들였다.

삼 주 전, 유키나와 처음으로 이 공원에서 만난 날이 떠올랐다.

리에코의 설명을 들은 사카키바라가 자동차 추락 사고 조사를 맡을 결심을 한 이유는 말할 필요도 없이 유키나라는 여성을 가엾게 여겨 돕고 싶었기 때문이다. 헤어진 딸과 겹쳐 보이기도 했다. 그러나 그와 동시에 유키나와 기타가와 가족을 덮친 지독한 불행의 늪에 전직 형사의 직감이 무조건 반사를 일으켰다는 사실도 부정할 수 없었다.

"뭔가 있어······."

탐정을 업으로 삼는 사람으로서 누군가에게 의뢰받지도 않았는데 타인의 비밀을 파헤치고 숨겨진 범죄를 폭로해 봤자 아무런 이득도 없다. 충분히 아는 사실이다. 그러나 이쯤 되면 더는 탐정으로서 호기심이 아니라 형사로서 본능이 스르르 고개를 쳐든다. 스스로도 어쩔 수 없다.

사카키바라는 조사를 시작하면서 리에코 없이 유키나와 단둘이 만나 이야기하겠다고 요구했다. 제삼자가 동석하면 효율이 떨어질 뿐 아니라 감정에 휩쓸리기 쉽다. 상황에 따라서는 사실을 왜곡할 우려도 있다.

사람들의 시선을 신경 쓰지 않고 이야기를 나눌 수 있는 장소가 없을까 물었더니 유키나가 이 어린이 공원을 지정했다. 유키나 혼자 사는 아파트에서 걸어서 이삼 분 거리에 있어 햇볕을 쬐러 자주 찾는다고 했다. 자립해 혼자 살 수 있을 정도로 회복했다고는 해도 아직 이웃이나 친한 친구를 사귀지는 못한 듯했다.

도톰한 흰색 스웨터와 스키니진 차림으로 나타난 유키나의 눈빛에는 공원을 근거지로 삼은 깡마른 암컷 고양이처럼 경계심과 호기심이 드러나 있었다.

누구에게도 속박당하지 않은 채 자유롭게 살아가는 길고 양이지만 원래는 혈통서 있는 태생으로 고고한 풍모에 영리하게 계산할 줄 알고 낭창한 민첩성이 몸에 밴 아비니시안.

"엄마가 오빠와 동반 자살했을 리 없어요."

인사가 끝나자 유키나는 단도직입으로 말을 꺼냈다.

어설픈 사회생활조차 경험하지 않은 만큼 말과 표정에 일말의 모호함도, 머뭇거리는 기색도 없었다.

"사고였다는 것은 의심의 여지가 없어요. 저는 알 수 있어요. 그 사람은 다른 사람을 죽이면 죽였지 결코 스스로 죽을 사람은 아니거든요."

순간 긴장에 휩싸인 사카키바라의 얼굴을 확인하고서 만족한 듯했다. 유키나는 시선을 고정한 채 고개를 살짝 끄덕였다.

그리고 시선을 떼지 않은 채 사카키바라의 눈을 똑바로 응시했다.

"우리 집은 귀축의 집이었어요."

유키나의 이야기는 경악스러웠다.

의뢰인 기타가와
유키나의 이야기

아빠는 다섯 살 때 죽었어요. 공식적인 사인은 지주막하 출혈로 인한 돌연사였지만 사실이 아니죠. 엄마가 아빠를 죽였어요.

하지만 현장을 직접 목격하지는 못했어요. 그때 나는 아직 어렸고 아무것도 몰랐거든요. 죽은 아빠의 모습조차 보지 못했어요. 장례식도 치르지 않았으니까⋯⋯. 하지만 지금의 나는 사실 그때 무슨 일이 벌어졌는지 알아요.

엄마가 어떤 인간이고 그런 엄마와 오빠의 자동차 추락 사고는 왜 일어났는지는 처음으로 돌아가 아빠 사건부터 설명하지 않으면 이해할 수 없을 테죠.

아빠 기타가와 히데히코는 개업의였어요. 기타가와의원이라고, 할아버지의 뒤를 이어 동네에서 개인병원을 운영하는 의사였죠. 이곳 신주쿠구 히가시 2번가에 자택 겸 병원이 있었고 우리 다섯 가족은 아빠가 돌아가시기 전까지 그 곳에 살았어요. 부모님과 오빠 슈이치로, 언니 아야나, 저까지 다섯 식구였죠. 옛날에는 아빠의 부모님, 그러니까 할아버지, 할머니도 함께 살았다고 들었지만 내가 세상을 인식할 나이가 되었을 무렵에는 두 분 모두 돌아가셔서 안 계셨어요.

엄마는 기타가와의원의 간호사였어요. 기타가와 집안과 비교하면 엄마의 친정은 수준이 한참 떨어져서 할아버지 할머니가 아빠의 결혼을 몹시 반대했다고 해요. 내가 어렸을 때 엄마는 늘 "네 할머니가 엄마를 얼마나 괴롭혔는지 몰라. 할머니는 '야차'야"라고 말했던 기억이 나요. '야차'가 악마 같은 존재죠?

처음에 할머니는 만약 엄마가 어떻게 해서든 아빠와 결혼하면 엄마만 근처 아파트에 나가 살게 하고 거기서 병원을 오가면 된다고 말했대요. 불결한 며느리와 같은 목욕물을 쓸 수 없다고……. 조부모에게 엄마는 어디까지나 신분이 낮은 고용인이었던 셈이죠.

결국은 할아버지의 중재로 같은 집에서 살게 됐지만 엄마에게 신혼생활은 지옥 같은 나날이었어요. 당시 기타가와의원의 실권을 모두 조부모가 쥐고 있었기 때문에 엄마가 자유롭게 쓸 수 있는 돈은 한 푼도 없었죠. 매일 장을 보고 돌아오면 조부모는 마치 도둑을 심문하듯 1엔 단위까지 세세하게 보고받았대요. 결혼 전까지 받던 월급도 없어졌는데 용돈 같은 것도 주지 않았죠. 할머니는 새 옷은커녕 속옷까지 본인이 입지 않는 헌 옷을 잔뜩 건네며 옷이 없으면 이것을 입으라고 했대요.

분명 엄마가 포기하고 제 발로 집을 나가기를 기다렸겠죠. 남편도 편을 들어주지 않는데 그렇게까지 당하면서도 버틴 여자는 아마 엄마 말고는 없을 거예요. 그런데 솔직히 말하면 그 이야기가 사실인지 아닌지는 모르겠어요. 나는 엄마가 하는 말은 믿지 않거든요. 언니 아야나도 조부모가 사실 어떤 사람들이었고 결국 어떻게 죽었는지 정확히는 몰랐어요.

'야차'가 악마를 뜻한다면 내게는 엄마야말로 영락없는 '야차'였어요.

죽은 아빠는 우리 남매에게 무서운 존재였어요. 나는 아빠를 거의 기억하지 못하지만 왜인지 아빠가 노성을 내지르던 목소리만큼은 아직도 귀에 생생하게 남아 있죠. 아이들이 조금이라도 떠들거나 웃으면 곧바로 소리를 질렀거든요. 그 고함이 하도 커서 온 집안에 쩌렁쩌렁 울릴 정도였죠.

그래도 우리가 조용하지 않자 이번에는 주먹이 날아왔어요. 느닷없이 귀를 얻어맞았죠. 아빠는 키가 컸고 우리는 어렸으니 몸이 날아갈 정도였어요. 그래도 아빠는 눈 하나 깜짝 안 했고 봐주지 않았죠.

세 남매 중 아빠를 가장 화나게 한 사람은 오빠 슈이치로였어요. 설령 혼내지 않더라도 자주 "저 자식은 뭐야……"라며 못마땅해하며 혀를 찼죠. 아마 오빠를 싫어했을 거예요. 하지만 오빠가 공부를 더 잘하고 더 활발한 아이였다면 아빠의 태도도 달랐을지 모른다고 생각해요.

오빠는 울보였어요. 남자아이였는데 나약했죠. 오빠보다 어린 아야나 언니가 훨씬 듬직했어요. 아빠가 오빠를 때리면 반드시 엄마가 달려왔죠. 오빠는 옛날부터 엄마가 가장 사랑하는 자식이었거든요. 그렇게 달려오면 아빠가 이번에는 엄마를 두들겨 팼습니다.

한 번은 오빠를 감싸 안고 현관으로 뛰쳐나가 땅에 웅크리고 앉은 엄마를 우산으로 마구 때린 적도 있습니다. 너는 슈이치로가 그렇게 소중하냐, 아버지 자식이 그렇게나 귀하냐고 소리치면서……. 엄마 목덜미에 피가 흐를 때는 걱정되어 견딜 수 없었어요. 이러다가 아빠가 엄마를 죽이는 것 아닐까 하고……. 그때도 마지막에는 언니가 아빠를 껴안으며 말렸죠.

아빠는 언니를 좋아했어요. 언니는 영특했거든요. 그래서 별로 꾸짖지 않았죠. 그런데 그 감정은 아빠가 딸을 예뻐하는 것과는 조금 달랐어요. 아빠는 변변치 않은 아들이나 멍청한 막내가 아니라 성적이 좋은 둘째를 의사로 키워 기타가와의원의 후계자로 삼을 생각이었거든요. 오빠의 성적표를 보고는 이런 바보는 내 자식이 아니라는 말까지 내뱉었다고 하니까요. 언니를 보고는 이 아이라면 의대에 입학할 수 있겠다 기대했을 뿐일지 몰라요.

나는 아직 어렸는데도 가끔 아빠에게 흠씬 두들겨 맞았어요. 아빠가 집에 있을 때는 우리도 한껏 긴장해서 필사적으로 숨죽이고 지냈어요. 그래도 역시 아이다 보니 TV를 보면서 킥킥 웃거나 장난쳤죠. 아빠도 기분이 좋아 보여서 방심했는데 돌연 얼굴에 불이 난 듯 화끈거리면……. 그렇게 '아, 맞았구나' 하고 깨달았어요.

아빠가 계실 때 우리는 벌벌 떨며 기척을 살피는 어린 사슴 같았어요. 아빠가 죽었다는 소식을 들은 날 우리는 종일 TV를 켜놓고 소리를 지르며 온 집안을 뛰어다녔어요. 오빠와 언니가 어떤 생각을 했는지는 몰라요. 바보였던 나는 이제 싫은 일은 일어나지 않으리라는 생각뿐이었어요.

아빠는 엄마에게도 횡포한 남편이었어요. 아빠와 엄마가 말다툼한 기억은 없어요. 아빠가 살아계실 적 엄마는 매우 온순한 여자였어요. 마치 옛날 일본 영화에 나오는 여자 같아서 부부라기보다 마치 주인어른을 섬기는 하녀처럼 보였죠. 의사와 간호사여서 더 그랬을지도 모르지만요.

엄마는 외모도 옛날 사람 같았어요. 미인이었는지 아닌지는 모르겠네요. 다만 아이가 봐도 음침해 보였고 어딘지 모르게 분위기가 어두웠어요. 엄마가 크게 웃는 모습은 평생 한 번도 본 적 없어요.

내가 기억하는 것은 아빠가 엄마에게 자주 고함을 치고 엄마를 때렸다는 사실뿐이에요. 아주 사소해 보이는 이유였지만 엄마는 아빠가 화를 내고 때려도 가만히 입을 다물고 있었어요. 엄마는 왜 아무 말도 안 할까? 왜 저항하지 않을까? 늘 이상하다고 생각했죠.

그때 어렸던 나는 불쌍한 사람은 엄마라고 생각했어요. 당시에는 엄마와 결혼한 아빠가 더 불쌍한 사람일지 모른다고는 조금도 하지 않았어요.

아빠가 죽은 날은 솔직히 잘 기억나지 않아요.

언니 말로는 그날 저녁 아빠는 평소처럼 진료를 마치고 집으로 돌아왔지만 옷을 갈아입고 커피를 마신 뒤 곧바로 병원으로 돌아갔대요.

아빠는 우리와 함께 집에서 저녁을 먹지 않았어요. 매일 밤 어디론가 외출했다가 언제나 우리가 잠든 뒤에 돌아왔기 때문이에요. 저녁 식사뿐만이 아니었어요. 아침과 점심도 가족과 따로 먹었죠. 아빠는 원래 그런 존재인 줄 알았던 나는 아무런 의문도 불만도 없었어요. 그래서 그날도 특별한 일이 있었다는 기억은 없네요.

내게 '그 일'을 가르쳐준 사람은 언니 아야나였어요. 물론 당시 나는 아직 어려서 오랜 시간이 지난 뒤에야 그 이야기를 들었지만.

엄마는 그날만 유독 병원에 있는 아빠의 상태를 보고 오라고 했대요. 저녁 7시 넘은 시간이었죠. 아빠에게 용건이 있을 때, 예를 들어 무언가를 보내야 할 때 엄마는 직접 병원에 가지 않고 언니를 대신 보낸 적이 가끔 있어요. 언니는 초등학교 2학년이라 심부름을 할 수 있었고 언니를 보내면 아빠의 기분도 좋았기 때문이었을 거예요. 진료 시간이 아닐 때도 아빠는 자주 병원에 틀어박혀 있었어요. 하지만 특별한 일도 없는데 아빠의 상태를 보고 오라며 언니를 보낸 적은 이전까지 단 한 번도 없었어요.

언니도 엄마의 지시가 심상치 않다고, 기이하다고 생각했나 봐요.

"잠깐 병원에 가서 아빠 상태 좀 보고 오렴. 만약 잠들었으면 몸을 흔들어 보고 와. 그래도 깨지 않으면 곧장 엄마에게 오고."

그렇게 말했대요.

언니가 병원에 갔더니 아빠는 진료실의 환자용 침대에 똑바로 누워 자고 있었어요. 언니는 엄마가 시킨 대로 아빠를 흔들며 깨기만을 기다렸지만 일어날 기미는 전혀 없었어요.

언니에게 소식을 들은 엄마의 입가에 느슨한 미소가 번지더니 아이들을 둘러보며 말했어요.

"아야나는 엄마를 따라오거라! 슈짱은 엄마가 돌아올 때까지 여기서 기다리렴. 유키나가 병원 쪽으로 오지 않도록 조심하고."

엄마는 어느 틈에 준비했는지 두꺼운 종이로 만들어진 과자 상자를 손에 들고 병원으로 부리나케 걸어갔어요.

엄마가 언니를 데려간 이유는 분명해요. 남편을 살해할 때 딸이 돕게 하려던 의도였죠. 언니는 워낙 야무져서 겁쟁이인 오빠보다 훨씬 도움이 될 테니까요.

진료실에 들어간 엄마는 침대에 누워 있던 아빠를 흘긋 보고는 가져온 상자를 아빠 발치에 놓은 뒤 뚜껑을 열고 주사기와 약품을 꺼냈어요.

주사기에 약품을 가득 채운 엄마는 아빠 곁에 천천히 무릎을 꿇고 앉아 왼손으로 아빠의 왼팔을 받치고는 조용히 정맥에 약물을 주입했어요. 손놀림은 신중했지만 조금도 주저하지 않았죠.

언니는 그 모습을 잠자코 바라봤어요. 엄마가 무엇을 하는지 묻지 않아도 알았기 때문이죠.

언니는 나와 달리 어릴 적부터 감이 매우 좋고 눈치가 빨랐기 때문에 말려도 소용없다는 것을 알았을 거예요.

아빠는 괴로워했대요. 그리고 호흡이 완전히 멎자 엄마와 언니는 힘을 합쳐 아빠를 침대에서 내리고 마치 의자에 앉아 있다 흘러내린 것처럼 바닥에 앉혔어요. 힘이 빠진 시신은 옮기기 힘들었고 믿기지 않을 정도로 무거웠대요.

아빠는 뚱뚱하지 않지만 키가 컸고 엄마는 군이 말하자면 덩치가 작은 편이었죠. 엄마 혼자서는 시신을 움직이기 힘들었을 거예요. 하지만 엄마가 아빠를 살해할 때 언니에게 돕게 한 이유는 그뿐만이 아니에요. 내가 잘 알죠.

엄마는 언니를 무서워했어요. 그래서 공범으로 만들고 싶었던 거예요.

"아야나는 엄마와 함께 아빠를 죽였단다. 이건 우리 둘만의 비밀로 하자꾸나."

집으로 돌아오는 길에 엄마는 언니의 어깨에 손을 얹으며 이렇게 속삭였다고 해요.

보기 좋게 선수를 친 셈이죠. 그리고 언니도 그 사실을 잘 알았어요.

아빠의 사인은 병사로 처리됐어요. 지주막하출혈이라는 뇌질환이었죠.

나는 다음 날 아침에 일어나서 그 소식을 들었어요. 나중에야 언니에게 들은 바로는 아빠가 죽은 날 밤에 여러 사람이 병원으로 찾아와 한밤중까지 이런저런 일을 했다고 하더라고요.

"아빠는 어젯밤에 갑자기 병에 걸려 돌아가셨단다. 이제 사람도 많이 오고 엄마는 바빠질 테니 너희끼리 얌전히 놀고 있어야 한다."

엄마의 말을 듣고도 나는 무슨 상황인지 전혀 이해하지 못했어요.

확실히 아빠는 집에 없었어요. 하지만 평소에 집을 자주 비웠어도 바로 어제까지만 해도 집 안 구석구석까지 거대한 뿌리를 박고 있던 거목 같은 존재가 갑자기 사라졌다니, 나는 도저히 믿을 수 없었죠. 사람이 죽는다는 것이 어떤 의미인지 아직 모르는 나이였어요.

그 순간 오빠와 언니가 어떤 반응을 보였는지도 기억하지 못해요. 오빠는 몰라도 언니는 무슨 일이 일어났는지 정확하게 인지하고 있었지만······.

"아빠가 죽었다잖아."

엄마가 장의사와 함께 병원으로 사라지자 오빠는 신이 난 듯 거실 TV를 켰어요.

오늘은 학교에 가지 않아도 된다는 말을 들었거든요. 내 눈에는 오빠도 언니도 천진하게 좋아하는 듯 보였어요. TV 소리도 더는 눈치 보지 않아도 됐죠. 유치원에 가지 않아도 되니 마치 휴일 같은 기분이었어요. 하지만 전혀 몰랐어요. 나의 진정한 수난은 그때부터 시작이라는 것을.

언니는 비교적 최근에야 아빠 죽음의 진상을 전부 털어놨어요.

글쎄요……. 언니가 죽기 약 반년 전이었던 것 같아요.

"아빠의 사인은 지주막하출혈이 아니야. 엄마가 죽였어."

뜻밖의 이야기는 아니었죠. 엄마는 그런 일쯤은 태연하게 하는 사람이니까.

아빠를 살해한 뒤 엄마는 오빠와 언니를 재우고 몰래 기지마 원장을 병원으로 불렀대요.

기지마 원장은 아빠의 지인 의사로 신주쿠구에서 기지마병원을 운영하는 원장이었죠. 지금은 어떤지 모르겠지만……. 우리집에도 몇 번인가 온 적 있다고 하니 나도 만난 적 있을 텐데 전혀 기억나지 않네요. 언니 말에 따르면 아빠와는 전혀 다르게 호탕한 아저씨였대요.

그런 기지마 원장을 당연히 공범으로 만들려고 불렀죠.

그날 밤, 언니는 침대로 쫓겨난 후에도 잠들지 않고 조용히 아래층의 동태를 살폈어요. 언니는 나이보다 훨씬 성숙했어요. 살인 현장에 들어갔다 나온 직후라서 정신이 또렷해 당연히 잠들 수 없었겠지만…….

그 무렵 언니와 나는 2층 아이 방에서 함께 잤어요. 2층에는 아빠의 서재와 제법 넓은 침실이 있었는데 아빠는 그 방에서 자고 일어났지만 엄마와 오빠는 1층에 있는 네 평짜리 다다미방에서 이불을 깔고 잤죠. 적어도 내가 상황을 분별할 수 있는 나이가 됐을 때 부모님은 이미 각방을 썼어요.

밤이 깊어지자 엄마가 아래층에서 전화 통화하는 소리가

들렸대요. 그리고 시간이 흐른 뒤 이번에는 누군가 차를 타고 병원으로 들어오는 소리가 났습니다.

"늦은 밤 병원에서 무슨 일이 벌어질지 생각하면 도저히 가만히 있을 수 없었어……."

그렇게 말했어요.

언니는 담력이 센 사람이었어요. 내게는 다정했지만 그 점만은 엄마를 닮았죠.

"그러면 나도 엄마와 함께 아빠를 죽였다고 말하면 되지."

만약 엿보다가 들키면 어떻게 할 생각이었느냐고 묻자 아무렇지 않게 그렇게 대답했어요.

언니는 아이 방을 스르르 빠져나와 계단을 내려가 엄마가 아래층에 없는 것을 확인하고는 복도를 지나 발소리를 죽이고 살금살금 병원으로 향했어요.

병원 복도에는 불이 켜져 있었고 아빠의 시신이 있는 진료실 문은 닫혀 있었지만 안에서 대화 소리가 들렸죠. 기지마 원장과 엄마의 목소리라고 금세 알아차렸습니다.

"그런데 말입니다, 이쿠에 씨. 이렇게 된 이상 나도 숨기지 않고 말하겠습니다. 실은 조금 성가신 문제가 있거든요. 이쿠에 씨도 눈치챘겠지만 기타가와가 요즘 계속 신주쿠의 어떤 필리핀 술집에 드나들었거든요……. 거기서 늘 지명하는 오로라라는 여자가 있는데, 그 아이가 기타가와의 아이를 임신했어요. 본인은 무슨 일이 있어도 낳겠다는 걸 내가 기타가와의 부탁으로 두 사람 사이를 중재했죠. 인연을 끊는 조건으로 위자료 1천만 엔을 주기로 약속하고 바로 얼마 전에 아는 산부인과 의사에게 낙태 수술을 받았어요. 기타가와의 경제 사정은 나도 모르는 바는 아니니까 그런 약속을 해도 괜찮은 걸까 솔직히 불안했는데 자기가 어떻게든 하겠다고 하더군요. 기타가와가 죽었다고 그 여자가 1천만 엔을 포기할 것 같지는 않은데. 여자 한 명이면 몰라도 어쨌든 술집 주인이 폭력조직원이니까. 약속한 돈을 안 주면 무슨 일을 당할지 몰라요."

그 말을 들은 엄마는 큰 소리로 웃었죠.

"어머나, 원장님! 그렇게 에두르지 말고 단도직입으로 말해도 1천만 엔 정도는 사망보험금이 나오기만 하면 당장이라도 드릴 수 있는데……. 남편의 행적을 조사하는 김에 기지마 원장님의 신변도 조금 조사했거든요. 그래서 선생님과 그 오로라 씨 일은 제가 잘 알죠. 예쁜 분이라면서요? 좋아요. 잘 알겠습니다. 1천만 엔을 드리죠. 물론 선생님 사모님에게는 비밀로요. 이걸로 선생님과 제 사이에 계산은 끝난 거죠?"

병원장을 상대로 엄마는 여유가 넘치는 듯했습니다.

아무래도 거래가 성사된 것 같으니 두 사람이 진료실에서 나올지도 모른다고 생각한 언니는 서둘러 집으로 돌아가려고 했어요.

그런데 집으로 연결된 복도에 설치된 문 앞에서 그만 바닥에 놓여 있던 빈 양동이를 넘어뜨리고 말았어요. 덜컹 소리가 병원 안에 울려 퍼져 숨이 멎는 줄 알았죠.

"그때는 나도 모르게 도망치고 말았지만 가만히 생각하니 두 사람의 약점을 잡을 걸 그랬나 봐."

언니는 그렇게 말했어요.

아빠의 장례식에 대한 기억은 전혀 없어요. 기억은커녕 장례나 제대로 치렀는지조차 몰라요. 실은 아빠에게 막대한 빚이 있었대요. 병원과 집이 경매에 부쳐졌고 그 시절에는 아빠가 죽지 않았어도 기타가와의원은 어차피 망했을 거래요.

아빠가 죽고 반년쯤 지났을 때 우리 가족은 이바라키현 하마난시에 있는 엄마의 친척 집으로 이사했어요. 엄마의 고모인 히시누마라는 사람의 집이었죠.

하마난시라고 해도 실제로는 시골이고 정말로 아무것도 없는 곳이었어요. 히시누마는 농가였는데 내 눈에 노인으로만 보이는 오십 대 부부가 단둘이 살고 있었어요.

단층집이었지만 매우 넓어서 안에 있으면 현관에 누가 와도 들리지 않을 정도였어요. 시골에서는 꼭 부자가 아니어도 그렇게 큰 집에서 산다는 것을 도쿄 사람들은 분명 상상도 못 할 거예요.

엄마는 형제가 없었고 엄마의 아버지, 즉 내 할아버지는 내가 아기였을 적에 돌아가셨어요. 할머니는 엄마가 어렸을 때 병으로 돌아가셨다고 들었어요. 그래서 할머니, 할아버지 얼굴을 몰라요. 아빠의 누나, 그러니까 내게는 고모 되는 분이 있다고 들었는데 아무래도 엄마와 사이가 나빴는지 오래전에 연락을 끊었더라고요.

엄마는 친척과 왕래하지 않는 사람이었어요. 그런데 어째서 히시누마 부부의 집으로 이사 갔냐면 바로 짐 같았던 나를 버리려는 목적이었죠. 그렇게 결국 나는 히시누마 집안에 입양됐어요.

집이 경매로 넘어가자 엄마는 우선 세 아이를 데리고 히시누마 부부의 집에 눌러앉았지만 물론 그 집에 계속 머물 생각은 아니었어요. 얼마 후 도쿄 미나토구의 임대 맨션을 찾아 이사했죠. 히시누마 부부에게는 맨션이 아니라 근무하게 된 병원의 기숙사라고 말한 것 같지만······.

나중에 알았는데 새 거처는 방 세 개 딸린 매우 깨끗한 집이었어요. 예전에 살던 집보다는 좁았지만 거실도 널찍하고 베란다고 있으며 네 식구가 생활하기에 충분했죠.

하지만 나를 그 집으로 데려가지 않았어요.

"고모할머니 부부가 꼭 유키나를 키우고 싶대. 그러니까 유키나는 남아서 이 집 아이가 되렴."

도쿄로 출발하는 날 아침, 오빠와 언니에게 옷을 입히며 마치 생각난 김에 말한다는 듯 꺼낸 그 이야기를 잊을 수 없어요.

엄마는 평소에도 아이에게 친절하고 세세하게 설명해주지 않는 사람이었어요. 아빠처럼 고함을 지른 적은 없지만 엄마가 한 번 꺼낸 말은 적어도 내게 '절대적'이었죠. 엄마가 이 집안 아이가 되라고 말했다면 더는 어쩔 수 없는 일이었어요. 그때 여섯 살이었지만 이렇게 된 이상 울고불고 매달려도 소용없다는 사실은 이해했어요.

엄마가 왜 히시누마 집안에 자식을 두고 갔는지, 그때는 몰랐어요. 그저 세 아이 중 누군가를 두고 간다면 나밖에 없다는 것만 알았죠. 엄마는 오빠를 사랑했고 언니는 똑똑하고 뛰어났으니까 나를 버리는 것은 당연했어요.

그렇게 엄마는 오빠와 언니를 데리고 나 홀로 남겨둔 채 떠났어요.

그 후 고모할머니 부부는 내 아버지와 어머니가 됐습니다.

엄마와 양아버지, 양어머니 사이에 어떤 이야기가 오갔는지는 몰라요. 하지만 아버지와 어머니는 내게 한 번도 싫은 내색을 하지 않았죠. 가구야 공주9를 키운 할아버지와 할머니가 바로 그런 느낌 아니었을까 가끔 생각해요. 정말로 소중하게 키워주셨거든요.

어느새 나는 어머니를 사랑하게 됐습니다. 그때까지 살면서 나를 그렇게 아껴준 사람은 친엄마를 포함해 없었어요.

농가라서 당연하겠지만 어머니가 지어주는 밥이 무척 맛있어서 반찬이 필요 없을 정도였어요. 현관 옆 다다미방이 내 방이었는데 매일 밤 잠들기 전에 어머니가 이불을 깔아주셨어요. 아침에 일어나면 또 그 이불을 개어 벽장에 넣어주셨고 옷을 갈아입고 거실에 가면 고타쓰 위에 따뜻한 아침밥이 차려져 있었죠.

집 주변에 논과 밭뿐이었지만 차를 타고 조금만 가면 커다란 주차장이 있는 슈퍼마켓이 나왔고 다양한 상점과 음식점이 즐비한 상점가도 있었어요. 그곳에서 어머니가 사주는 장난감과 과자는 그때까지 살면서 본 적 없는 것들뿐이었고 아마 저렴한 물건이었겠지만 나는 무척 좋아했어요.

TV로 무엇을 봐도 온 집안을 아무리 뛰어다녀도 화내는 사람은 없었어요. 나는 어린 공주님이었죠. 히시누마 집안의 양녀가 되어 정말 행복했……을 거예요. 그래도 마음속

---

9 일본의 고전 소설 '다케토리 모노가타리'로, 대나무 숲에서 발견한 가구야 공주를 노부부가 키워 아름답게 성장한다는 이야기다.

으로는 항상 진짜 집으로 돌아가고 싶었거든요. 이제 도쿄에는 '우리 집'도, '우리 가족'도 없다는 것을 알았어요. 다만 인정하고 싶지는 않았죠.

게다가 양부모의 집도 불쾌한 부분이 전혀 없지는 않았어요. 그 집에는 기타가와의원에서 지내던 시절 친부모가 만들어내던 날 서고 살벌한 분위기 대신 양부모가 내뿜는 무경계하고 교양 없는 방만한 분위기가 가득했기 때문이에요. 나이 든 어른이 TV 속 저속한 코미디 프로그램을 보며 웃고 흥겨워하는 모습은 예전 집에서는 한 번도 본 적 없는 풍경이었죠.

아버지와 어머니는 술을 매우 좋아했습니다. 저녁 식사 후 거의 매일 같이 술을 마셨어요. 둘이서 거실에서 TV를 보며 술자리를 깔면 그 시간만큼 나는 홀로 남겨졌죠. 엄마는 저녁 8시가 되면 나를 재웠어요. 그래서 그 후 어떤 일이 있었는지는 몰라요. 다만 밤늦게 잠에서 깨 화장실에 가는 김에 거실을 살피기는 했는데 그때 아버지와 어머니는 컵과 도쿠리 술병을 죽 늘어놓은 난잡한 밥상 앞에서 정신없이 자고 있었어요.

그 자리를 가득 메운 숨 막히는 술과 음식 냄새……. 그리고 꾀죄죄한 폴로 셔츠 앞섶을 풀어 헤친 아버지의 잠든 모습은 징그러웠어요.

건방지다고 생각하실 수도 있겠죠. 하지만 어린 마음에

도 이 사람들을 존경할 수는 없겠다는 생각이 들었어요. 죽은 아빠도 술은 좋아했을 테지만 자식들 앞에서 술에 취해 정신을 잃고 널브러져 자지는 않았거든요. 나는 아빠를 좋아하지 않지만 그래도 아빠가 칠칠치 못한 사람이 아니었던 것만은 확실해요. 아버지와 비교하니 그것은 아빠의 '지성'이었구나 깨달았습니다.

새해가 밝아 여섯 살이 된 나는 4월에 하마난시의 히노하라초등학교에 입학했습니다.

도쿄에서 지낼 때는 집 근처 사립 유치원에 다녔지만 하마난시에 온 뒤 다섯 달 남짓은 유치원은 고사하고 주변에 놀이 상대도 없이 지냈어요. 아마 처음에는 아직 입양에 대한 합의가 끝나지 않은 탓이었던 것 같아요. 초등학교 입학을 앞두고 정식 입양 절차를 거쳤는지 1학년이 된 나는 기타가와 유키나가 아니라 히시누마 유키나라는 이름으로 불렸습니다.

학교까지는 걸어서 편도 사십 분 넘게 걸렸어요. 도시에서 자란 데다 그전까지 집에서만 지내서 힘들었지만 또래 아이들과 만나는 일이 신선해서 학교생활에 완전히 빠져들었어요. 학교는 새 건물에 매우 깨끗했고 날씨가 궂은 날에는 아버지가 학교까지 차로 바래다줬어요.

아버지는 1학년 학부모 중 나이가 가장 많았어요. 물론 친아빠는 아버지보다 훨씬 젊고 키가 크셨지만 나는 아버지가 조금도 창피하지 않았어요. 내가 자식이 없는 나이 많은 부부의 양녀라는 사실을 같은 학년 아이들은 이미 모두 알고 있었죠. 그렇다고 따돌림을 당한 적은 없어요. 오히려 히시누마 집안의 친자식이 아니라서 나를 우러러봤죠.

"유키나는 사실 도쿄의 큰 병원 원장님 딸인데 태어날 때부터 몸이 약해서 도쿄가 아니라 공기 좋은 곳에서 키우기로 했대."

그런 소문이 돈 모양이더라고요.

소문의 출처는 모르지만 엄마는 내가 입양된 뒤에도 가끔 번쩍번쩍 빛이 나도록 닦은 차를 타고 나를 만나러 왔어요. 집에 머물지는 않았지만 아버지, 어머니와 이야기를 나누고 돌아갔죠. 오빠를 데려온 적도 있지만 대부분 예쁜 원피스를 입은 언니 아야나와 둘이서 왔어요. 엄마는 아빠가 살아 있을 때보다 훨씬 세련되고 화려한 모습이었어요.

엄마는 나를 걱정해서가 아니라 히시누마 집안을 염탐하러 찾아왔죠. 언니, 오빠와 만나게 해 주고 싶다고 하면 아버지와 어머니도 거절할 수 없다는 것을 엄마는 알았습니다.

아빠가 죽은 뒤 엄마가 간호사로 일한 흔적은 없어요. 언니가 내게 알려준 대로 엄마는 아빠의 사망보험금으로 먹고 살았어요.

언니와 만나는 것은 좋았지만 시골 생활에 점점 적응한

나는 처음 그 집에 들어갔을 때처럼 도쿄에 있는 언니 오빠를 부러워하지 않았어요.

아버지는 술만 마시지 않으면 전혀 싫지 않았고 내가 갖고 싶은 물건이 생기면 설령 어머니가 반대하더라도 반드시 사 줬거든요. 저녁 반주를 하고 만취한 부모님이 저도 모르게 익숙해졌을까요……. 묵묵히 농사를 짓는 아버지는 죽은 아빠와는 다른 면에서 매우 믿음직한 존재로 느껴졌어요.

그렇게 만사형통할 줄 알았는데 사건이 일어났습니다.

그 일은 내가 초등학교 1학년이었던 해 9월에 일어났습니다.

그 무렵 나는 히시누마 집안에 완전히 녹아들었죠. 어머니는 이제는 집을 비워도 괜찮겠다고 생각한 듯 오히간[10]에 아이자와 고모의 집에 머물러 갔어요.

아이자와 고모는 어머니의 언니, 즉 엄마의 고모예요. 같은 하마난시에 살고 나도 몇 번인가 만난 적 있는데 엄마를 싫어하는 눈치였죠. 내가 보기에도 강단 있고 조금 깐깐한 사람이었어요.

그 아이자와 고모와 함께 오랜만에 가까운 곳으로 온천을

---

10   춘분과 추분을 중심으로 전후 3일간 총 일주일로, 일 년에 두 번 조상과 죽은 자를 공양하는 일본의 불교 행사.

하러 간다며 어머니는 외출 전부터 들뜬 기색이었어요.

나와 아버지가 먹을 식사를 냉장고에 준비해 놓고 먹는 방법을 가르쳐 주고 갈아입을 속옷을 서랍에서 꺼내 방 한쪽에 개어놓는 등 부산하게 집 안을 돌아다녔죠.

"엄마, 난 괜찮다니까요!"

그 말을 듣고 어머니는 기쁜 듯 아쉬운 표정을 지었어요.

분명 가지 말라고 떼쓰길 바랐겠지만 더는 유치원생이 아니니까요. 아이를 낳은 적 없는 어머니는 잘 모르는 것 같았어요.

어머니가 출발한 뒤 아버지는 거실에서 무료하게 TV를 봤습니다. 얼마 전 부모님이 사줘서 자전거 타기에 재미를 들린 나는 오후 내내 밖에서 놀았기 때문에 아버지가 낮부터 맥주를 마시기 시작했다는 사실을 몰랐죠.

어스름한 해 질 녘이 되자 서둘러 집으로 돌아왔을 때 TV 앞에서 거나하게 취한 아버지를 보고 맥이 빠졌습니다. 해가 지면 밖에서 놀면 안 된다고 누누이 말했기 때문에 틀림없이 혼날 줄 알았거든요.

그래도 아버지는 내 얼굴을 보고는 느릿느릿 일어나 저녁을 차리기 시작했습니다. 어머니가 만들어서 접시에 담아 놓은 김초밥의 랩을 벗기고, 냉장고에서 닭튀김과 야채 조림을 꺼내 전자레인지에 데우기만 하면 됐습니다. 아버지는 물론 맥주를 곁들였고 나는 어머니가 만들어 놓은 차가운

보리차를 마셨어요.

거실에 가득 찬 땀 냄새와 맥주 냄새를 맡으며 점점 우울했어요. 아버지는 술에 취하면 말이 많아지고 행동이 둔해졌으니까요. 역시 어머니가 집을 비우지 않았으면 좋았을 텐데 하고 후회하는 마음이 빼꼼히 고개를 내밀었습니다.

둘이서 TV를 보면서 밥을 다 먹은 뒤 아버지가 자리를 정리하고 내 목욕물을 데워주셔서 서둘러 목욕하고 빨리 자기로 했어요. 다음 날에도 아침부터 자전거를 타고 싶었고 낮에는 아버지가 상점가에서 라멘을 사주기로 했거든요.

그런데 깊은 잠에 빠졌던 나는, 덮고 있던 이불을 들추고 잠옷 속으로 들어와 배를 누르는 축축하고 뜨거운 커다란 손 때문에 잠에서 깼습니다.

술기운 가득한 거친 숨과 땀방울이 얼굴로 쏟아졌고, 배에 얹은 손에 점점 힘이 실리고 끈적끈적하게 몸을 더듬으며 점점 내려가는 순간, 햇볕 같던 아버지의 냄새가 한껏 음습해져 주변에 가득하다는 사실을 깨달았어요.

정말 깜짝 놀랐죠. 하지만 소리를 지르지는 않았어요. 불 꺼진 방, 복도에서 들어오는 희미한 불빛 속에서 덮쳐 오는 아버지의 검은 그림자를 느꼈지만 꼼짝도 하지 않고 가만히 있었습니다. 아버지가 무슨 짓을 하려고 하는지 누가 말해주지 않아도 본능적으로 알았기 때문이에요.

지금 아버지를 거부하면 안 된다고 머릿속에서 경고했

습니다. 그리고 당연히 어머니에게 말하면 안 된다는 사실도……. 내가 잠에서 깼는데도 가만히 있는 것을 눈치챈 아버지는 파도 같은 신음을 내질렀어요.

그 손가락은 굵고 까끌까끌했어요. 하지만 내가 혐오스러웠던 점은 손가락의 움직임 자체가 아니라 숨이 턱 막힐 것처럼 후끈하게 젖은 피부의 감촉이었어요. 간절히 도망치고 싶었지만 한편으로는 이 비밀스러운 행위를 끝까지 지켜보고 싶다는 호기심에 사로잡혔습니다.

마지막에 아버지가 마음을 놓아 버린 듯 벌러덩 누웠을 때 나는 기쁘지도 않았지만 화가 나거나 슬프지도 않았어요. 솔직히 말해서 그때까지도……, 그리고 그 후에도 아버지를 남자로서 좋아한 적은 한 번도 없어요. 아버지의 체취와 젖은 피부는 지금 생각해도 불쾌해요. 하지만 결코 원망하지는 않아요.

내가 하고 싶은 말이 무엇인지 아시겠어요? 아버지와의 경험이 그저 불행한 것만은 아니었다고 말하고 싶을 뿐이에요.

다음 날, 아버지는 약속한 대로 라멘을 사줬습니다.

나도 아버지도 전날 밤 일은 꺼내지 않았죠. 평소 술에 취하지 않았을 때 아버지는 늘 고개를 약간 숙인 자세였고 말수가 적었어요. 비록 내심 꺼림칙했지만 아버지가 무슨 생각을 하는지 속내를 읽을 수 없었어요.

아이였던 내게는 당연히 아버지가 커 보였지만 실제로 키는 어머니와 비슷했는데 등을 구부리고 라멘을 먹는 아버지는 아이의 눈에도 몹시 늙고 외로워 보였어요.

저녁이 되어 어머니가 여행 선물을 잔뜩 들고 돌아왔고 아무 일도 없었던 것처럼 일상으로 돌아오니 재밌었지만 잘 기억나지 않는 꿈을 꾸고 난 것처럼 아련한 기억의 단편과 답답한 마음만 남았죠.

그 후로 어머니는 집을 비우지 않았고 아버지가 낮부터 술을 마시는 일도 드물었어요. 아버지의 태도는 특별히 달라지지 않았습니다. 생각해 보니 평소에도 내 얼굴을 똑바로 쳐다본 적이 없는 것 같아요.

그 아련한 기억조차 하루하루 흘러가는 삶 속에서 모호해지기 시작한 그해 연말의 일이었습니다.

어머니가 중학교 반창회 때문에 반나절 집을 비웠죠. 밤에 돌아올 예정이었기에 아버지가 먹을 저녁밥을 준비해 놓고 나갔어요.

그날 학교에서 돌아온 나는 아버지가 낮부터 거실에 있는 모습을 보고 예감이 맞아떨어졌다는 것을 알았어요. 아버지는 술에 취하지는 않았지만 TV를 보면서 맥주를 마시고 있었습니다.

내가 시야에 들어오자 아버지는 컵을 내려놓고 천천히 일어나며 물었어요.

"뭐 좀 마실래?"

그러더니 내 대답은 듣지도 않고 부엌에 서서 종이팩에 담긴 주스를 냉장고에서 꺼냈어요.

유리컵에 따른 주스는 어머니가 항상 사 오는 오렌지 주스가 아니라 내가 가장 좋아하는 복숭아 주스였어요. 컵과 빨대를 받은 나는 아버지의 숨소리가 이미 거칠어지고 열기를 띠어 마치 바람 같은 소리를 내고 있다는 것을 알아차렸어요.

아버지가 현관문을 잠그는 소리를 한 귀로 들으며 거실 다다미 위에 털썩 앉아 쪼로록 소리를 내며 빨대를 빨았습니다.

아버지도 나도 결국 또 이렇게 되리라 알았던 것 같아요. 아버지는 내 옆에 털썩 앉더니 나를 안아 무릎에 올려놨죠.

그날은 많이 취하지 않았지만 예전 그날만큼 자제할 수는 없는 듯했습니다. 지난 석 달 동안 아버지가 한시도 그날 밤을 잊지 않았구나 확신했죠.

나는 그저 가만히 있었지만 아버지도 분명 같은 생각이었을 거예요. 분명 이다음은 석 달도 기다릴 수 없었을 테죠.

그리고 저녁 무렵 화장실에 갔을 때 예상치 못한 일을 맞닥뜨렸어요.

그때까지는 겪어 본 적 없는 타는 듯한 통증에 놀라 팬티를 살펴본 저는 낯선 갈색 얼룩을 발견하고는 가슴이 철렁

내려앉았어요. 그러고 보니 조금 전 희미한 통증을 느꼈죠. 하지만 결코 이렇게 아리는 고통은 아니었거든요.

어머니가 보면 어떡하지……. 가장 먼저 든 생각이었습니다.

운이 나쁘게도 그날 입은 옷은 서랍에 가득한 동네 마트에서 산 팬티가 아니었습니다. 파란색, 분홍색, 흰색 바탕에 예쁜 동물 그림이 새겨진 어머니가 생일선물로 사준 삼색 속옷 세트였어요.

나는 서둘러 방으로 돌아가 일단 다른 팬티를 꺼내 입고는 그 파란색 팬티를 서랍 깊숙이 숨겨 놓았어요. 아버지에게 말해야겠다는 생각은 못 했어요. 당장은 어머니에게 들키지 말아야겠다고만 생각했어요.

그리고 이틀이 지났어요.

엄마가 언니 아야나를 데리고 집으로 찾아왔어요. 엄마가 단순히 연말 인사차 방문했는지, 아니면 무슨 목적이 있었는지는 모르지만 언니의 방문은 하늘이 도운 일 같았습니다. 언니는 내가 모든 것을 드러내고 의지할 수 있는 유일한 존재였기 때문이에요.

엄마가 거실에서 어머니와 이야기하는 틈을 타 언니를 내 방으로 데리고 가서 서랍 속에 숨겨 둔 파란색 팬티를 보여 줬어요.

언니라면 분명 어떻게든 해주겠지……. 필사적인 심정이었습니다.

역시 언니였어요. 더듬거리는 설명에도 눈썹 하나 까딱하지 않고 팬티에 묻은 얼룩을 차분하게 살펴봤어요.

"이건 빨아도 안 지워질지 모르겠다. 하지만 괜찮아. 똑같은 팬티를 찾으면 되니까."

언니는 그렇게 말하며 손가방에 팬티를 밀어 넣었습니다.

하지만 결과적으로 내 예상은 완전히 빗나갔습니다.

그때 언니는 초등학교 3학년이었어요. 당시 내게는 엄청난 어른처럼 느껴졌지만 결국 어린아이였죠. 대수롭지 않은 듯 말하며 문제의 팬티를 가져갔지만 혼자서는 해결할 수 없어 결국 엄마에게 털어놓았어요. 엄마라면 어떻게든 해주리라 언니 나름대로 생각했겠죠.

엄마에게 바라 마지않던 기회가 찾아온 것입니다.

지금 와서 생각하면 처음에 엄마는 피 묻은 팬티를 증거로 아버지를 협박해 돈을 뜯어낼 생각이었는지 몰라요. 그 정도는 아무렇지도 않게 하는 사람이니까요. 하지만 결국 엄마가 더 잘하는 방법을 생각해 냈어요. 아버지를 협박해봤자 뻔하니까 그 대신 나를 협박하기로 했습니다.

엄마와 언니는 끝내 그해에 나타나지 않았어요. 다행히 파란색 팬티가 없어진 사실은 들키지 않았지만 어머니가 속옷을 넣어둔 서랍을 열 때마다 숨이 멎을 것 같았죠. 언니가 하루라도 빨리 똑같은 팬티를 사오기만을 빌었어요.

새해가 밝고 셋째 날, 엄마가 찾아왔습니다. 언니는 감기에 걸려 열이 나는 바람에 함께 오지 않았다고 했죠.

실망스러웠어요. 그런데 아버지가 근처 친척 집에 볼일을 보러 외출하고 어머니는 저녁 장을 보러 나가자 아무도 없는 집에서 나와 단둘이 마주한 엄마가 천천히 입을 열었어요.

"아야나에게 들었단다. 그 뒤로 여러 가게를 뒤졌지만 똑같은 팬티를 파는 곳은 없었어. 그만 포기하렴. 무엇보다 그런 걸로 고모를 속일 수 있다고 생각하면 큰 착각이란다. 언젠가 반드시 들킬 거야. 평소에는 무척 다정한 사람이지만 정말로 화가 나면 무슨 짓을 할지 모르지. 고모가 너를 죽인다고 해도 나는 도와줄 수 없단다. 게다가 설령 들키지 않는대도 나는 절대로 고모부를 용서하지 않을 작정이거든. 두 번 다시 이런 못된 짓을 못 하도록 경찰에 신고할 거야. 그러면 고모부뿐 아니라 너도 경찰에 잡혀가서 조사받겠지. 신문과 TV에 얼굴이 대문짝만하게 나올 각오를 해야 할 거야."

어렸던 나는 엄마의 협박에 쉽게 넘어갔습니다.

그렇게 다정한 어머니가 나를 죽인다니 도저히 믿기지 않았지만 왜인지 무시무시한 얼굴로 다가오는 어머니의 모습이 눈앞에 떠올랐어요.

취재진의 카메라 플래시 세례를 받으며 경찰차에 올라타는 아버지와 내 모습도, 반 아이들 모두가 커다랗게 찍힌 내 얼굴 사진이 나오는 TV를 보는 모습도, 이웃 사람들이 우리 집을 손가락질하며 쑥덕대는 광경도 모두 눈앞에 어른거렸어요.

그날 엄마가 언니를 데려오지 않은 이유를 지금은 잘 알아요. 언니가 있었다면 상황은 변했을지 몰라요. 하지만 나 혼자서는 도저히 엄마의 계략을 간파할 수 없었죠.

"엄마! 제발 경찰에 신고하지 마세요!"

나는 애원했습니다.

그렇게 결국 엄마의 지시에 따를 수밖에 없었어요.

정월 산가니치[11]에는 다들 늦게 자니까 오늘 밤은 피하는 편이 좋겠다는 엄마의 의견에 따라 나는 다음 날 1월 4일 밤에 계획을 실행했습니다.

당연히 불안했고 망설였어요. 하지만 우물쭈물하는 사이에 엄마가 경찰에 신고할 것 같은 공포가 압도적으로 커졌죠. 엄마가 증거물을 쥐고 있다는 사실이 치명적으로 느껴졌어요.

엄마의 지시는 간단명료했어요.

---

11   1월 1일부터 1월 3일까지 정월 연휴.

양부모 모두 술을 좋아하고 저녁 식사 후 술잔을 기울이다가 거실에 쓰러져 잠드는 일이 잦았죠. 안주는 대체로 조림이나 오징어 젓갈이었는데 항상 병에 담긴 제품을 많이 사 놓았어요. 그날 안주는 김 조림이었는데 저녁을 먹은 뒤 검고 끈적거리는 김 조림이 작은 그릇에 담겨 부엌에 놓인 모습을 본 나는 몰래 방으로 돌아가 책가방 깊숙이 숨겨둔 작은 종이봉투를 꺼내 왔어요.

아버지와 어머니는 TV를 크게 틀어 놓고 코미디 프로그램을 보고 있었기 때문에 내가 부엌에서 무엇을 하는지 눈치챌 걱정은 없었죠.

엄마가 가르쳐준 대로 종이봉투의 내용물을 젓가락으로 김 조림과 잘 섞은 뒤 긴장해서 새빨갛게 달아오른 얼굴을 들키지 않으려고 화장실로 들어갔습니다. 볼일도 없는데 화장실에 있으면 시간이 더디게 가고 무서워지기 마련이죠. 쿵 쿵 쿵 울리는 심장 소리가 화장실 밖까지 들릴 정도였어요. 마음을 진정시키려고 엄마가 말한 순서를 머릿속으로 되새겼습니다.

다행히 어머니는 아무런 의심도 하지 않았어요. 평소처럼 나를 목욕시키고 이불을 깔아 줬죠. 얼른 재우고 부부끼리 느긋하게 마시고 싶었는지도 몰라요.

이부자리에 누운 나는 깜빡 잠이 들지 않도록 불을 켜두었습니다. 엄마가 10시까지 기다리라고 엄명했기 때문이었죠. 무엇보다 긴장과 흥분으로 졸릴 틈이 없었지만······.

시곗바늘이 10시를 가리키자 방을 나갔어요. 만약 아버지나 어머니 중 누구라도 의식이 있어 보이면 화장실에 가려고 깼다고 둘러대고 계획을 멈추기로 했습니다. 그런데 다행인지 불행인지 조심스럽게 얼굴을 내밀어 살핀 아버지와 어머니는 둘 다 정신을 잃고 잠들어 있었어요.

어머니가 어느 틈에 눈을 뜨며 "어머, 유키나. 무슨 일이니?"라고 물어주기를 바랐죠. 막상 코앞에 닥치니 역시 무서워서 견딜 수가 없었어요.

하지만 엄마가 준 약이 듣지 않을 리 없잖아요. 어쨌든 간호사니까요. 아버지도 어머니도 죽은 듯 잠들어서 내가 몸을 흔들어도 일어날 기미는 전혀 보이지 않았어요.

어머니는 밥상 위에 엎드려 있었고 아버지는 다다미 위에 대자로 누워 있었어요. 담배꽁초가 수북이 쌓인 재떨이가 아무렇게나 놓여 있었고 조금 떨어진 곳에 석유난로가 발갛게 달아올라 있었죠.

"괜찮아! 넌 아직 열네 살이 안 됐으니까. 설령 실패해도 절대 감옥에 가지 않는단다. 일이 정 난감하게 돌아가면 엄마가 꼭 도와주러 올게."

엄마의 말이 귓가에 되살아났습니다.

도와주러 오겠다는 말을 믿지는 않았지만 엄마의 기대를 저버리면 어떻게 될까, 그 생각만으로도 오금이 저렸어요.

나는 용기를 끌어모아 다다미 위에 덩그러니 놓인 라이터를 집어 들고 석유난로의 불을 껐어요. 어린 저도 옮길 수 있을 만큼 작은 난로였지만 불을 켜놓은 상태로 옮기자니 겁이 났거든요. 숨을 가다듬은 뒤 석유난로를 들고 아버지 쪽으로 조금씩 다가갔습니다. 그리고 대략 오십 센티미터 떨어진 곳에서 혼신의 힘을 다해 난로를 쓰러뜨렸어요. 석유가 다다미 위에 쏟아진 모습을 확인하고는 라이터로 불을 붙였습니다.

불이 붙으며 확 타올랐지만 그 자리에서 도망치느라 정신이 없어서 뒤를 돌아볼 여유는 없었어요. 서둘러 방으로 달려가 이불 속에서 자던 새끼 고양이 미야를 품에 안고 곧장 현관으로 달려가 문을 열고 밖으로 뛰쳐나갔습니다.

미야는 이틀 전에 집 정원에서 헤매다가 발견된 고양이인데 어머니를 졸라 이제 막 집에서 키우기 시작했어요. 엄마는 고양이를 싫어했습니다. 화재 후 나를 데리러 온 엄마는 미야를 안고 있는 나를 보더니 노골적으로 질색했어요. 결국 미야는 엄마 때문에 버림받았고 그 후 어떻게 됐는지는 전혀 몰랐어요.

엄마가 시킨 대로 불은 붙였지만 정말로 집이 불에 탈까 반신반의했어요. 집이 불타면 아버지와 어머니가 죽으리라는 것은 알았어요. 하지만 아버지와 함께 경찰에 잡혀가는 것도 끔찍하게 싫었죠.

궁극적으로 내가 둘 중 무엇을 바랐는지는 지금도 모르겠어요.

집이 활활 타오르는 광경을 바라보며 오로지 덜덜 떨기만 했어요. 나는 그 순간에 나도 망가졌다고 생각했습니다.

그 일 이후 나는 줄곧 단단한 껍데기 속에 갇혀 살았어요.

화재 직후 주변 사람들은 멋대로 내가 심한 충격을 받은 나머지 말을 할 수 없게 됐다고 해석했어요. 긴장과 공포로 굳어버려서 누가 무엇을 물어도 절대 입을 열지 않았으니까요. 갑작스러운 비극으로 집과 양부모를 잃은 소녀를 모두가 가엾게 여긴 덕분에 화재에 대해 꼬치꼬치 추궁하는 사람은 없었습니다.

친어머니인 엄마의 비상식적이고 매정하고 무도한 행동도 동정심을 불러일으키기에 충분했을 거예요. 아마 엄마의 계산된 행동이었겠죠.

엄마는 불이 난 날 밤에 연락을 받고도 달려오지 않았어요. 나는 내심 안심했지만 당연히 주위 사람들은 그렇게 생각하지 않았죠. 비극의 주인공이 된 셈이었어요. 생각지 못한 전개였어요. 소방관이나 경찰관이나 선생님이나 친척 중 누군가가 혼내고 추궁할 줄 알았거든요.

다음 날 아침에 찾아온 엄마도 의외로 단둘이 있을 때 화재에 대해 아무 말도 하지 않았습니다. 임무를 충실하게 수

행한 나를 칭찬하지도 위로하지도 않았어요. 그것은 없던 일로 하자……. 엄마의 무언의 메시지를 느끼고는 이로써 사건이 무사히 끝났다고 확신했어요.

이 맛을 알게 된 나는 이후 주변 세계를 완전히 무시하기로 했습니다. 고치에 싸인 누에가 되기로 했어요. 침묵은 그 무엇보다 강력한 방어 수단이었으니까요.

그렇게 마음의 문을 닫자 그 상태가 매우 편하다는 사실을 깨달았어요. 설령 원래의 나로 돌아가려고 노력해도 한 번 이렇게 된 이상 이제는 불가능해요. 당시 나는 일곱 살짜리에게는 너무나 무거운 짐을 안고 있었습니다. 스스로에게 어떻게 변명하든 내가 양부모를 죽였다는 사실은 변하지 않아요. 지금 생각하면 의식적으로 스스로를 통제하고 있다고 생각했지만 사실은 저도 모르는 사이에 정말로 병든 것 같아요.

화재 사건이 있고 얼마 지나서 도쿄에 사는 엄마와 오빠, 언니 곁으로 돌아갔어요. 엄마가 구체적으로 어떤 절차를 밟았는지는 모르지만 나는 다시 히시누마 유키나에서 기타가와 유키나로 돌아갔고 도쿄도 미나토구의 구립 초등학교로 전학했어요. 그 초등학교에는 결국 한 번도 등교하지 않았지만. 이른바 은둔형 외톨이었으니까요.

처음에 엄마는 내가 은둔형 외톨이를 연기한다고 의심한 것 같아요. 정말 의심했는지는 모르겠지만 어쨌든 약효가 조금 지나치다는 생각이 들었던 때가 있어요. 그러다가 차츰 진짜 병에 걸렸구나 하고 깨달은 듯했습니다. 아니면 엄마도 그것이 더 편했을지 모르죠.

나를 방치하기로 했어요. 우리 가족이 세 들어 살던 맨션의 세 평짜리 방이 내 고치였어요.

그 고치 안에서만 온전히 마음껏 숨 쉴 수 있었습니다.

내가 마음을 연 유일한 사람은 엄마도 오빠도 아니었습니다. 언니 아야나였어요.

언니는 내 어머니이자 선생님이자 친구였어요. 학교에 다니지 않는 내게 공부를 가르쳐주고 말벗이 되어주고 책을 읽게 하고 갖고 싶은 것을 준 사람은 언니였죠. 언니가 없었다면 나는 분명 아주 오래전에 폐인이 되었을 거예요.

언니는 똑똑하고 운동도 무엇이든 잘했습니다. 중학교에서도 고등학교에서도 성적은 학년 톱 수준이었고 동아리 활동도 다양하게 했죠. 결국 세 남매 중에서 제대로 학교에 다니고 평범하게 산 사람은 언니뿐이었어요. 오직 언니만이 엄마에게 지지 않는 강한 사람이었어요.

언니가 지금 살아 있다면 얼마나 든든할까, 그런 생각만 들어요. 언니는 언제나 나를 지켜줬거든요. 그 엄마조차 언니는 인정했어요.

새끼 고양이 미야를 빼앗긴 제게 고양이 인형을 사준 사람도 언니였어요. 엄마가 고양이를 너무 싫어하는 바람에 진짜 고양이를 주지 못해 미안하다면서…… 시간이 꽤 흐른 뒤에 미야 이야기를 했는데도 언니는 가볍게 여기지 않고 챙겨 주었죠.

아니요. 오빠 슈이치로가 정신적으로 버팀목이 되어준 적은 없어요. 괴롭힌 적도 없지만…… 오빠는 마음은 착했지만 나약했어요. 엄마와 언니가 집을 비워서 내가 굶는 것 같으면 편의점에서 주먹밥이나 과자를 사다 줬고 언니와 내 컴퓨터에 문제가 생기면 해결해 주기도 했어요. 오빠는 기계를 제법 잘 만졌거든요.

하지만 오빠가 내 마음속에 들어온 적은 한 번도 없어요. 지금 생각하면 오빠는 자신의 문제만으로도 벅찼을 거예요. 나와 다른 의미로 엄마의 희생양이었거든요.

오빠가 등교를 거부하고 집에서 빈둥거리기 시작한 시기는 아마 고등학교 1학년 여름이 되기 전으로 기억해요. 내가 도쿄로 돌아온 당시, 오빠는 초등학교 5학년이었는데 그 무렵에는 아직 평범하게 학교에 다녔거든요. 자주 감기에 걸리거나 배가 아프다며 결석하기는 했지만.

네, 초등학교와 중학교 모두 집 근처 구립 학교에 다녔어요. 사립중학교 입학시험은 치렀지만 떨어진 것 같아요. 그렇게 추측하는 이유는 내게는 아무것도 알려주지 않았기 때문이에요. 엄마는 오빠에 관한 일은 언니에게조차 비밀주의를 고수했거든요.

고등학교도 지망한 사립학교에는 들어가지 못해 도립 고등학교에 입학했지만 입학하고 얼마 지나지 않아 등교를 거부하다가 결국 자퇴했어요. 등교를 거부한 이유요? 그건 오빠 본인만 알아요. 그런데 내 생각에는 엄마와 관계가 해를 거듭할수록 버거워져 끝내 감당할 수 없던 것 아닐까 싶어요.

언니나 나와 달리 오빠는 옛날부터 자기만의 방이 없었어요. 어렸을 적에 천식 기미가 보인다는 이유로 엄마는 늘 오빠를 본인 침실에 재웠어요. 그것도 단 하나뿐이었던 더블 침대에……. 그러니까 엄마는 자나 깨나 오빠 몸에 거머리처럼 달라붙어 있었죠.

아니요. 엄마에게 반항할 수 있을 정도였다면 처음부터 그렇게 되지 않았겠죠. 게다가 엄마가 오빠에게 달라붙었던 것은 사실이지만 오빠도 엄마에게 의존했거든요. 결국 그 두 사람은 공생 관계였어요.

친구요? 중학생 때까지는 친한 동급생이 있었고 집에도 가끔 놀러 왔어요. 초등학교 때도 같은 반이었는데 오빠에게 유일한 친구였던 것 같아요. 이름이 뭐냐고요? 글쎄요, 뭐였더라……. 기억이 안 나네요.

그런데 친했다고 해도 오빠가 고민이나 괴로운 마음을 어디까지 털어놓았을지 의문이네요. 고등학교는 서로 달랐기 때문에 중학교 졸업 후에는 어울린 적 없던 것 같은 데다 고등학교를 자퇴한 뒤에 오빠는 타인과 가까워지길 거부했으니까요.

굳이 꼽자면 언니 아야나뿐이었네요. 오빠와 마음이 통했던 사람은⋯⋯. 언니만은 오빠의 입을 열 수 있었어요. 그런 언니가 죽었을 때는 역시 오빠도 충격받았겠죠.

그리고 그날 이후 나를 지켜줄 사람은 사라졌어요.

언니는 맨션 5층 베란다에서 떨어져 죽었습니다. 재작년 3월이었죠.

술에 취해 밤중에 홀로 베란다에 나갔다던데 난간 나사가 빠져 있던 것을 알아차리지 못했어요. 언니가 난간에 기댄 순간 무게를 견디지 못한 난간동자가 빠져 사고가 난 것 같아요.

맞아요. 언니에게는 분명히 뜻밖의 사고였어요.

엄마에게도 언니의 죽음은 당연히 예상치 못한 사태였을 테고요. 그것은 의심할 여지가 없어요. 하지만 베란다 난간이 망가진 일 자체는 결코 예상 밖의 사태가 아니었어요. 왜냐하면 그 난간 나사는 바로 나를 죽이려고 엄마가 직접 일부러 빼냈으니까요.

사고가 일어난 맨션은 그전까지 우리가 살던 미나토구의 맨션이 아니었어요. 아다치구에 있는 좁고 오래된 맨션이었고. 이사한 지 얼마 지나지 않아 사건이 일어났죠.

아빠가 죽은 후 엄마는 일을 전혀 하지 않았습니다. 살던 집에서 쫓겨났고 아무 수입도 없는데 우리 가족이 풍족하게 살 수 있던 이유는 아빠의 사망보험금과 더불어 내가 양부모에게 상속받은 재산이 있었기 때문이었어요. 양아버지는 꽤 넓은 논밭을 소유했었고 그 화재로 받은 보험금도 상당히 많았을 테죠.

하지만 그 돈에도 한계가 있어서 엄마는 점점 경제적으로 쪼들렸나 봐요. 언니의 대학 입학이 결정되자 갑자기 이사 이야기를 꺼냈어요.

언니는 구립 중학교에서 도립 미와고등학교로 진학했습니다. 같은 도립 고등학교지만 언니의 학교는 오빠가 다니던 고등학교와 달리 명문대 진학률이 높기로 유명했습니다. 언니는 성적이 우수해서 추천 전형으로 사립 세이에이대학교 이공학부에 합격했고 4월에 학생 기숙사에 들어가기로 결정됐죠. 엄마는 이제 세 식구만 살 테고 언니의 학비도 필요하니 집세가 싼 맨션으로 옮기겠다고 했습니다.

처음에 나는 그런 사정이라면 이사할 수밖에 없다고 생각했습니다. 어디에 살든 딱히 집착하지도 않고 관심도 없었거든요. 어차피 언니는 떠날 테니까요. 언니가 없는 세상이라면 어디든 똑같았어요.

그런데 실제로 이사하고는 몹시 놀랐어요. 집세를 아낀

다 같은 설명으로는 도저히 납득할 수 없는 집이었기 때문이에요.

건물 외관이 너무나 볼품없어서 이사하는 날 처음 집을 본 우리는 말도 나오지 않았어요. 안으로 들어갔더니 이 또한 전에 살던 맨션과는 비교할 수도 없을 정도로 지저분했는데 입구부터 좁고 어두웠으며 발을 들여놓은 순간 뭐라고 형언할 수 없는 역겨운 냄새가 났어요. 아무리 돈이 없다고 해도 엄마가 이런 집에 만족하다니 도저히 믿을 수 없었죠.

엄마에게 불평한 적 없는 오빠도 충격을 감추지 못했습니다. 언니는 집에 돌아올 마음이 없어서 그랬는지 우리보다 덤덤했던 모습을 기억합니다.

그런데 엄마는 도대체 왜 이런 낡아빠진 맨션을 선택했을까……. 그 시점에는 우리 남매 중 아무도 엄마의 의도를 눈치채지 못했어요.

지은 지 오래되고 관리가 허술한 데다 빈집이 많고 집주인은 홀로 사는 할머니. 그 모든 상황이 엄마에게는 최고의 조건이었습니다. 베란다 난간이 망가져 있던 탓에 추락 사고가 일어난 것으로 해서 집주인에게 돈을 뜯어낸다……. 그것이 엄마의 계획이었기 때문이에요.

기타가와의원에서 아빠를 죽이고 히시누마 집에서 아버지와 어머니를 죽인 뒤 맛을 들인 엄마에게 나를 죽이는 일은 배상금을 얻으면서 귀찮은 존재까지 제거할 수 있는 일석이조인 셈이었죠.

사고는 이사한 지 딱 일주일 되는 날 깊은 밤에 일어났습니다.

언니는 대학 입학을 목전에 두고 날마다 매우 바빴고 쇼핑과 짐 정리에 여념이 없어서 나와도 거의 이야기를 나누지 못했는데 그날 늦은 밤이 되고부터 술을 마셨나 봐요.

언니는 술을 좋아해서 고등학생 때부터 캔맥주와 캔 츄하이를 자주 마셨어요. 엄마는 술을 거의 마시지 않았지만 오빠와 언니가 술을 마시는 것을 제지하지는 않았죠. 사고 직전까지 함께 거실에 있던 오빠 말로는 언니가 상당히 취한 상태였대요.

잠깐 바람을 쐬려고 했는지 휘청거리며 거실에서 베란다로 나간 언니는 설마 난간이 망가져 있는 줄 모른 채 아무 생각 없이 기댔어요. 그 순간 난간동자가 빠지는 바람에 언니의 몸도 같이 기울었고 콘크리트 바닥에 정면으로 부딪쳤다고 해요. 술에 취하지만 않았어도 그런 일은 벌어지지 않았으리라 생각해요.

방에서 자던 나는 오빠의 비명을 듣고 깼어요. 신기하게도 왠지 그 순간 언니에게 무슨 일이 생겼다고 본능적으로 느꼈어요. 내가 방에서 얼굴을 내밀었을 때 마침 엄마도 침실에서 거실로 나오던 참이었습니다.

바로 그 순간, 나는 진실을 깨달았어요.

나와 똑바로 눈이 마주친 엄마의 얼굴을 아직도 잊을 수 없어요.

'아뿔싸, 큰일 났다!'

그 말로밖에 표현할 수 없는 표정이었습니다.

그리고

"이럴 수가, 아야나가 떨어지다니!"

분명히 그렇게 중얼거렸어요.

엄마는 베란다에서 사람이 떨어졌다는 사실에 놀라지 않았습니다. 내가 떨어지기 전에 예상치 못한 사고로 언니가 떨어져 충격받았죠.

엄마는 아마 틈을 엿보다가 남몰래 베란다 난간에 농간을 부려놨을 거예요. 오빠와 언니가 잠들기를 기다렸다가 나를 교묘하게 베란다로 꾀어내 난간과 함께 밀어 떨어뜨릴 계획이었던 것 같아요.

그런데 공교롭게도 그날 밤은 오빠와 언니 모두 술을 마시며 좀처럼 잠자리에 들지 않았죠. 엄마는 마음을 졸이며 기다렸을 겁니다. 절대 잠들지 않았어요. 엄마가 자다 일어난 얼굴을 몇 번이나 봤기 때문에 잘 알거든요.

오빠요? 오빠는 한결같았어요. 스스로는 아무것도 하지 않고 아무것도 느끼려 하지 않죠.

오빠가 언니를 싫어한 적은 없을 거예요. 나를 죽일 생각도 없었을 테고요. 그것만은 아직도 믿어요. 하지만 만약 엄마가 난간에 손을 댔다는 사실을 알았더라도 오빠는 엄마를 신고할 배짱도 마음도 없었을 거예요. 그 사람은 엄마의 인형에 불과하니까.

언니는 즉사했다고 합니다.

구급대와 경찰관이 출동해 난리가 났고 엄마가 집주인이 딸을 죽였다고 히스테릭하게 외치는 소리가 들렸어요. 경찰은 엄마가 충격을 받은 나머지 정신 착란에 빠졌다고 생각했는지 친절하게 대응했지만 당치도 않아요. 딸을 죽이려고 한 사람은 다름 아닌 엄마였고 순서가 조금 어긋났을 뿐입니다. 원래 죽었어야 했던 사람은 바로 나였어요.

엄마는 어떤 사태가 닥쳐도 임기응변으로 대처할 수 있는 사람이었어요. 타고난 사기꾼이었죠. 곧바로 언니가 전도유망한 인재였고 자식 중 유일하게 의지할 수 있는 존재였다는 점을 이용했습니다.

처음 계획을 세울 때부터 난간에 결함이 있었다고 집주인을 몰아세워 배상금을 받아낼 생각이었을 텐데 언니가 죽으면서 계획보다 훨씬 많은 돈을 챙겼을 거예요. 나는 쓸모없는 은둔형 외톨이지만 언니는 앞날이 창창한 인재였으니까요.

사건 후 한동안 경찰이 여럿 드나들며 현장을 조사했나

봐요. 하지만 정작 난간이 부서진 원인은 밝히지 못하고 흐지부지 끝났습니다.

경찰은 내게도 이야기를 듣고 싶어 했습니다. 한 번인가, 형사님이 내 방까지 들어오셨는데 나는 한마디도 하지 않았어요. 언니를 죽인 사람은 엄마라고 고발해 봤자 증거는 없고, 경찰이 진지하게 상대해 줄 것 같지 않았거든요. 그렇지 않아도 경찰은 이미 나를 '정신 나간 딸'로 단정 지은 상태였고요.

집에서 도망칠 생각은 안 했냐고요?

그러게요. 보통 사람은 그렇게 생각하겠죠.

그런데 엄마가 어떤 사람인지 모르니까 속 편하게 그런 말을 할 수 있는 거예요. '뱀 앞의 개구리'라고 하나요? 바로 그런 관계였어요. 당시 나는 그 사람에게서 도망친다는 생각조차 할 수 없었어요.

언니가 죽고 얼마 지나지 않아 우리 가족은 또 이사했어요. 이번에는 도쿄도 아니고 맨션도 아닌 가나가와현 누마이사키시 숲속의 쓸쓸한 외딴집이었죠. 엄마와 오빠와 나 세 사람은 그곳에서 조용히 살았어요.

엄마가 갑자기 왜 도쿄를 떠날 생각을 했을까……

맨션은 이제 넌더리가 난다. 아야나의 사고가 떠올라서 괴롭다는 것이 표면상의 이유였습니다. 그러나 그건 사실이 아니었죠.

엄마가 도시를 좋아하지만 꺼리는 명확한 이유가 있었습니다. 하나는 마당이 있는 집에서 개를 키우고 싶다는 오빠의 소원을 이루어 주려고, 나머지 하나는 당연히 새로운 동네에서 다시 딸을 죽이려 시도하기 위해서였어요.

이사한 집은 생각보다 더 오래된 집이었습니다.

엄마는 전 집주인에게 받은 배상금 일부를 사용해 이 오래된 별장용 건물을 샀어요. 널찍하고 공기가 맑은 점만 좋았죠. 단독 주택이라는 말을 들었을 때 밝고 듬직했던 히시누마 집을 떠올린 나는 눅눅하고 곰팡내 나는 방에 발을 들여놓자마자 실망했습니다.

내가 우울한 이유는 그뿐만이 아니었어요. 앞으로는 언니가 없는 삶을 살아야 한다는 숨 막히는 현실이 눈앞에 닥쳤기 때문이죠.

물론 언니가 그때 죽지 않았더라도 대학 기숙사에 들어갈 예정이긴 했죠. 어쨌든 떨어져 살게 될 운명이었지만 그래도 나를 걱정해 주는 사람은 이제 아무도 없다고 생각하니 정말로 살고 싶은 의욕이 사라졌어요. 솔직히 엄마에게 살해당해도 상관없다는 생각마저 들었죠.

엄마는 눈치가 빠르니 내 그런 심경의 변화를 분명히 간파했을 겁니다.

엄마는 집이 낡은 점은 그다지 신경 쓰지 않는 듯했어요.

그 사람에게 중요한 문제는 음식이나 옷이었죠. 이사 당일에 바로 특대 냉동고와 냉장고가 배달왔습니다. 도쿄의 백화점과 슈퍼마켓에서 식료품을 잔뜩 사 와서 보관하기 좋게요. 게다가 엄선한 재료와 전통 있는 가게의 음식을 사들이는 것을 매우 좋아했어요.

개가 집에 온 시점도 이사 온 지 얼마 지나지 않아서였습니다. 유기견을 어디서 데리고 왔는지 더는 강아지가 아니었어요. 저먼 셰퍼드라는 종이었다네요.

곤이라는 이름은 오빠가 붙여줬습니다. 나는 개를 별로 좋아하지 않았고 개집도 정원에 있어서 곤을 돌보거나 함께 놀지는 않았어요.

곤은 우리 집에 오고 다섯 달 지나서 죽었습니다. 전날까지만 해도 건강했는데 아침에 일어나 보니 개집에서 차갑게 식은 채로 발견됐어요. 수의사에게 보이지는 않아서 사인은 몰라요. 엄마는 아마 장염전증일 것이라고 말하긴 했지만⋯⋯. 아뇨, 집에는 유골도 무덤도 없었어요. 엄마가 반려동물 장례식장에 전화해 데려가 달라고 했죠.

곤이 죽고 오빠는 낙담했지만 엄마는 조금도 슬퍼하지 않았습니다. 그건 확실해요. 엄마의 자동차 추락 사고도 반려견이 죽은 충격으로 자살한 것 아니냐고 말하는 사람도 있다고 하는데 진심으로 그렇게 생각한다면 그보다 바보 같은 이야기는 없어요.

엄마가 그날 밤, 왜 일부러 어두운 니시누마이항 안벽까지 갔는지, 왜 진입 금지 턱을 넘어 추락할 정도로 속도를 냈는지, 보험회사는 그 점을 문제 삼는다고 들었어요.

자살할 의도로 일부러 사고를 낸 경우는 사망해도 보험금이 나오지 않는다더군요. 그런데 만약 살인할 생각으로 사고를 냈다면 어떻게 될까요? 보험회사는 분명 엄마가 그렇게 행동한 진짜 이유를 상상조차 못 할 거예요.

누마이사키시에서 보내는 삶이 익숙해지자 엄마는 거의 매일 밤 오빠를 차에 태우고 야간 드라이브를 떠났습니다. 오빠가 먼저 드라이브를 원했다고는 생각하지 않아요. 그런데 싫어하지도 않았던 것 같아요. 밤, 그것도 차 안이라면 누구와도 마주치지 않을 테니까요.

아뇨, 내가 함께 나간 적은 단 한 번도 없어요. 같이 가고 싶다고 생각한 적도 없고요. 차는 안 좋아하거든요.

밤마다 둘이서 어디에 가고 무엇을 했는지는 모릅니다. 관심도 없었고⋯⋯. 그날도 두 사람이 외출하든 무엇을 하든 신경 쓰지 않았어요. 돌아왔는지도 확인하지 않은 채 다음 날 아침 경찰이 찾아올 때까지 자고 있었을 정도니까요.

네. 집에는 전화가 없었어요. 나는 휴대폰도 없었고⋯⋯. 그래서 그 사고가 일어나기 전까지 정말 아무것도 눈치채지 못했습니다.

하지만 엄마와 오빠가 탄 차가 어두운 항구에서 추락했다는 소식을 들은 순간 엄마가 무엇을 하려고 했는지 분명히 이해했어요.

엄마는 아무 생각 없이 어두운 밤 항구까지 차를 몬 것이 아니예요. 엄마에게는 그 시간 그 장소에 가야만 하는 명확한 이유와 목적이 있었습니다.

나는 차에 대해서는 전혀 몰라요. 액셀과 브레이크를 잘못 밟는 일이 자주 일어나는 일인지 아닌지조차 모르죠.

하지만 엄마가 운전한 차가 과속해서 밤바다로 떨어졌다면 틀림없이 단순한 사고일 거예요. 엄마는 오빠와 동반 자살할 마음 따위 조금도 없었거든요.

언젠가 나를 죽이려고 그날 그곳에 사전 답사하러 갔으니까.

어린이 공원

약속 시간 정각에 어린이 공원에 나타난 유키나는 변함없이 민낯에 회색 스웨터와 청바지 차림이었다. 그리고 손에는 어느 가게에서 받은 듯한 종이봉투를 들고 있었다. 아직 은둔형 외톨이로 지내던 시절의 감각이 남아 있는지 또래 여성에 걸맞은 멋을 낼 줄 모르는 듯했다. 아니면 애초에 멋을 부리지 않는 성격인가?

유키나가 2인용 벤치에 앉자 어디선가 고양이 한 마리가 모습을 드러냈다. 마치 유키나를 기다리고 있었던 것처럼. 통통하게 살이 찌고 갈색 줄무늬가 있는 주황색 고양이였는데 목줄을 메고 있는 모습을 보아 길고양이는 아닌 듯했다.

고양이는 주저 없이 벤치로 뛰어오른 뒤 유키나의 오른쪽 옆에 앉아 그녀를 올려다보며 야옹 하고 울었다. 그 경계심 없는 태도에서 이 '둘'이 하루 이틀 얼굴을 본 사이가 아니라 주인과 집고양이 수준으로 신뢰를 쌓은 관계라는 사실이 엿보였다.

계산된 애교 속에 단호한 요구를 내보이는 전문가의 기술…….

고양이는 유키나가 종이봉투에서 고양이 사료를 꺼내기만을 가만히 기다렸다.

"꽤 능숙하구나."

사카키바라가 말했다.

"친하거든요. 항상 이 시간에 간식을 주니까요."

유키나가 봉투에서 꺼낸 고양이 사료 알갱이를 손바닥에 올려 직접 먹이며 대답했다.

문득 옛날에 유키나가 귀여워했다는 새끼 고양이를 이쿠에 때문에 버리게 된 이야기가 떠올랐다. 이 모습을 보면 진심으로 고양이를 좋아하는 듯하다.

"어느 집 고양이지? 설마 네가 기르는 고양이는 아니지?"

"아니에요. 누가 기르는 고양이인지 몰라요."

다른 사람이 기르는 고양이에게 멋대로 사료를 줘도 될까? 사카키바라는 의문이 들었지만 입 밖으로 꺼내지는 않았다.

고양이를 만나러 공원에 오는 일이 일과가 되고, 그러다가 고양이 장난감과 사료를 찾으려고 펫샵을 방문한다. 그런 소소한 일이 쌓이면서 서서히 사회로 복귀한다면 제법 괜찮은 일이 테다.

유키나는 사료를 다 먹은 고양이를 가볍게 들어 무릎 위에 올린 뒤 사카키바라에게 자신의 옆에 앉으라고 눈짓으로 재촉했다. 고양이는 유키나를 꽤 신뢰하는 듯 오른팔에 머리를 기댄 채 눈을 가늘게 뜨고 낮게 가르릉거렸다. 얼굴을 만지든 배를 만지든 얌전했다.

사카키바라는 고양이를 구석구석 쓰다듬는 유키나의 하얀 손끝을 물끄러미 바라보며 생각에 잠겼다.

"저번에 이야기한 것은 찾았니?"

벤치에 앉으며 묻자 유키나는 고개를 끄덕이며 종이봉투에서 편지 봉투 하나를 꺼냈다.

"이거예요."

유키나가 내민 편지 봉투 속 내용물을 재빨리 확인했다. 신용카드회사에서 받은 사용 내역 명세서였다. 수신인은 기타가와 이쿠에. 재작년 9월 이용 내역이 적혀 있었다.

"찾는 데 시간이 걸렸지만 버리지 않아서 다행이에요! 이것을 보면 아시겠지만 엄마는 도쿄의 백화점과 슈퍼마켓에서 카드로 이것저것 쇼핑을 했어요. 누마이사키시로 이사한 후로는 동네에서는 거의 장을 보지 않았거든요. 곤이 죽은 뒤에도 본인 옷이나 신발을 샀죠. 여기 보세요, 사고 당일에도 교토의 과자점에 주문했죠? 주문한 과자는 결국 어떻게 됐는지 모르지만요."

"흠. 그렇구나."

"엄마는 밤 양갱이나 모나카 같은 화과자를 매우 좋아했어요. 이렇게 자기가 좋아하는 음식을 주문한 사람이 그날 밤 자살하다니 말이 안 되지 않나요?"

맞는 말이기는 하다.

지난번, 엄마와 오빠의 죽음이 틀림없는 사고라고 주장한 유키나에게 사카키바라는 보험회사를 설득할 만한 근거를 찾으라고 요청했다. 예컨대 사고 직전까지 이쿠에가 삶의 의욕이 넘쳤다는 사실을 보여주는 증거 같은.

유키나는 잠시 생각에 잠긴 표정이더니 입을 열었다.

"있을 수도 있어요. 엄마는 포인트가 적립된다면서 무엇을 사든 신용카드를 사용했고 사고 직전까지도 이것저것 쇼핑하거나 주문했을 테니까요. 찾아보면 카드회사에서 보낸 서류가 있을 텐데, 그런 것도 될까요?"

상당히 적절한 것을 떠올렸구나.

"그런 것이라면 좋아! 무엇을 샀는지에 따라 다르지만 찾아서 다음에 만날 때 내게 보여주겠니?"

사카키바라의 요청에 유키나가 오늘 가지고 나온 것이 바로 이 카드 명세서였다.

역시, 바다에 빠진 차에서 발견된 도넛 상자보다 설득력이 있었다.

"확실히 그날 밤에 죽을 사람이 며칠 후 도착할 화과자를 주문한다는 것은 이상하군. 보험회사에 제출할 가치는 충분해. 하지만 사람의 행동은 스스로도 예측할 수 없는 경우도 있으니까. 직전까지 열심히 활동하던 사람도 충동적으로 죽고 싶어졌을 가능성도 부정할 수는 없지."

사카키바라의 말에 유키나는 노골적으로 불만스러운 표정을 지었다.

"하지만 엄마가 사고 직전까지 죽을 생각이 없었다는 사실을 증명할 만한 증거는 없냐고 물은 사람은 사카키바라 씨잖아요!"

"그랬지. 참, 미안하군……. 물론 이 명세서는 중요해. 다만 이번 보험금 청구 쟁점이 '자살인가, 사고인가'에 그친다면 보험회사도 이렇게까지 열을 올리지는 않아. 자살이라는 명확한 증거는 아무것도 없으니까. 빚이 많지도 않았고 이쿠에 씨도 슈이치로 씨도 생명보험에 가입하지 않은 사실은 보험금을 노린 위장사고가 아니라는 점을 보여주는 강력한 근거지. 그럼 보험회사는 도대체 무엇을 문제 삼은 걸까? 역시 사고에 부자연스러운 점이 있다는 것과 마지막까지 시신이 발견되지 않았다는 점일 거야."

"사고 정황이 부자연스러운 점은 엄마의 진정한 목적을 숨긴 채 설명하려고 하기 때문이에요. 엄마는 사고로 위장해 나를 죽이려고 했어요. 나는 바다는커녕 수영장에도 들

어가 본 적이 없거든요. 수영을 할 줄 모르는 나를 바다에
빠뜨린 채 본인만 빠져나올 계획이었을 테죠. 그러려고 사
전 답사를 가서 시험을 하다가 실수로 추락한 거예요."

"그건 유키나 씨 주장이지. 설령 그 말이 사실이라도 평
범한 사람들은 이해하기 어렵거든. 게다가 증거는 별개라도
쳐도 유키나 씨의 주장에는 큰 맹점이 있어. 보험 사기로 위
장사고를 내려고 실험하다가 정말로 사고가 나고 말았다.
그러니 보험금을 지급하라고 요구하면 보험회사가 순순히
줄 것 같니?"

유키나는 입술을 짓씹었다.

아무래도 세상 물정 모르는 이 아가씨는 진실을 폭로하기
만 하면 세상이 이해해 주리라 믿었을 것이다.

"게다가 설령 엄마가 유키나 씨를 살해할 계획이었다고
해도 어째서 사전 답사하는 데 슈이치로 씨를 데리고 가야
했을까? 슈이치로 씨는 유키나 씨를 딱히 미워하지 않았잖
아? 엄마는 슈이치로 씨가 계획을 알아도 상관없었을까?"

"그 대답이라면 간단해요. 그게 엄마의 방식이거든요. 그
사람은 언제나 누군가를 공범으로 끌어들였어요. 언니도 나
도 그리고 기지마 원장도 그 피해자였어요. 주변 사람을 자
신의 공범자로 만들면 그만큼 자신을 방어할 수 있다고 생
각하기 때문이에요."

"으음, 그렇군. 그럴지도 모르겠네. 하지만 그로 인해 가

장 사랑하는 아들이 자신을 경멸하거나 증오할 것이라는 생각은 안 했을까?"

"안 했을 거예요."

유키나는 대답하면서 벤치에 앉은 채로 사카키바라를 향해 몸을 돌렸다.

그것이 신호라도 되는 듯 고양이가 무릎 위에서 뛰어내렸다. 그러고는 맞은편에 착지하더니 뒤도 돌아보지 않고 천천히 떠났다. 오늘 행사는 종료인가 보다. 거참 계산이 칼같은 고양이다.

"오빠는 엄마에게 반항할 기백도 기운도 없었어요. 방해물인 내가 사라지고 사랑하는 오빠와 단둘이 살 수 있다면 엄마는 그것으로 만족했겠죠. 오빠의 환심을 사는 데는 열심이었지만 오빠의 속내가 어떤지에는 관심 없는 사람이었으니까요."

그런데 정말로 그랬을까?

"확인차 묻는데, 엄마가 슈이치로 씨를 사랑했다는 사실은 의심의 여지가 없을까?"

"네."

"뜬금없는 이야기일지 모르지만 엄마가 슈이치로 씨를 죽일 생각이었을 가능성은 아예 없었다고 단언할 수 있을까?"

전혀 예상치 못한 질문이었는지 유키나가 눈을 부릅뜨고

175

쳐다봤다.

말갛고 강한 의지가 느껴지는 눈동자였다.

유키나는 순간 생각에 잠겼다가 천천히 입을 열었다.

"사카키바라 씨는 그 두 사람의 평소 모습을 모르니까 그렇게 생각할 수도 있겠네요……. 다시 한번 말하지만 엄마는 이바라키현의 어촌 출신이어서 수영을 잘하죠. 오빠를 구할 필요가 없었다면 그 정도 사고로는 익사하지 않아요. 오빠는 수영을 못했죠. 애초에 물을 싫어해서 수영장에도 안 들어가려고 했어요. 그래서 중학생 때는 항상 수영 수업을 빼먹었을 정도죠. 그랬으니 당연히 차가 바다에 빠진 것만으로도 공황에 빠졌을 거예요. 겨우겨우 차에서 탈출했지만 그게 다 아니었을까요? 엄마는 어두운 바닷속에서 오빠를 찾아 헤매고 구하려다가 함께 익사했다는 생각밖에 들지 않네요."

"그렇군……. 그런데 이상한 질문일지 모르지만 사실 차를 운전한 사람은 슈이치로 씨였을 가능성은 없을까?"

사실 처음부터 사카키바라가 품은 의문이었다.

유키나는 단호하게 고개를 저었다.

"오빠는 운전면허가 없어요."

"그건 나도 알지. 분명 운전전문학원에 다닌 적도 없을 거야. 무면허로 운전할 수는 없는 노릇이지. 엄마와 슈이치로 씨는 누마이사키시 집으로 이사한 뒤에 매일 밤 야간 드라이브를 하러 나갔다고 했지?"

"맞아요."

"두 사람은 매일 밤 어디에 가서 무엇을 했을까?"

"그건…… 모르겠어요."

"그렇지? 그렇다면 밤에 인적이 없는 곳에서 슈이치로 씨가 운전 연습을 했을 수도 있지 않을까? 엄마는 슈이치로 씨에게 물렀잖아. 슈이치로 씨가 하고 싶어 했으면 몰래 운전하게 했을 가능성도 크지."

"그래서 오빠가 잘못 운전해서 바다에 빠졌다는 말씀인가요?"

"그래, 그럴 수도 있지. 아무 증거도 없으니 말하지는 않지만 보험회사도 아마 같은 생각을 하지 않을까? 무면허 운전은 불법이라서 사고가 나도 보험금 지급 의무가 없거든."

"그런가요……."

"조금 더 자세히 말하면 슈이치로 씨가 고의로 차를 바다에 빠뜨렸을 가능성도 부정할 수는 없다는 뜻이야."

"오빠가 자살하려 했다는 말인가요?"

유키나의 목소리가 커졌다.

립스틱을 바르지 않은 연분홍빛 입술이 떨렸다. 그렇지 않아도 살이 빠져 홀쭉한 볼이 점점 굳었고 표정은 험악해졌다. 그런 가능성은 추호도 생각한 적 없어서인지, 아니면 내심 속앓이했던 일이라서인지 사카키바라는 판별할 수 없었다.

처음에 리에코에게 이야기를 들었을 때는 고집스럽고 감정도 표정도 없는 소녀를 상상했지만 눈앞에 있는 현실 속 유키나는 감정 기복이 심했다. '은둔형 외톨이'라는 단어에서 받는 선입견은 완전히 틀렸음을 절실히 깨달았다.

"슈이치로 씨가 자살할 이유가 전혀 없었다고는 말 못 하잖아? 오빠도 오빠 나름대로 괴로워하고 고민했겠지. 계획적인 동반 자살은 아니더라도 밤에 항구를 드라이브하다 보면 충동적으로 죽고 싶어질 수도 있어."

"……"

유키나도 대번에 반박할 수 없는 듯 무언가 골똘히 생각했다.

그러다가 돌연 고개를 확 쳐들었다.

"하지만 오빠는 그 사고 직전에 엄마에게 말해 산악자전거를 샀거든요. 아까 드린 신용카드 명세서를 보면 나와 있을 거예요."

서둘러 손에 든 명세서를 살폈다.

'과연.'

사고 나흘 전에 온라인에서 3만 1천 엔을 결제한 내역이 찍혀 있었다.

"분명 맞을 거예요. 오빠는 곤의 산책을 담당했고, 엄마는 오빠가 밖에 나가게 돼서 매우 기뻐했죠. 그런데 사고 닷

새 전에 곤이 갑자기 죽었어요. 엄마는 오빠에게 다른 개를 찾아주겠다고 했지만 오빠는 '당분간 다른 개를 키울 마음이 들지 않는다. 그 대신 혼자 밖에 나갈 때 탈 자전거가 갖고 싶다'라고 했죠."

"그래서 그 산악자전거는 배송받았니?"

"네, 당연하죠. 오빠는 자전거를 받은 그날부터 바로 탄 것 같았어요. 낮에는 잤기 때문에 저녁 이후에 탔지만. 만약 사카키바라 씨 말대로 오빠가 차를 운전했다면 혼자 외출하기 위해 자전거를 살 필요는 없었겠죠? 자동차를 타면 사람들과 마주치지 않아도 되니 훨씬 편리하니까요. 아무튼 오빠는 사고 당시 유난히 우울해하지는 않았어요. 이제 와 자살할 정도였으면 이미 오래전에 목숨을 끊었을 거예요."

"그렇군. 그 산악자전거는 아직 있어?"

기세 좋게 말하던 유키나의 목소리가 그 말을 듣더니 힘을 잃었다.

"아뇨. 사고가 난 뒤에 내가 시설에서 지내던 동안에는 누마이사키시 집에 놓아뒀는데 도쿄로 돌아오면서 엄마와 오빠의 짐은 집과 함께 전부 처분했어요. 아파트는 좁아서 서류처럼 부피가 크지 않은 물건들만 가지고 왔거든요…….
그러지 말았어야 했을까요?"

"글쎄…….보험회사와 협상할 때 있으면 좋겠지만 어쩔 수 없지. 그럼 마지막으로 하나만 더 묻자꾸나. 엄마와 슈이치로 씨가 실은 지금도 어딘가에 살아 있을 가능성은 아주 조금이라도 없을까?"

"없어요."

유키나의 대답은 명쾌했다.

이 영리한 아이가 학교에 다닌 적이 거의 없다면 학교 교육이란 도대체 무엇일까. 사카키바라는 탄식하고 싶은 심정이었다.

"엄마와 오빠가 집도 돈도 없이 어디서 어떻게 산다는 말이죠?"

그야말로 맞는 말이었다.

조금 더 현실적인 이야기를 해야 한다.

"그러면 여기서 원점으로 되돌아가 볼까? 지금까지 유키나 씨가 한 이야기를 얼추 정리해 보자고. 유키나 씨의 어머니인 기타가와 이쿠에 씨는 먼저 남편인 기타가와 히데히코 씨를 독살하고 기지마 원장의 협조를 받아 사망보험금을 손에 넣은 다음 히시누마 부부의 양녀가 된 유키나 씨에게 방화 살인을 강요해 히시누마 겐이치, 미에코 부부를 살해한 뒤 화재보험금을 포함한 히시누마 가문의 재산을 빼앗았다. 그뿐 아니라 이번에는 사고사로 가장해 유키나 씨를 살해할 계획을 세웠지만 일이 잘못돼 아야나 씨가 죽었고 집주인에게 그만큼 고액의 배상금을 타내는 데 성공했다. 그리고 또 다시 자동차 추락 사고로 위장해 유키나 씨를 살해하려고 했지만 현장 답사를 하던 중 실수로 바다에 추락했고 함께 타고 있던 장남 슈이치로 씨와 함께 빠져 죽고 말았다. 틀린 부분 없지?"

"네, 맞아요."

유키나가 인정했다.

사카키바라는 그 모습을 곁눈질하며 말을 이었다.

"그런데 말이야. 문제는 그것이 진실이라면 과연 그 이야기를 그대로 보험회사나 제삼자에게 말해도 될까야. 그야 이야기를 들으면 보험회사도 기타가와 가족의 특수한 사정을 이해하겠지. 하지만 아까도 말했듯 보험금을 지급할지 하지 않을지는 다른 문제야. 보험 사기를 계획한 사람이 그 계획을 실험하는 단계에서 실수로 정말 사고를 일으켰다고 해서 보험회사가 네, 그렇군요 하고 순순히 보험금을 지급할 것 같지는 않거든."

"그런가요."

유키나의 어깨가 축 처졌다.

"게다가 지금까지 고치 안에서 살아온 유키나 씨는 상상하기 어려울지 모르지만 결국 세상에 나가면 세간의 시선이라는 것에서 벗어날 수 없어요. 형사 책임 연령도 있고. 아무리 어머니가 강요했다고 해도 유키나 씨가 양부모에게 한 짓은 방화 살인이나 다름없거든. 물론 유키나 씨의 이야기를 듣고 동정하는 사람은 있을지 몰라. 하지만 비난하고 손가락질하는 사람이 훨씬 더 많을 거야."

유키나는 고개를 숙인 채 말이 없었다.

표정은 보이지 않았지만 왜 솔직하게 사실을 말하면 안 되는지 불만스러운 마음이 더 강하지 않을까? 안타깝지만 지금 사실을 말하지 않으면 언젠가 훨씬 더 큰 곤욕을 치르리라.

"사람이라는 동물은 약한 자에게는 무서울 정도로 잔인하거든. 이 이야기가 세상에 널리 퍼지면 유키나 씨는 틀림없이 언론의 먹잇감이 될 거야. 양아버지와의 일도, 친어머니에게 죽을 뻔한 일도, 놈들은 절대로 유키나 씨를 순수한 피해자로 바라보지 않는다고. 흥미로운 화제라며 호기심 어린 눈으로 보기만 하면 그나마 다행이지, 자칫하면 도마 위에 올라 난도질당할 거야. 나쁜 이야기는 하지 마. 내게 한 말은 앞으로 유키나 씨 가슴에만 간직하는 편이 좋아."

"그러면 보험회사는……."

"그래, 보험회사는 여전히 보험금 지급을 미룰지도 모르지. 하지만 적이라고 다 확실한 증거를 쥐고 있는 건 아니야. 강한 척해도 내심 법정 다툼까지 가고 싶지는 않을 테지. 오늘 들고 온 신용카드 명세서로도 충분한 협상 카드가 될 것 같아."

"그럴까요?"

유키나는 마침내 안도한 표정을 지었다.

고치 속에서 살아온 유키나도 경제 감각은 있는지, 아니면 경제를 모르는 만큼 눈앞의 돈에 매달리는 것인지 사카키바라는 지금 이 젊은 여성의 마음을 읽을 수 없었다.

만약 자신의 딸과 만나도 이런 느낌일까?

"하지만 뭐, 무사히 보험금이 나온다고 해서 평생 그 돈으로 먹고살 수 있는 것은 아니니까. 살길을 정해야 하지. 유키나 씨는 앞으로 어떻게 할 계획이야?"

"아직 안 정했어요."

유키나는 사카키바라의 질문에 천천히 고개를 저었다.

"하지만 우선 공부를 해야죠. 저는 초등학교도 충분히 다니지 못해서 대학에는 절대로 못 갈 줄 알았는데 아동양육시설에서 들으니 꽤 여러 방법이 있나 보더라고요."

'그런가?'

사카키바라는 놀랐지만 생각해 보니 본인의 병이나 부모 사정 등 다양한 이유로 학교에 다니지 못한 사람이 적지 않을 것이다. 그런 사람들이 성인이 된 뒤 다시 공부하고 싶을 때 초등학교 중학교를 졸업하지 않은 점이 치명적인 장벽이 되어서는 안 된다.

다만 그러한 문제는 교육관계자의 전문 분야다. 구체적으로 어떤 방법이 있는지 사카키바라는 짐작도 가지 않았다.

"유키나 씨는 어떤 방법을 생각하고 있지?"

"고등학교 검정고시 제도가 있어요. 열여덟 살 이상이면 누구라도 치를 수 있죠. 그 시험에 붙으면 고등학교는 물론, 중학교와 초등학교를 졸업하지 않았더라도 대학이나 전문학교에 진학할 수 있어요. 저는 선생님께 정식으로 배우고 공부한 적은 없지만 집에서 언니에게 공부를 배웠죠. 아동양육시설 선생님이 검정고시는 그다지 어렵지 않으니까 의지만 있으면 저 정도 학력이어도 충분히 합격할 수 있다고 했어요."

"오, 그것참 잘됐구나!"

"하지만 검정고시에 합격해도 그 이후가 큰일이에요. 대학이든 전문학교든 입학시험은 일반 고등학교 졸업생들과 함께 치르니까 저처럼 교과서를 독학한 정도로는 합격할 수 없거든요. 학원이나 과외를 알아봐야 할 텐데 제 이력을 보면 역시 기피할 것 같아서……."

"무슨 공부를 하고 싶은데?"

대화만 나눠 봐도 유키나가 총명하다는 사실은 분명히 알 수 있다. 지식의 질과 양은 차치하더라도 이해력으로는 일반 고등학생에 뒤지기는커녕 오히려 우수하다고 해도 좋았다. 유키나가 마음속에 어떤 미래를 그리고 있는지 순수하게 흥미가 샘솟았다.

"언니가 세이에이대학교 이공학부에 입학할 예정이었잖아요."

"아야나 씨는 수재였지? 그래서 유키나 씨도 같은 이과를 목표로 삼으려고?"

"도전하고는 싶어요. 하지만 저는 언니처럼 머리가 좋지 않아서……."

"그런 말 마. 아까부터 계속 눈에 띄었는데, 유키나 씨가 공부를 매우 열심히 한다는 사실은 펜을 많이 잡아서 굳은 살 박인 그 손가락만 봐도 알 수 있어. 아야나 씨가 어떤 사람인지 나는 잘 모르지만 유키나 씨도 결코 뒤지지 않으리라 생각해요. 이건 빈말이 아니야. 진심이지."

유키나는 얼굴을 살짝 붉히며 눈을 가늘게 접어 웃었다. 희미하게 벌어진 입술 사이로 작고 하얀 치아가 보였다.

사카키바라가 처음 보는 유키나의 미소였다.

"그런데 유키나 씨. 일을 시작하기 전에 한 가지 양해를 구하고 싶은데……."

슬슬 본론으로 들어가야 한다.

의뢰인을 위해 보험회사와 협상할 카드를 모으는 것은 당연한 업무지만 이를 위해 유키나의 주변을 조사하고 다녀야 하니 사전에 본인에게 양해를 구해야 한다. 그 '조사'에 사카키바라의 개인적인 흥미가 더해진다면 더더욱.

갑자기 정중한 사카키바라의 말투 때문인지 유키나가 의아하게 바라봤다.

"솔직히 말해도 될까? 실은 지난번 유키나 씨가 들려준 이야기가 하나같이 충격적이어서 도무지 그대로 믿을 수 없었어."

"제 말이 거짓이라는 뜻인가요?"

유키나는 화난 기색이었다.

"아, 아니, 그런 뜻이 아닌데. 미안하군. 아무래도 표현이 적절치 못했어. 도무지 믿을 수 없을 정도로 충격적인 이야기였다는 말을 하고 싶었는데……."

유키나는 여전히 불만스러운 기색이었다.

"유키나 씨 편에 서 있는 나도 그럴진대 보험회사뿐 아니라 기타가와 일가와 직접 아는 사이가 아닌 사람들이 유키나 씨의 이야기를 듣고 완전히 믿을지 말지는 전혀 예측할 수 없어. 유키나 씨도 경찰과 시설 사람들에게는 이 이야기를 하지 않은 것 같은데 역시 그런 부분에서 일말의 불안감이 있었던 것 아닐까?"

"그 사람들에게는 말할 필요가 없었으니까요."

"그래……. 그런데 그저 깜짝 놀라기만 한 건 아니야. 사실 매우 흥미롭기도 했지. 나는 직업 특성상 지금까지 상당히 특수한 세계도 엿본 적 있지만 현대 일본에 이런 가족 관계가 존재하는지는 몰랐어. 그래서 기타가와 가족 사이에 무슨 일이 일어났는지 조금 더 정확하게 알고 싶어. 그리고 주변 사람들이 이쿠에 씨와 그 가족을 어떤 시선으로 보는

지도 알고 싶고. 그래서 유키나 씨의 이야기에 등장한 사람들과 직접 만나 이야기를 들어보고 사실관계를 나름대로 조사하고 싶거든. 이는 유키나 씨의 이야기를 뒷받침하는 조사로서도 중요한 일이지. 다만 그렇게 되면 조사 과정에서 유키나 씨에게 더욱 불쾌한 사실이 떠오를 수도 있어. 당연한 일이지만 조사 중 알게 된 비밀은 엄수할 테고. 그래도 상관없을까?"

유키나는 고민하는 눈치였다.

당연하다면 당연한 반응이었다. 필요 이상으로 과거를 파헤치는 일은 누구나 싫어하기 마련이니까.

그런데 유키나가 돌연 "아!" 하고 큰 소리를 냈다. 어떤 일이 떠오른 듯했다.

서둘러 옆에 놓아둔 종이봉투를 집어 들더니 길쭉한 서간용 흰 편지 봉투를 꺼냈다. 앞에도 뒤에도 아무것도 쓰여 있지 않은, 특별한 점 없는 하얀 편지 봉투였다. 유키나가 말없이 그 봉투를 건넸다.

편지 봉투 속에는 하얀 편지지가 한 장 들어 있었다. 사카키바라가 편지지를 꺼냈다.

차용증

일금 천만 엔 정

오늘부로 틀림없이 위 금액을 차용했습니다.

기지마 아쓰시
기타가와 이쿠에 귀하

볼펜으로 자필 작성된 것으로 십삼 년 전 날짜였다.

변제 기일과 이자에 관한 내용은 적혀 있지 않았다.

"어머니 서류를 정리하다가 발견했어요. 기지마 원장이 엄마 앞으로 쓴 차용증인 것 같은데."

유키나가 사카키바라를 올려다보며 말했다.

"그런 것 같군. 그런데 이미 시효가 지났어."

"시효……요?"

"응. 유키나 씨는 당연히 모르겠지만 채권의 소멸시효라는 게 있거든. 예를 들어 누군가 다른 사람에게 돈을 빌렸는데 빌린 놈이 갚지 않는다고 치자. 채권자는 당연히 빌려준 돈을 갚으라고 요구할 권리가 있는데 그 권리를 행사하지 않은 채 십 년이 넘으면 그 권리가 사라져."

"그런가요……. 너무하네요."

"법이 그렇게 정했으니 어쩔 수 없어. '권리 위에 잠자는 자는 보호받지 못한다'더군. 시효 소멸을 막으려면 소송을 걸든 무엇을 하든 손을 쓰라는 뜻이야. 확실히 빌려준 사람으로서는 어이없는 이야기지만 반대로 죽은 아버지가 이십 년이나 삼십 년 전에 썼다고 주장하는 차용증을 들고 어떤 녀석이 나타나서 그 자식들에게 갚으라고 요구하면 곤란하잖아? 본인에게 확인하고 싶어도 정작 당사자는 세상을 떠나고 없으니까."

"듣고 보니 이해가 가네요. 그렇다면 이 차용증도 기지마 원장이 본인이 쓴 것이 아니라고 부인하면 그만이라는 말씀이죠? 엄마가 죽은 이상 기지마 원장이 뭐라고 하든 저는 반박할 수 없으니까요."

"아니, 꼭 그렇지만도 않아. 이건 기지마 원장의 자필이니까. 필적 감정을 하는 방법도 있지만 만약 필적이 결정적인 증거 역할을 못 할 경우 지문을 감정하면 적어도 기지마 원장이 이 서류를 만졌다는 사실은 증명할 수 있거든. 뭐, 어쨌든 십삼 년 지나서 권리는 행사하지 못해."

유키나가 아무 말 없자 사카키바라가 무심코 얼굴을 살폈다. 그때 유키나가 입을 열었다.

"그런데 말이에요."

유키나의 눈동자는 진지하게 빛났다.

"이 차용증이 존재한다는 것은 언니가 제게 한 말이 사실이라는 뜻이죠? 그런 의미에서 이것은 제 이야기를 뒷받침하는 증거가 되지 않을까요?"

맞는 말이다.

이것 참, 유키나는 세상 물정을 모르는 아이가 아니었다.

충분히 탐정사무소의 조수가 될 만한 인재였다.

상황이 재미있게 돌아갔다.

사카키바라의 흥분을 아는지 모르는지 유키나가 말을 이었다.

"사카키바라 씨가 조사하는 것은 상관없지만 누구를 만나더라도 제 이름은 절대 발설하지 않겠다고 약속해 주세요. 저는 더는 과거의 누구와도 엮이고 싶지 않거든요."

사카키바라는 약속했다.

제3장

전 기타가와의원 사무직원
세토야마 다에코의 이야기

어머나, 당신 정말 탐정이에요? 이런 요양원에서 지내는 할머니에게 무슨 볼일인가 했더니 기타가와의원을 조사하는 사람이었구만 그래. 아하하하……. 역시 당신처럼 멋진 남자가 내게 용건이 있을 리 없지.

멀리서 여기까지 일부러 찾아와서 고생했겠네. 그런데 오래전에 없어진 병원을 왜 이제 와 조사해요? 그 댁 아들이 죽은 지도 십 년은 지났을 텐데. 내가 그만두고 나서도 이런저런 소문은 들었지만. 역시 기타가와 히데히코 선생님의 빚 문제가 정리되지 않았나 보죠? 난감하겠네.

기타가와의원은 신주쿠구에서는 나름 유명한 개인병원이었어요. 그렇다고 해도 입원환자가 없는 평범한 동네 병원이었지만…….

하긴, 예전에는 도쿄에 그런 개업의가 많았지. 옛날 동네 의사는 집에서 진료할 뿐 아니라 왕진이라고 해서 환자 집 집마다 찾아다니며 진찰했으니까. 흰 가운을 입고 청진기와 주사기가 든 가방을 들고 간호사와 함께 온 동네를 걸어 다녔어.

당신 정도 나이대는 어땠을지 모르지만. 내가 어렸을 때는 서민 가정은 끝까지 병원 같은 데 가지 않고 집에서 죽는 사람이 대부분이었거든요. 그래서 의사면 참 동네에서는 명사로 존경받았어요. 그러고 보니 옛날에는 절의 스님도 오봉12 시기가 되면 가사13를 펄럭이며 자전거로 단가14를 돌았지. 그 시절은 다들 장례식도 집에서 치렀거든. 특이하다면 특이했어.

아아, 그래, 그래. 기타가와의원 이야기를 들으러 왔다고 했죠? 그건 그렇고 기타가와의원도 말로가 좋지 않네. 히데히코 선생님은 수재라고 학생 때부터 평판이 좋았는데. 그런 히데히코 선생님이 기타가와의원을 망쳤다니, 역시 본업 말고 다른 일에 어설프게 덤벼들면 안 된다니까.

그런 점에서 큰 원장님은 의학 실력은 조금 그럴지는 몰라도 동네 의사로서는 그럭저럭 훌륭했지. 내가 들어갔을

---

12   일본의 명절로 양력 8월 15일이다.

13   승려가 장삼 위에 왼쪽 어깨에서 오른쪽 겨드랑이 밑으로 걸쳐 입는 법의.

14   절에 시주하는 사람의 집.

무렵에는 더는 왕진은 하지 않았지만 환자가 진료 시간이 아닐 때 찾아와도 진찰해 줬고, 그 환자가 감기니 위염이니 하는 경증이어도 싫은 내색 하지 않았어요. 그러니 환자들의 평가는 나쁘지 않았지. 그 점만은 꽤 대단한 일이었는데 말이야.

뭐, 나는 결국 기타가와의원에서 십육 년 근무했는데 직원으로서 결코 마음 편한 직장은 아니었어요. 안에서 보면 어디든 똑같다고 하지만, 그래도 거긴 달랐지. 하지만 나이도 있고 자격증도 없으니 그만둬도 달리 갈 곳이 없어서 말이야. 뭐, 신세를 졌으니 욕하고 싶지 않지만 이렇게 아직도 분쟁이 끝나지 않았다는 건 역시 사람이 문제인 탓이겠죠.

그래서 내게 묻고 싶은 것이 뭐라고?

내가 기타가와의원에 사무직원으로 취직한 것도 벌써 삼십 년도 더 된 옛날이에요. 그 집안은 대대로 의사 집안이었는데 그 무렵 히데히코 선생님은 아직 의대생이었지. 아버지이자 큰 원장님인 나오히코 선생님이 혼자서 진료를 봤어. 아, 혼자라고 하지만 당연히 간호사가 따로 있었어요. 중간에 여러 번 바뀌었지만.

아니, 나는 사무직원이라서 진료를 돕지는 않았어요. 접수와 잡일만 했지. 경리 일 같은 건 안 했어요. 돈은 저기, 큰 사모님이 쥐고 있었으니까. 큰 사모님은 갸름한 얼굴에

호리호리한 일본 미인이었는데 원래 기타가와의원에 다니던 환자의 딸이었다더라고. 그러니까 친정은 평범한 회사원 집안이었지. 아들 히데히코 선생님 위에 딸이 한 명 더 있었는데 그래서 그 딸도 회사원에게 시집갔어.

개업의 아내는 어디나 다 그렇잖아, 큰 사모님도 돈에 깐깐했지. 어떤 약점을 잡혔는지 모르지만 남편에게는 꼼짝 못 했어요. 항상 눈치를 봤어. 남편에게 욕을 먹으면 풀이 죽어서 집으로 물러가 숨어 버렸는데 그 화풀이를 우리에게 쏟아냈어요. 젊은 간호사는 물론이고 병원에 드나드는 업자들까지 툭하면 울렸지.

사람을 어찌나 함부로 대하는지, 특히나 나는 자격이나 면허가 있는 간호사와 달리 한낱 사무직원이었잖우. 진료 시간이 끝나서 퇴근 준비를 하는데 개인적인 심부름으로 슈퍼마켓까지 다녀오게 하는 건 다반사였어요. 집 대청소나 정리까지 시켜서 하녀처럼 부리며 혹사했지. 정말 화가 치밀었다니까.

큰 원장님은 큰 사모님처럼 까다롭지는 않았지만 그 대신 여성 편력이……. 히데히코 선생님도 그 피를 이어받은 모양인데 젊은 간호사가 오면 사람을 가리지 않고 건드려서 난감했어요. 은발에 무테안경을 쓰고 성인군자 같은 얼굴을 했지만 타고나길 여자를 좋아하는 부류였겠지. 미인이든 추녀든 나이만 어리면 상관없다는 식이었으니.

내가 그런 걸 어떻게 아냐고? 당신도 참. 그야 그 안에서 본 것이 있으니 싫어도 알 수밖에. 여자는 몸에 무슨 일이 생기면 바로 태도가 달라지거든. 그전까지만 해도 원장님이 업무를 지시하면 네, 네 하며 움직이던 아이가 대답도 하는 둥 마는 둥 하며 물건을 건네거나 얼굴에 싫은 기색을 드러내기 시작하면 답은 정해져 있었지. 내 말도 순순히 듣지 않고 말이야.

게다가 이런 이야기를 하는 것도 그렇지만……. 뭐, 상관없나. 진료실에는 그 왜, 진료용 침대가 있잖우. 그 침대 시트와 베갯잇을 매일 아침 내가 갈았는데 가끔 이상한 얼룩이나 털이 묻어 있었어요. 아니, 아니, 절대 그런 것은 아니야. 환자의 털인지 아닌지 정도는 구별할 수 있지. 분명 나나 큰 사모님이 없을 때를 가늠해서 진료실에서 간단하게 해결했을 거야.

기타가와의원은 병원과 집이 같은 부지에 있었지만 건물은 따로였어요. 나는 내 집에서 통근했지만 집이 먼 간호사는 근처 아파트에 살게 했지. 뭐, 기숙사 개념이었어요. 하지만 원장님이 간호사가 머무는 아파트에 찾아가거나 하면 그건 아무리 그래도 곤란하니까.

큰 사모님은 어쨌든 남편을 무서워하니 찍소리도 못해서 당연히 기분이 나쁘니까 애먼 간호사에게 화풀이했어요. 그러니까 간호사들이 매번 얼마 못 버티고 나갔지. 당시에 다음 간호사를 구하기 힘들어서 내가 어찌나 애를 먹었는지!

남편이 그 모양이니 사모님은 외아들 히데히코 선생님에게 의지했어요. 아들 자랑을 얼마나 했는지 몰라. 기타가와 의원의 후계자가 아니었다면 대학에 남아서 교수도 될 수 있다고 입버릇처럼 말했지.

정말로 교수가 됐는지는 차치하고 히데히코 선생님은 딱 봐도 머리가 좋아 보였어요. 사모님 말마따나 동네 의사를 하기에는 아까운 느낌이었지. 그런데 그보다는 솔직히 동네 의사에 어울리는 사람이 아니었어. 첫인상도 나쁘고, 환자에게 설명하는 말투도 무뚝뚝했거든. 나도 가벼운 농담 같은 건 꺼내지도 못했다니까.

그 자랑스러운 아들도 또 간호사에게 걸려들었으니 큰 사모님도 그때는 뭐 미쳐서 날뛰는 바람에 난리도 아니었어요. 심지어 자기 병원 간호사라니, 기르던 개에게 손을 물린 셈이잖아요.

그래, 맞아요. 그 사람이 결국 기타가와의원의 작은 사모님으로 들어앉은 이쿠에 씨라오.

이런, 당신. 이쿠에 씨가 궁금했구나? 내 분명히 말하는데 신데렐라라고 그렇게 대단한 미인은 아니에요. 피부도 까맣고 특별히 애교도 없었지. 눈치가 빠르고 똑부러진 사람이라서 간호사로서는 나쁘지 않았지만 말이야. 이바라키인가 어디인가 시골 출신이었는데 어려서부터 아버지 손에 자랐다니까 기타가와의 며느리가 되기에는 부족했어요.

본인 말로는 어머니가 병으로 일찍 돌아가셔서 간호사가 되고 싶었다는데……. 글쎄, 그것도 잘 모르겠네. 작은 사모님이 되고 난 뒤에도 이쿠에 씨의 가족이나 친척이 찾아온 적은 한 번도 없었으니까.

나? 나도 그 여자는 좋아하지 않았어요. 얌전한 척하지만 속은 시커먼 여자였거든.

이쿠에 씨가 기타가와의원에 온 것은 히데히코 선생님이 대학병원을 나와 집으로 돌아와 진료를 시작한 지 얼마 지나지 않았을 때였어요. 이쿠에 씨도 간호학교를 갓 졸업했을 때였고. 나는 그 여자를 처음 본 순간부터 경계해야겠다고 생각했지. 왜인지 피도 얼음처럼 차가울 것 같은 느낌이었거든. 도마뱀 같은 사람이었어.

젊은 남자는 아무리 머리가 좋아도 치정 문제에서는 여자가 몇 수는 위니까. 이것 참 위험하겠다 싶었는데 아니나 다를까 걸려들고 만 거야. 무슨 수를 썼는지는 모르겠지만 아이가 생기면 여자가 이기는 법이니까. 히데히코 선생님은 그저 재미나 보려고 했을 테지만. 이쿠에 씨가 임신이라는 두 글자를 꺼내 들자 도망갈 방법이 없었을 거예요.

그래도 거기까지는 괜찮았지. 이 남자다 싶은 사람을 낚아채는 것은 여자의 능력이니까. 내가 놀란 사실은 그다음이었어요. 설마 작은 원장님을 손에 쥐고서 큰 원장님과도 자는 사이였다니 나는 상상조차 못 했지 뭐요.

어떻게 그렇게 잘라 말할 수 있냐고? 당신도 꽤 신중한 사람이네. 마치 경찰 같잖아. 걱정 마요! 확실한 증거가 있어요. 하지만 다른 사람에게는 이야기한 적 없지. 뭐, 이제 시효가 지났으니 상관없지 않을까 싶네요. 의사는 비밀 엄수에 굉장히 예민하니까. 큰 원장님도 병원에서 일어난 일은 밖에 나가 섣불리 떠들면 안 된다고 엄하게 주의를 줬거든요.

그래. 히데히코 선생님이 이쿠에 씨와 결혼한다고 해서 온 집안이 뒤집어졌을 때 일이었어요. 큰 사모님은 충격을 받은 나머지 반쯤 미쳐 버렸는데 큰 원장님도 이 결혼이 달갑지 않은 듯 떫은 얼굴이었어.

그러던 중 어쩌다가 히데히코 선생님이 무슨 일이 있어서 진료를 쉰 날이 있었지. 마침 그날 나는 퇴근하고 집으로 돌아가던 길에 잊고 온 물건이 생각나서 병원으로 되돌아갔어요.

그랬더니 평소에는 일이 끝나면 곧바로 퇴근하는 이쿠에 씨가 아직 남아 있더라고. 큰 원장님과 둘이서 진료실에 있었지.

아니, 절대로 아니야! 설마, 아하하하……. 나는 엿보는 짓 같은 것은 안 해요.

내가 현관문을 살짝 열고 복도로 들어갔더니 진료실에서 대화 소리가 들렸어요.

"그럼 원장님은 아들의 여자친구를 강간해놓고 그런 여자는 며느리로 들일 수 없다고 말씀하시는 건가요?"

틀림없이 이쿠에 씨의 목소리였어.

나는 정말로 화들짝 놀랐지 뭐예요.

그 자리에서 꼼짝도 할 수 없는데 이번에는 큰 원장님 목소리가 들렸어요.

"강간이라니, 그게 무슨 어처구니없는 소리야!"

강한 척 말했지만 평소와 달리 위엄이 없고 힘도 실리지 않은 말투였어요.

"아니요. 다시 말씀드리지만 그건 강간이었어요."

그 여자가 자신만만하게 말하니 옆에서 듣는 사람이 보기에도 이미 '승자'는 확실했지.

큰 원장님의 못된 버릇은 나도 잘 아는걸. 요즘으로 치면 성범죄잖아. 재판에 가면 빠져나올 수 없지.

큰 원장님에게는 매번 있는 일이니까. 용돈이나 조금 쥐여주면 끝이라고 생각했겠지만 보기 좋게 협박당하는 신세가 되고 만 거야. 아들이 그 여자를 노리고 있다는 사실을 눈치채지 못한 것이 일생일대의 실수였어요. 내가 큰 원장님이었다면 더 조심했을 텐데.

결국 큰 원장님은 두 사람의 결혼을 허락할 수밖에 없었어요. 그 여자는 기타가와의원의 작은 사모님이 됐지. 그래도 큰 사모님은 마지막의 마지막까지 반대했어요. 결국 신부의 배가 너무 불러서 결혼식 피로연은 하지 않았지.

그런데 나도 바보였어. 한 번은 그 여자에게 "당신도 제법이네"라고 말한 적이 있거든. 그랬더니 그야말로 도마뱀이 앞발을 떡하니 벌리고 뚫어지게 쳐다보는 눈빛으로 나를 노려보더라고. 분명 그때 언젠가 기회를 봐서 이 인간의 목을 잘라 버리겠다고 다짐했을 거예요. 참으로 무서운 여자야.

솔직히 말해서 나는 슈이치로가 큰 원장님의 아이인지 히데히코 선생님의 아이인지 모른다는 생각까지 했다오.

히데히코 선생님과 이쿠에 씨가 혼인신고하고 얼마 지나지 않아 슈이치로가 태어났고, 그리고 얼마 후에 아야나와 유키나 두 여자아이가 연이어 태어났는데 큰 원장님이 살아계실 적에는 역시 이쿠에 씨도 그렇게 멋대로 행동할 수는 없었어요.

글쎄. 히데히코 선생님이 아버지와 아내의 관계를 눈치챘는지는 모르겠네요. 아무리 큰 원장님이라도 이쿠에 씨가 며느리가 되고서는 건드리지 않았을 테니까.

다만 부부 사이는 확실히 원만하지 않았어요. 기타가와의원의 작은 사모님이 되고 나서는 아이도 있으니 간호사를 그만뒀는데 이번에는 히데히코 선생님이 복수라도 하듯 밖으로 나돌았거든.

간호사를 희롱하는 버릇은 아버지나 아들이나 똑같으니 참 고약했지. 게다가 요즘 젊은 아이들은 옛날처럼 가만히 참고만 있지 않으니까. 약삭빠르게 대가를 요구해서 다루기 어려웠어.

그중 한 사람은 본인도 속셈이 있었을 텐데 목적을 이루지 못하니 신주쿠 구청에 가서 직장 내 성희롱으로 법률 상담을 받았더라고. 변호사가 나와서 참 시끌시끌했어요. 돈을 꽤 많이 내줬다던데. 뭐, 비싼 돈 주고 논 셈 아닐까.

큰 원장님의 건강이 나빠진 것도 바로 그 무렵이었어요. 췌장암이었는데 입원과 퇴원을 반복하다가 유키나가 태어나고 얼마 안 돼서 돌아가셨지. 까다롭기는 했지만 뭐니 뭐니 해도 기타가와의원을 지탱하던 사람은 큰 원장님이니까. 그분이 더 오래 사셨다면 병원이 그렇게 되지는 않았으리라 생각해요.

큰 원장님이 돌아가시고 이삼 년 지나서 뒤따르듯 큰 사모님도 돌아가셨지. 기타가와의원은 예전과는 완전히 달라졌어요. '의술은 인술'의 시대는 저물었다는 것은 알지만 합리성만 추구하는 것은 조금 그렇지 않나 싶어.

큰 원장님이 돌아가시고서 그 여자는 기다렸다는 듯 나를 해고했어. '나중 일은 알게 뭐냐'식이었지.

그래요. 나는 사실 예순다섯 살까지 일하기로 약속되어 있었거든. 그런데 문서로 남기지는 않았으니까……. 구두 약속이었으니 약속 당사자인 큰 원장님이 죽으면 그만이었지. 게다가 아무리 열심히 일해도 어차피 일이 년 남았었거든.

큰 사모님? 아아, 그 사람은 아니야. 전혀 도움이 안 됐지. 게다가 남편을 잃고 크게 상심한 탓인지 마지막에는 조금 이상했어. 주변 사람들도 감당 못 했나 보더라고요.

내가 기타가와의원을 그만둔 지 오래됐는데도 전화해서 푸념하는 사람들이 많았어요.

큰 사모님은 애초에 며느리를 싫어했으니까. 세상을 떠나기 전에는 이쿠에 씨가 내리는 차에서 이상한 냄새가 난다는 둥 밤에 자려고 하면 이불이나 베개가 누렇게 젖어 있다는 둥. 뭐, 노인네가 그런 말을 하기 시작하면 노망이 든 것 아니겠어? 본인이 대소변 실수를 해도 모르게 되지. 아아, 역시 그건 싫어! 늙고 싶지 않다니까.

결국 큰 사모님의 사인은 무엇이었을까? 식사량이 점점 줄고 마지막에는 살이 빠졌어요. 내가 그만둔 뒤 일이니까 자세히는 모르지만……. 하지만 아들이 의사니까 뭐.

그 아들인 히데히코 선생님도 빚더미에 올라 일찍 죽고 말았지. 이쿠에 씨 같은 여자가 바로 '사람 잡아먹는 팔자' 아닐까 싶어요. 요즘도 그런 말 쓰나?

어머나, 이런 이야기라도 괜찮았다고요?

정말? 나야말로 탐정님께 도움이 되어 기쁘네. 언제든 또 와요. 기다리고 있을게.

이런 노인네는 상대하기 싫겠지만.

아하하하하…….

대학원생
호시 타쿠마의 이야기

아아, 그러세요? 아니, 저는 상관없어요. 마침 한가하기도 하고……. 그럼 기타가와 슈이치로는 사망한 건가요?

누구에게 들었냐고요? 딱히 누가 말해준 건 아니에요. 저는 지금 부모님 일 때문에 요코하마에 사는데 재작년 가을쯤인가? 우연히 가나가와 지역 신문에서 기타가와 이쿠에 씨, 슈이치로 씨 모자가 탄 승용차가 바다에 추락해 행방불명됐다는 기사를 봤어요. 그래서 분명 내가 아는 기타가와 슈이치로가 틀림없다고 부모님께도 이야기했고 그 뒤로 어떻게 됐는지도 관심 있게 지켜봤죠.

그런데 아무것도 보도되지 않았잖아요. 그러니까 분명 무사히 발견됐겠지 저 혼자 생각했어요. 왜냐하면 바다를 수색하다가 시신이 발견되면 보통 뉴스에 보도되잖아요? 어쩌다가 다른 큰 사건과 겹쳤을 수도 있지만.

그런데 이미 오래전 일인데 이제 와 사립 탐정이 정보를 수집하고 다닌다는 것은 뭔가 뒷이야기가 있다는 뜻이겠죠? 혹시 단순 사고가 아니라 자살이었나요?

아, 아니요, 딱히 그런 것은 아닌데. 그냥 왠지 모르게 슈이치로라면 그럴 수도 있겠다 싶어서……

기타가와 슈이치로는 오랫동안 은둔형 외톨이였어요. 잘 아시겠지만 고등학교를 중퇴한 뒤 일도 안 했고 집안 문제 등등 이런저런 고민이 많았던 것 같았죠.

슈이치로와는 재작년 3월에 마지막으로 만났는데, 그 친구가 도쿄 미나토구 맨션에서 아다치구로 이사하기 직전이었어요. 마침 우리 가족도 요코하마로 이사 오기 전이었는데 일부러 약속을 잡고 만난 것은 아니고 우연히 동네 편의점에서 마주쳤어요.

우리는 집이 비교적 가까워서 초등학교도 중학교도 같은 학교를 나왔고 고등학교는 서로 달랐지만 둘 다 밤에 잡지 같은 것을 보러 자주 편의점에 갔거든요. 그때도 그런 식으로 서로 물건을 산 뒤에 가게 앞 벤치에 앉아서 잠시 대화를 나눴어요. 그때 이사 간다고 하기에 그럼 앞으로 자주 못 보겠네. 잘 지내라고 한 인사가 정말로 마지막이 되어 버렸네요.

아니, 메일 주소는 주고받지 않았어요. 그렇게 친한 사이도 아니었고 무엇보다 그 친구는 휴대폰이 없지 않았을까요? 고등학교를 중퇴하고 나서도 집에 틀어박혀 있었고 친한 친구가 있는 것 같지도 않았거든요.

그러니까 저는 정말로 아무것도 몰라요. 아다치구로 이사 갔다가 가나가와현으로 이사했다는 사실도 그 신문 기사를 읽고 처음 알았을 정도니까요.

초등학교에서 슈이치로와 같은 반이 되면서 처음 친해졌어요. 그렇다고 처음부터 어울렸던 것은 아니에요. 그 친구는 4학년 중간에 전학 왔거든요. 그전에는 같은 도쿄에 살았지만 신주쿠구에서 살았다고 들었어요.

아버지는 의사였는데 병으로 돌아가셨다고 하고 어머니와 여동생 한 명까지 셋이서 미나토구로 이사 왔죠. 나중에는 나머지 한 명, 친척 집에 맡겼던 작은 여동생까지 돌아와서 네 식구가 됐지만 사실 돌아온 그 여동생도 은둔형 외톨이라…… 하지만 슈이치로와는 상황이 조금 달랐던 것 같아요. 약간 지적장애라고 할까, 정신적으로 문제가 있었나 봐요.

집이 가까워서인지 전학 온 슈이치로가 내 옆자리에 앉게 됐어요. 등하굣길도 같고 어쩌다 보니 서로 같은 게임을 좋아한다는 사실을 알게 되면서 대화를 나누게 됐죠. 당시 슈이치로는 감기 등으로 결석이 잦았지만 뭐 평범했어요. 저 말고는 반에 친구가 없었던 것은 사실이지만 전학생이니까 어쩔 수 없다는 느낌이었죠.

그런데 그 친구 어머니가 참 특이했어요. 그때부터 엄마들 사이에서 유명했죠. 외모는 평범한 아주머니였는데 입만 열면 대단해서⋯⋯. 요컨대 굉장히 괴상한 사람이었어요. 그런 어머니의 아들이어서 슈이치로도 나쁜 의미로 눈에 띄었을걸요? 정작 본인은 매우 얌전하고 수수했지만.

어떤 식으로 눈에 띄었냐면⋯⋯, 그래요. 초등학교 때 급식이 있어서 음식 문제는 없었는데 공립학교라서 교복이 없었거든요. 그 친구가 입고 오는 옷이나 소지품은 무조건 초고급이었다고나 할까, 엄청 번쩍거려서 저라면 너무 창피해서 입을 수 없을 것 같은 것들뿐이었어요. 상당히 튀었죠. 우리 엄마가 저게 다 무슨 무슨 브랜드라고 했는데⋯⋯.

그래서 전학생이 아니었다면 따돌림당했을지도 몰라요. 고급 맨션에 살아서 자못 부자 같았고 아이들끼리도 그런 걸 꽤 의식하잖아요. 괴롭혀야 할지 말지, 반 아이들도 멀찍이서 바라보기만 하는 사이에 고학년이 되고 입시다 뭐다 바쁜 사이에 졸업했죠.

중학교에서도 슈이치로와 같은 반이었어요. 네, 구립 중학교요. 그 친구는 사실 공립이 아니라 사립에 들어가고 싶어 했던 것 같은데 아무래도 시험에 떨어진 것 같더라고요. 아니, 직접 들은 이야기는 아니고 소문이 났어요. 하지만 제법 신빙성 있는 소문이기는 해요. 입학시험장에서 그 친구를 본 녀석이 있었는데……. 그것도 그냥 사립이 아니라 그 유명한 게이세이중학교였어요. 그 녀석은 입시학원에서도 늘 상위권이었거든요. 그런 자신도 떨어졌는데 슈이치로가 시험을 치렀다는 사실에 깜짝 놀랐다고 해요. 미안한 이야기지만 솔직히 그런 명문 학교에 슈이치로가 붙을 리 없잖아요.

슈이치로의 성적이요? 중상이었을걸요. 못하는 편은 아니었지만. 독서를 좋아하는 것 같았고 국어는 잘했지만 영어가 약해서 입시는 무리였어요.

고등학교도 결국 시험을 치른 사립학교는 전부 떨어져서 도립 고등학교에 입학했지만 그것도 제1지망 학교는 받아주지 않아서……. 고등학교는 각자 다른 학교에 다니는 바람에 입학하고 무슨 일이 있었는지는 모르지만 본인도 어머니도 희망한 학교에 다니지 못해 더 등교를 거부하게 된 것 아닐까 생각해요.

중학생 때 슈이치로는 한마디로 말하면 존재감이 미미했다고나 할까? 중학교는 일단 교복을 입으니까요. 옷 때문에 눈에 띌 일은 없고 동아리 활동도 하지 않았어요. 아마 그 친구와 이야기하는 사람은 저 정도였던 것 같아요.

저는 슈이치로를 싫어하지 않았어요. 절대로 나쁜 녀석은 아니었으니까요. 우리 둘 다 오타쿠 같은 면이 있어서 게임

이야기를 할 때는 마음이 잘 맞기도 했고. 그런데 역시 반에서는 왜인지 모르게 튀었어요. 땡땡이치거나 학교에 오지 않는 날이 많았고 엄마에게 응석을 부린다는 소리도 있었던 것 같아요.

솔직히 말하면 녀석이 마마보이라는 소문도 돌았어요. 엄마가 하라는 대로 한다고. 학부모회에서 어머니가 딸에 대해서는 한마디도 하지 않고 "슈짱", "슈짱" 하면서 아들만 끈적끈적하게 불러대며 신이 나서 이야기하고, 도시락에 하트 모양을 그려서 보낸다고 떠들어댔다고 우리 엄마가 집에 와서 이야기했거든요. 그 말을 듣고 보니 그 녀석은 항상 도시락을 먹을 때 뚜껑을 열자마자 음식을 보지도 않고 마구 섞어서 먹었어요. 정말로 하트 모양이 그려져 있어서 다른 아이들에게 보이지 않도록 조심하는 건가 생각하니까 왜인지 안쓰럽더라고요.

그런데 제가 알기로는 반에서 노골적으로 녀석을 괴롭힌 사람은 없었어요. 담임선생님이 '학교폭력 제로 운동'에 열을 올리기도 했지만 애초에 우리 반은 얌전한 아이들이 많았고 음흉한 놈들은 없었거든요. 하지만 졸업하고서 반창회로 모여서 당시 이야기로 분위기가 달아올랐을 때도 슈이치로의 이름이 오르내리는 일은 거의 없었어요. 내가 화제에 올려도 기타가와 슈이치로가 누구였지? 라는 식이었죠. 그 정도로 존재감이 희미했어요.

슈이치로의 집에 몇 번 놀러 간 적이 있어요. 다섯 번인가, 여섯 번인가. 중학생 때였는데 슈이치로의 어머니가 집을 비운 사이에 게임을 하러 갔죠. 슈이치로에게 약했던 어머니는 갖고 싶다는 게임을 뭐든 다 사줬지만 친구와 함께 노는 것은 안 된다고 했대요. 슈이치로네 맨션은 방이 세 개였는데 보통 방 세 개짜리 집보다 넓고 매우 깨끗했어요. 정말 부잣집 같았죠.

아까도 말했듯 슈이치로에게 여동생이 두 명 있었어요. 큰 여동생은 같은 초등학교에 다녀서 저도 잘 알았죠. 제 남동생과 반은 달랐지만 학년이 같았는데 굉장히 야무진 아이라고 소문이 자자했어요. 성적도 학년 톱이라고 들었고. 활발한 성격인지 제가 놀러 갔을 때도 수영 교실이나 영어 학원에 가서 집에 없을 때가 많았죠.

반면 작은 여동생은 언제 가든 집에 있었어요. 하지만 본인 방에 틀어박혀 있어서 화장실에 간다고 나왔을 때 언뜻본 정도였죠. 슈이치로 말로는 아프다고 들었는데 잠옷이아니라 일상복을 입고 있었거든요. 정말 몸이 아프면 병원에 입원하지 않았겠어요?

학부모 사이에서는 지적장애 같다는 소문이 돌았어요. 그렇지 않으면 버젓이 아이를 학교에 보내지 않을 리 없다고. 정말로 학교는 전혀 다니지 않았다고 해요. 그래서 저는 작은 여동생은 잘 몰라요.

그 집에는 넓은 거실이 있었는데 우리는 언제나 거실에서 게임을 했어요. 제가 그 집에 간 목적은 어디까지나 게임 때문이었고 그래서 집 안을 둘러볼 생각은 추호도 없었는데 딱 한 번 슈이치로의 방에 들어간 적이 있어요. 마지막으로 놀러 간 날이었죠.

슈이치로가 제게 들어오라고 하지는 않았지만 그 친구가 게임을 찾으러 거실과 방을 오가는 사이에 무심코 뒤따라 안으로 들어갔어요. 같이 찾을까 싶어서⋯⋯. 그런데 그때는 정말 기겁했죠.

슈이치로의 방이었지만 도저히 아이의 방이라고 할 수준이 아니었다니까요. 다섯 평이나 여섯 평 정도 크기에 커튼도 벽도 카펫도 장밋빛이라고 해야 하나, 전부 붉은 계열로 통일되어 있었어요. 벽에 놓인 책상과 책장에는 교과서 말고도 게임이 죽 꽂혀 있었는데 그 점 말고는 아무리 생각해도 여자의 방이었어요.

커다란 거울이 있는 화장대에 붙박이 옷장이 있고 방에는 향수 같은 향기가 났죠. 게다가 창가에는 커다란 침대가 하나만 있었어요. 그것도 장미 무늬가 새겨진 붉은 커버를 씌운 침대요.

"대박이다! 너 이런 곳에서 자?"

저도 모르게 물었죠.

나중에 생각하니 멋대로 남의 방에 들어가 그런 말을 해서 미안하다고 생각했어요.

"응."

그런데 슈이치로는 한마디만 대답했을 뿐 특별히 거북한 기색도 보이지 않았어요.

그런데 아무리 생각해도 그 방, 아니 그 침대는 슈이치로와 어머니 두 사람이 함께 사용하던 것이라고밖에 생각할 수 없네요. 그 집에는 방이 두 개 더 있었는데 하나는 큰 여동생 방이었고 하나는 은둔형 외톨이 여동생 방이었거든요. 그러니까 가만 생각하면 나머지 하나는 어머니와 슈이치로가 함께 사용하는 방이라고 당연히 예상할 수 있었는데 저는 도저히 거기까지는 생각하지 못했어요.

그러고 나서도 슈이치로는 아무렇지 않은 얼굴로 게임을 계속했죠. 하지만 저는 왜인지 보면 안 될 것을 봐 버린 기분이 들어서……. 그도 그럴 것이 중학생이잖아요. 설령 여자라도 어머니와 한 침대에서 자지는 않을 거예요. 그렇죠?

도저히 마음이 진정이 안 돼서 집에 일찍 돌아왔는데 결국 슈이치로의 집에 놀러 간 것은 그때가 마지막이 됐네요. 중학교 2학년 1학기 때였어요.

다음 날 슈이치로의 어머니가 우리 집에 쳐들어 와 따졌어요. 낮에 저희가 학교에 간 사이에 벌어진 일이었죠. 엄마에게 들은 이야기로는 제가 슈이치로의 어머니가 없는 틈을 노려 집에 마구 들어왔다며 항의하러 왔다더라고요.

"우리 집에는 보석이나 귀금속 등 값비싼 물건도 많고 특히 작은딸이 아파서 모르는 사람이 오면 겁을 먹어요. 절대로 자극하지 말라고 의사 선생님이 당부했다고요. 그런데 우리 아이가 얌전한 점을 이용해 댁네 아들이 게임을 하자며 내가 집을 비운 틈을 타 억지로 들어왔다고요. 그리고 온 집을 휘젓고 돌아갔어요. 정말 가정 교육을 어떻게 시킨 건지. 남에게 폐를 끼치기 전에 부모가 먼저 게임을 사줬어야 하는 거 아닌가요! 만약 뭐라도 없어졌으면 어떻게 하려고 그래요? 심지어 작은딸은 겁에 질린 나머지 완전히 신경과민 증세를 보인다고요. 무슨 일이 생기면 당신들에게 책임을 물을 테니 그리 아세요."

처음에는 현관에서 평범하게 말하다가 흥분하면서 점점 목소리가 커졌다더라고요.

그러자 우리 집 개가 멍멍 짖어댔더니 슈이치로 어머니의 눈에 핏발이 서고 코까지 붉어져서 그 모습이 마치 귀신 같았대요.

사실 부모님에게 슈이치로의 집에 놀러 갔다는 말을 하지 않았거든요. 우리 엄마가 슈이치로의 어머니를 좋게 생각하지 않는다는 것을 알아서……. 우리 엄마는 그 자리에서는 반박할 수 없어서 앞으로 다시는 그 집에 못 가게 하겠다고 약속하셨대요. 그만큼 나중에 제가 엄청나게 혼났죠.

제 이야기를 들은 엄마는 뭐 분해서 죽으려고 하셨죠.

"그 여편네에게 일방적으로 욕을 먹어서 분해 죽겠어. 한 마디라도 해 주지 않으면 화병 날 것 같아."

그러면서 슈이치로의 집에 전화하려고 하는데 아빠가 말렸어요.

"그런 인간은 상대하지 마. 보복이라도 한다고 덤비면 우리만 손해야."

그래서 저도 앞으로 슈이치로와 절대 어울리지 않겠다고 약속했어요.

하지만 그 후에도 그 아이와 절교하지는 않았어요. 물론 집에 놀러 가지는 않았지만 학교에서는 이야기했죠.

제 생각에 슈이치로는 어머니가 우리 집에 쳐들어와서 한바탕 난리 친 일을 모르지 않았나 싶어요.

"우리 엄마가 동생이 무서워하니까 집에 다른 사람을 데리고 오면 안 된다고 하셔서……. 미안하지만 이제 우리 집에서는 못 놀 것 같아."

다음 날 학교에서 만났을 때 몹시 괴로운 얼굴로 그렇게 말했거든요.

그날 저는 분명 그 방에 들어갔지만 절대 아무것도 만지지 않았어요. 그러니까 다른 날과 달리 그날만 내가 집에 온 사실을 어머니에게 들킨 이유는 역시 내가 침실을 보는 바람에 슈이치로가 당황한 마음을 숨기지 못하고 얼굴에 드러내서 아닐까 생각해요. 내 앞에서는 아무렇지 않은 척 했지만.

그것이 사실이라면 저도 매우 화가 나니까 "장난하냐! 내가 언제 너희 집에 억지로 들어갔냐?"라고 말할 생각이었거든요.

그런데 왠지 그 친구가 불쌍해서 도저히 따질 수가 없더라고요. 그 아이 잘못이 아니기도 하고…….

그래도 역시 한 번 그런 일이 생기면 왠지 모르게 어색해지잖아요. 결국 그 일 이후로 졸업할 때까지 전처럼 친하게 대화를 나누지 않았어요.

중학교를 졸업한 후에는 각자 다른 고등학교에 가는 바람에 슈이치로와 만날 기회도 완전히 줄었죠. 가끔 밤에 편의점에서 마주친 정도예요. 만나면 늘 인사 정도는 주고받았어요.

그런데 고등학교 1학년 여름방학이었나? 우연히 중학교 때 같은 동아리였던 친구를 만났는데 그 친구가 슈이치로와 같은 고등학교에 다니는 녀석이었거든요. 그 녀석에게 슈이치로가 등교를 거부했다는 이야기를 들었어요.

"너 중학교 때 슈이치로와 같은 반이었지? 걔 은둔형 외톨이 됐어. 5월부터 쭈욱 학교에 안 나와. 아마 그대로 자퇴하지 않을까?"

"그렇구나……. 그런데 나 가끔 편의점에서 걔 만나는데."

"뭐, 딱히 몸이 아파서 그런 건 아니니까."

"뭐야? 따돌림당했어?"

"따돌림이라고 해야 하나……. 너 들은 적 없어? 걔, 자기 엄마랑 자는 사이라고 소문이 파다해."

그 친구 말로는 입학 때부터 그 이야기가 여기저기 퍼졌다는데 소문의 출처는 아무래도 학부모회 같다더라고요.

학부모 중에 인테리어 업자가 있었는데 우연히 슈이치로의 집에 드나들었대요. 그러다가 지불 문제로 슈이치로의 어머니와 옥신각신한 모양인데 그 사람의 아내가 학부모회 임원이어서 나서서 소문을 퍼뜨렸다더라고요.

"하나부터 열까지 핑크로 도배를 해 놔서 미쳐 버릴 것 같은 집이래. 정말로 정신이 이상한 동생이 있다고도 하고."

그 친구는 제가 슈이치로와 친했던 사실을 모르기 때문에 그저 잠자코 들었죠. 하지만 언젠가는 이렇게 될 것이었다고, 시간문제였을지 모른다고 생각했어요. 아무리 생각해도 그 아주머니는 이상했거든요.

그 일이 있고 가을 무렵이었나? 우리 집은 개를 키웠는데 밤에 개를 데리고 산책을 나갔다가 우연히 슈이치로와 딱 마주쳤어요.

"너, 학교 다녀?"

기회다 싶어 물었더니 저를 흘끔 보고서 눈을 피하더라고요.

그래서 아, 역시 안 다니는구나 생각했죠.

"나도 이런 개 키우고 싶다."

슈이치로는 질문에는 대답하지 않고 제가 데리고 있던 개를 쳐다보더니 그 한마디만 중얼거리듯 말했어요.

우리 개는 골든 리트리버였어요. 개는 매우 영리한 데다 반려동물이 있으면 슈이치로에게도 여러 의미로 도움이 될 것 같아서 편하게 말했죠.

"엄마한테 키우고 싶다고 해."

그랬더니 쓸쓸한 얼굴로 대답했어요.

"개는 안 된대."

하긴 슈이치로의 집은 맨션이었으니 동물을 키울 수 없었을지 모르지만 그 정도 소원도 이룰 수 없다니 정말 불쌍한 녀석이라고 생각했어요.

그 뒤로도 편의점에서 몇 번 마주쳤는데 새로 출시된 게임이나 별 의미 없는 잡담만 나눴어요. 결국 그 친구가 고등학교를 중퇴하고 취직도 하지 않은 채 은둔형 외톨이로 지낸다는 소문은 들었죠. 그 때문에 우리 둘 다 의식적으로 무난한 대화만 나눈 경향이 있어요.

그래서 마지막에 만난 날, 편의점 입구에 서서 내가 나오기를 기다리기에 조금 뜻밖이었어요. 당시 그 친구는 여전히 백수였지만 저는 이미 대학생이었거든요.

할 말이 있다고 해서 일단 편의점 앞 벤치에 나란히 앉았어요.

"나 이사 가."

그 말을 듣고 '흠, 그렇구나' 생각하는데 느닷없는 말이 이어졌어요.

"너, 내가 엄마와 잔다고 생각하지? 나에 관해 여러 소문이 도는 거, 당연히 알지?"

갑자기 그런 화제를 꺼내면 마음이 불안해지잖아요.

게다가 저는 소문을 들은 정도가 아니라 그 방을 실제로 본 적도 있고요. 무슨 소리냐며 시치미 뗄 수도 없고…….

그런데 슈이치로는 개의치 않고 말했어요.

"엄마와 같이 자기는 하는데 그냥 그게 다야. 어렸을 때부터 계속 그랬고 딱히 뭘 하는 건 아니야……. 그러니까 다른 사람들이 어떻게 생각하든 상관없거든. 나는 도저히 이해가 안 가. 설령 엄마와 무슨 일이 있다고 해도 가족끼리 자는 건데 뭐가 잘못됐지?"

진지한 얼굴로 묻더라고요.

"그건 이상하지 않을까?"

어떻게 말해야 좋을지 몰라서 별수 없이 적당히 대답하자

굉장히 불만스러워 보였어요.

"다들 근친혼은 태어날 아이에게 우생학으로 문제가 생길 수 있다고 하는데, 그러면 아이를 안 낳으면 되는 것 아닌가?"

내가 잠자코 있자 슈이치로도 입을 다물고 가만히 내 대답을 기다렸어요. 이상한 분위기에 숨이 막혀서 어떤 이야기라도 좋으니 화제를 돌리자고 생각한 순간이었죠.

"너 '이모세'가 무슨 뜻인 줄 알아?"

돌연 그렇게 물었어요.

"이모세? 그게 뭔데?"

내가 되묻자 슈이치로는 두 손으로 목 뒤를 받치고 벤치에 기대 어두운 밤하늘을 올려다보며 말했어요.

"옛날 일본말로 부부라는 뜻이야. 만요슈[15]에도 나오는 말이야. 한자로 누이 매妹에 형 형兄이라고 쓰지. 그런데 왜 여동생과 오빠라고 쓰는데 부부라는 의미가 되는 줄 알아? 바로 태곳적 일본에서 남자는 본인의 여자 형제와, 여자는 남자 형제와 부부 관계를 맺었기 때문이래. 그런 설이 있더라고."

마치 스스로를 설득하는 것 같았어요.

실제로 슈이치로는 자신을 타이른 것 아닐까요?

---

15 7세기 중반부터 8세기 후반까지 만들어진 일본에서 가장 오래된 시가집.

저는 그 친구의 본의를 파악할 겸……, 아니 그보다는 어떻게 반응할지 몰라서 고개를 숙이고 있었는데 슈이치로는 계속 혼잣말처럼 떠들었어요.

"예를 들면 여동생과 나는 아버지가 달라……. 그래도 분명히 남매지. 그런데 만약 나와 동생 사이에 아이가 태어나면 절대로 안 될 일인가? 그런 건 도대체 누가 정하는 거야?"

이야기가 자꾸 이상한 방향으로 흘러갔어요.

대답하기 곤란해서 고개를 들어 힐끔 훔쳐보니 웬걸, 슈이치로가 소리 없이 울고 있지 않겠어요?

안 되겠다, 억지로라도 화제를 바꿔야겠다 싶어서 못 본 척하고 짐짓 아무렇지 않은 듯 말했어요.

"그건 그렇고, 왜 이사 가?"

"집세가 더 싼 곳으로 옮기게 됐어. 지금 사는 맨션은 비싸니까."

"멀리 가?"

"아니, 도쿄이긴 한데……. 아다치구 니시초난역 근처에 있는 오래된 맨션이래."

"맨션이래, 라니. 아직 안 가봤어?"

"응."

생각해 보니 슈이치로의 어머니는 일을 하지 않았죠. 아버지가 의사였다고 들어서 돈이 많겠거니 생각했지만 그렇지만도 않았나 봐요.

동생과 아버지가 다르다는 이야기는 처음 들었는데 몹시 복잡한 사정이 있는 것 같았지만 냉정하긴 해도 당시 저는 그다지 깊게 알고 싶지 않았어요. 그래서 그 이야기를 끝으로 도망치듯 미련 없이 헤어졌거든요. 결국 마지막 만남이 됐죠.

슈이치로의 불행은 그 어머니를 벗어날 수 없는 현실이었다고 생각해요. 그 친구 성격이 온순한 탓도 있지만 본인이 어느 정도 어머니에게 의지하기도 했을 거예요.

마지막에도 결국 어머니와 함께한 셈이잖아요? 죽을 때까지 어머니와 함께라니 너무 비참하지 않아요?

사카키바라 씨라고 하셨죠? 슈이치로의 여동생들은 지금 어떻게 지내나요?

특히 큰 여동생이요. 활동적인 아이였고 오빠와는 정반대였는데 역시 아버지가 다른 탓이었을까요? 아, 그래요? 업무상 비밀이군요.

자신에게 없는 것을 가진 여동생이라서 끌렸을지도 모르겠네요. 마지막으로 만났을 때 동생 이야기를 하며 울던 모습을 생각하면 조금 후회돼요. 그때 조금 더 이야기를 들어줄걸, 하고……. 그 친구가 제게 하고 싶은 말은 무엇이었을까요?

네!? 수영이요? 아뇨, 슈이치로는 아마 수영을 못 했을 거예요. 체육 시간에 수영 수업이 있는 날은 늘 빠져서 견학하거나 나오지 않았거든요. 물에 들어가면 곧장 중이염에 걸린다고 했지만 유치원생도 아니고……. 사실 수영을 못해서 싫었던 것 아닐까 싶어요.

자동차 운전이요? 네!? 그 사고가 났을 때 슈이치로가 운전한 것 아니었어요?

신문을 읽었지만 지역 신문에 난 작은 기사여서 누가 운전했는지는 적혀 있지 않았어요. 저는 틀림없이 녀석이 운전했겠구나 싶었는데……. 하긴, 운전전문학원에 가지 않으면 면허를 딸 수 없으니까요.

그러면 운둔형 외톨이는 치료 못 한 건가요?

그런데 어머니가 운전했다면 어째서 그런 사고가 일어났을까요? 정말 이해가 안 가네.

보험설계사
다나카 스즈코의 이야기

네? 사립 탐정……이시라고요? 저기, 실례지만 정말로 탐정이신가요? 아, 그러세요? 제가 못 알아뵀네요. 설마 저 같은 사람에게 사립 탐정이 찾아오리라고는 생각지도 못했으니까요. 무례했다면 죄송합니다.

그런데 탐정이라고 말씀하셨으니 흥신소의 결혼 조사와는 다르시겠네요? 어떤 사건을 조사한다거나 범인은 쫓는 일을 하시는 거죠? 어머나, 그러시군요. 그래도 그 방면 사람들이 연관되었거나 위험한 일도 있을 테죠? 아무리 일이지만 힘드시겠어요. 고생하시네요.

그래서 오늘은 도대체 무엇을 알고 싶어서 저를 찾아오셨나요? 그러시군요……. 사망하신 기타가와 아야나 씨를 조사하시는군요.

그분도 젊은 나이에 참 딱하게 됐어요. 아, 그렇다면 당연히 테쓰와 아야나 씨에 대해 잘 아시겠네요. 그런데 사실 저는 아야나라는 아가씨와 직접 만난 적은 없어요. 그러니 해드릴 이야기가 없네요. 죄송합니다.

아시다시피 테쓰는 세상을 떠났습니다. 재작년 8월에요. 아야나 씨를 뒤따라……. 몹시 괴로워한 끝에 결심한 자살이었어요.

그런데 테쓰도 아야나 씨도 사망한 지 벌써 이 년이나 지났는데 이제 와 무슨 문제일까요? 아야나 씨에게 형제가 있다고 들었는데 혹시 그쪽 혼담 때문일까요?

며느리도 그 후 친정으로 돌아가서 지금은 남이나 다름없는 사이예요. 손자 순이 내년에 초등학교에 입학하는데 아무런 연락도 없고. 하기야, 처음부터 저를 순의 할머니라고 인정하지 않았죠. 정말 지금 생각해도 끔찍한 며느리였어요.

언제였지? 제가 순에게 사탕을 사줬는데 며느리가 비웃듯 제 앞에서 보란 듯이 뱉어내게 했어요.

"할머니가 준 건 꼭 엄마에게 보여주고 먹어야 해."

그러면서 혼냈죠.

저도 아무 생각 없이 치아에 나쁜 초콜릿이나 캐러멜을 주지는 않았거든요. 비타민 C가 든 너무 달지 않은 사탕을 골랐는데…….

곧 테쓰의 3주기인데 외롭게 재를 올리겠네요. 며느리는 절에서 하는 법회에도 참석할 생각이 없다고 하니까.

며느리 쪽 친척뿐만이 아니에요. 테쓰의 일이 있고 나서는 저희 집안 일가도 손바닥 뒤집듯 왕래를 끊었거든요. 남편이 살아 있었다면 상황이 달랐겠지만 정말 세상인심이 야박하네요.

지금 그런 상황이라 테쓰에 대한 추억을 이야기할 상대도 없어 슬프고 외로웠는데 제가 아는 것이라도 괜찮으시면 무엇이든 말씀해 드릴게요. 자, 이쪽으로 와서 천천히 들으세요.

저는 지금은 보험설계사로 일하는데 먼저 간 남편은 은행원이었어요. 히노데은행 류센지역앞지점장까지 지냈죠. 쉰네 살 젊은 나이에 일찍 눈을 감았는데 살아 있었다면 테쓰의 불행도 없었겠지 싶어 남편에게 면목이 없네요.

테쓰는 외아들이었는데 남편이 세상을 떠났을 때 아직 스물일곱 살이었습니다. 수의사였는데 독립하기 전이었고 동물병원에서 근무했죠. 물론 결혼 전이었어요.

아들은 어려서부터 동물을 매우 좋아했어요. 유치원 시절에는 커서 동물원 사육사가 되고 싶다고 했을 정도였는데 그렇게 동물 관련 일이 하고 싶으면 면허를 따서 수의사가 되라고 남편이 말했죠. 본인도 그렇게 생각해 대학은 고민 없이 수의학과를 선택했어요.

수의사라고 하면 의사보다 훨씬 되기 쉽다고 생각할지 모르지만 전혀 그렇지 않습니다. 의대와 마찬가지로 6년 과정을 공부해야 하고 오히려 어중간한 의대보다 입학하기 어려울 정도예요.

고등학교 담임선생님도 네 성적이면 도쿄를 고집하지 않는다면 의대도 충분히 노릴 수 있다고 권할 정도였죠. 열심히 노력한 덕분에 도쿄노세대학교 수의학부에 합격했어요. 혹시 아실까요? 도쿄노세대학교 수의학부는 명문이랍니다.

남편이 세상을 떠나고 사 년이 지났을 때 테쓰가 갑자기 결혼 이야기를 꺼냈습니다. 사전에 한마디 상의도 없었기에 그야말로 마른 하늘에 날벼락이었죠. 이미 본인끼리 결정한 것은 물론이고 상대 부모의 허락까지 받았다고 하더군요. 제게는 거의 통보나 다름없었습니다.

그래서 상대가 누구냐고 물었더니 글쎄 '미팅'에서 만난 여자라지 않겠어요? 충격받은 나머지 몸져누웠죠. '미팅' 같은 것은 제대로 된 집안 딸이 할 만한 것이 아니잖아요. 그야 세상에는 부모는 안중에도 없이 결혼은 서로 좋아하기만 하면 된다고 생각하는 사람들도 있겠지만……. 저는 반대네요.

지금은 시대가 다르니까 옛날처럼 맞선까지는 아니어도 적당한 분의 소개로 일 대 일로 만나면 몰라도 여럿이 와글와글 모여 품평을 한다니, 참. 어떤 아이가 섞여 있을 줄 알고요?

테쓰는 학생 때부터 공부만 해서 그래 봬도 늦됐거든요. 그런 아이가 '미팅' 같은 데 나가면 호구 되기 딱 좋잖아요? 며느리인 고토미는 그래도 부모가 편의점을 운영하는 자영업자지만요. 뭐, 멀쩡한 집안 딸인 것만으로도 다행이지만 본인의 행실은 어떤지 모르니까요.

요즘 젊은 여자들은 부모도 학교도 자유방임이라면서 훈육이든 뭐든 아무것도 안 하잖아요. 남자친구와 놀 만큼 놀아서 처녀는 없다면서요. 저는 참 마음에 안 들어요. 하지만 우리도 남편이 세상을 떠난 바람에 홀어머니를 모시는 처지가 됐잖아요. 강하게 나갈 수 없어서 결국 두 사람에게 밀리고 말았어요.

테쓰는 결혼하면서 근무하던 동물병원을 그만두고 미나토구에 개업했어요. 개업의는 경쟁이 심해서 고생스럽지만 어쨌든 봉직의는 돈을 많이 못 버니까요. 게다가 그 아이도 언제까지 봉직의로만 근무할 수는 없잖아요?

문제는 자금이었어요. 테쓰가 모은 돈은 결혼 비용으로 거의 다 써 버려서 제가 개업 비용으로 3백만 엔을 댔고 나머지는 며느리의 친정에서 잠시 빌려주시고 했죠. 결국 그것이 화근이었어요. 바깥사돈의 발언권이 강해져서 고토미가 완전히 기고만장했죠. 시어머니인 내 말 따위 귓등으로도 안 들었거든요.

원래라면 집에 방이 남으니 함께 살고 개원도 이 동네에서 하면 주거비도 아끼고 집세도 훨씬 덜 들었을 텐데 고토미가 절대로 시어머니와 같이 못 산다고 우긴 것 같더라고요.

방 두 개 딸린 맨션을, 그것도 며느리 친정 근처에 빌리고서 빨리 개업하라고 재촉했겠죠? 테쓰는 테쓰대로 이 동네와 달리 미나토구는 반려동물 수요가 많다면서……. 고토미의 페이스에 완전히 말려들었어요.

그렇게 5층짜리 맨션의 1층을 절반 빌려서 '다나카 동물 사랑 애니멀 클리닉'을 개원했어요. 반려견과 반려묘를 중심으로 일주일에 6일 진료했고 입원도 받았는데 수의사는 테쓰 한 명뿐이어서 봉직의 시절과는 다르게 몹시 바빴어요. 당연히 여기는 좀처럼 오기 힘들어졌죠.

며느리요? 고토미는 처음 삼사 년은 테쓰의 사무직원 겸 조수로 일했는데 집안일과 병원 일을 병행하다 보니 여유가 없었겠죠. 슌이 태어나기도 해서 동물병원 일에서는 점점 손을 뗀 것 같더군요. 애초에 동물을 좋아하지 않은 것도 같고요.

아마 결혼한 지 사 년째 되는 해에 손자 슌이 태어났을 거예요. 테쓰가 분명 서른다섯 살이었으니. 좀처럼 아이가 들어서지 않아 걱정이었죠.

건강한 사내아이가 태어나서 기뻐하기도 잠시, 제가 병원에 문병 가서 갓 태어난 슌에게 손을 뻗었을 때였죠.

"어머님은 만지지 마세요!"

고토미가 그러더군요. 믿어지세요?

이건 테쓰에게도 가혹한 이야기지만 솔직히 말씀드리면 슌이 정말로 테쓰의 아이인지도 의심스러워요. 아니요, 혈액검사 같은 것은 하지 않았습니다. 증거가 있냐고 하면 할 말 없죠. 하지만 다른 사람은 몰라도 저는 못 속여요.

왜냐하면 슌이 생겼을 당시 테쓰는 아침부터 밤까지 동물병원에 갇혀 지냈고 아르바이트 조수가 없는 날에는 병원에서 잠까지 자며 일했거든요. 그런데 고토미는 그동안 친정을 돕는다는 핑계로 집을 자주 비웠어요. 친정을 도와 아르바이트 비용을 버는 편이 동물병원에서 일하는 것보다 더 수지가 맞는다면서요. 실제로 제가 밤에 집으로 전화해도 아무도 받지 않은 적이 여러 번 있었죠.

테쓰요? 그 아이는 워낙 착하거든요. 아내를 의심하고 싶지 않은 것 같았지만……

고토미는 육아도 '방치'했어요.

아기가 배고파서 우는데 아직 시간이 안 됐다면서 우유를 주기는커녕 안아주지도 않았죠. 자립심을 기른다는 이유로 아이가 넘어져도 손을 내밀어 주지도 않고 가만히 보고만 있고, 밤에는 캄캄한 방에 아이 혼자 재웠어요.

그래서 내가 뭐라고 한소리하려고 했더니, "어머님 때와는 시대가 달라요. 쓸데없이 말참견하려면 오지 마세요!"라고 서슬 퍼렇게 쏘아붙이더군요.

말참견은커녕 눈에 넣어도 아프지 않을 첫 손자를 안아볼 수도 없었어요. 그러면서 교육열 높은 열성 엄마라고 하나요? 아직 말도 제대로 못 하는 아이를 데리고 동네 친구를 사귀러 공원에 가니, 유아 교육이니, 리트미크 교육이니 하면서 슌을 여기저기 끌고 다녔죠. 집에 있을 때 정도는 마음대로 놀게 하면 좋을 텐데 어떻게든 비싼 교육 장난감을 사들여서 특훈이니 뭐니…….

남편은 뒷전이고 아이에게만 매달렸어요. 슌을 위해 정성스럽게 이유식은 만들어도 테쓰를 위해서는 반찬에 생선회 한 접시 곁들일 생각조차 하지 않았죠. 테쓰가 좋아하는 야채 조림은 만들어 주지도 않았고요.

어느 날은 보다 못해 말했어요.

"남편과 아이 중 누가 더 중요하니?"

그랬더니 태연한 얼굴로 답하더군요.

"아이죠."

네, 맞아요. 이미 '과보호' 수준이었어요.

테쓰는 인내심이 강한 아이라서 제게 한마디 불평도 하지 않았지만 가정이 화목하지 않으니 그만큼 일에 더 몰두했겠죠.

아야나 씨처럼 젊고 순수한 아가씨에게 마음이 끌렸던 것도 아내가 그 모양이니 어쩔 수 없는 일 아니었을까요?

아야나 씨가 테쓰와 알았을 때는 아직 고등학생이었는데 도립 미와고등학교 3학년이었다고 해요. 미와고등학교는 명문 도립고등학교죠. 졸업 후에는 세이에이대학 이공학부에 입학할 예정이었다고 하니 참 우수한 아가씨였죠. 아버지는 오래전에 돌아가셨지만 의사였다니, 고토미와 그 아가씨가 바뀌었다면…… 진심으로요.

테쓰와 아야나 씨가 알게 된 계기 말입니까? 듣기로는 아야나 씨가 길에서 병든 유기견을 주웠는데 우연히 근처에 있던 테쓰의 동물병원에 데리고 와 어떻게든 고쳐 달라고 했다더군요.

아야나 씨의 집은 동물병원에서 걸어서 약 십 분 거리였는데 맨션에 살았으니 반려동물은 기를 수 없었겠죠? 게다가 고등학생이라서 용돈도 충분하지 않으니 치료비를 조금 깎아줄 수 없겠냐고 부탁했다고 해요.

테쓰는 그 말을 듣고 감동받았어요.

"기르던 개를 버리는 사람이 있는가 하면 이렇게 버려진 개에게 정을 주는 사람도 있구나. 고등학생인 너조차 본인이 할 수 있는 데까지 최선을 다하는데 수의사인 내가 어떻게 치료비를 받겠니."

그렇게 대답했다더군요.

그러고 나서 아픈 개를 보러 매일같이 동물병원에 오가다가 점차 입원 중인 다른 개들을 돌보기도 하는 등 조수 같은 역할을 했대요. 아야나 씨는 동물의 마음을 잘 읽었다고 했죠.

사실 고토미가 동물병원 일을 돕지 않게 된 후에 아르바이트 여직원을 몇 명 고용했지만 동물병원은 가뜩이나 포화 상태라 병원 운영이 상당히 어려웠나 봐요. 24시간 아르바이트를 고용하면 인건비만으로 수입을 초과했다고 해요. 어쨌든 동물은 건강보험이 없으니까요. 개와 고양이를 위해 몇만 엔을 지불할 수 있는 주인이 흔하지는 않잖아요.

그래서 테쓰는 경비를 절감하려고 야간이나 낮이나 비교적 한가한 시간대에는 고군분투했는데 아야나 씨가 도와주러 오고부터는 상당히 도움이 됐을 거예요. 아야나 씨도 개의 병이 나아도 본인이 키울 수 없는 사정이 있어서 테쓰에게 매우 고마워했죠.

그런 상태가 계속되니 젊은 남녀 사이에 사랑이 싹트는 것은 당연하겠죠. 테쓰는 아야나 씨를 만나 처음으로 여자의 다정함을 안 것 같다고 했습니다. 절대 어중간한 마음이 아니었어요. 고토미와 진지하게 이야기해서 정리하고 미래에는 정식으로 결혼할 생각이었다고 했죠.

두 사람은 순수한 마음으로 맺어진 사이였어요. 저는 잘 알았어요. 세상은 뭐라고 하든 저는 그 두 사람의 편이었죠.

테쓰는 일단 아야나 씨가 고등학교를 졸업할 때까지 기다 렸다가 고토미에게 모든 사실을 고백할 계획이었습니다. 아 야나 씨도 아직 부모님은 물론이고 친한 친구에게도 밝히지 않았고 동물병원에 올 때는 어머니에게 동아리 활동이나 아 르바이트를 하느라 늦는다고 둘러댔어요.

고등학생 딸을 둔 어머니라면 아무리 나중에 결혼할 사이 라고 해도 아내가 있는 남자와 교제를 허락하지 않을 테니 당연한 일이었겠죠. 테쓰도 바빠서 석 달에 한 번꼴로 저를 보러 온 탓에 관계가 그렇게까지 발전했을 줄은 몰랐어요.

그런데 잊을 수도 없는 재작년 새해였죠. 아야나 씨의 존 재를 고토미에게 들킨 것입니다. 아무리 생각해도 원통한 일이에요.

들킨 원인이요? 저는 잘 모르지만 여자의 감 아니었을까 요? 아무튼 머리가 나쁜 여자일수록 그런 냄새를 맡는 능력 은 탁월하니까요.

테쓰는 두 사람 모두 매우 신중하게 행동했다고 했어요. 세간의 시선으로 보면 역시 명백한 불륜이었고 특히 아야나 씨는 추천 전형으로 대학을 가야 하니 학교에 알려지면 큰 일이었거든요. 만에 하나 고토미가 통신 이력을 조사해도 문제가 없도록 결코 전화나 문자메시지로는 연락하지 않았고 하다못해 둘이서 밖에 나간 적도 없었어요.

연락 방법 말인가요? 아야나 씨는 동물병원의 스페어 키를 가지고 있었잖아요? 입구로 들어가자마자 벽에 걸려 있는 액자 뒤 비밀 장소에 서로 편지나 메모를 끼워 두었다고 해요. 읽고 나서 버리면 아무것도 남지 않으니까요.

그런데 평소에는 그래도 괜찮았지만 연말연시에는 진료를 쉬잖아요. 겨우 엿새였지만 동물병원에서 함께 보낼 수 없는 만큼 두 사람은 자주 연락하지 않고는 못 배겼던 것 같아요.

아야나 씨가 주운 개와 또 병원에서 기르는 고양이도 있었기 때문에 휴진일이라고 해도 동물병원에 가야 했지만 하루에도 몇 번이나 가면 당연히 고토미의 의심을 사겠죠.

새해 이틀째였어요. 테쓰는 집에서 저녁을 먹고 동물병원에 갔습니다.

그날은 부부와 아이, 그리고 고토미의 부모님과 함께 참배하고 그쪽에서 점심을 먹은 후 고토미는 백화점에 후쿠부쿠로[16]를 사러 나갔죠. 오후부터는 테쓰가 순을 돌봤어요.

그 전날인 새해 첫날은 부부와 아이 셋이서 우리 집에 와 저녁을 먹었는데 돌아가는 길에 상황을 보러 병원에 들렀을 때는 아무 이상 없었다고 했습니다.

---

16   새해에 여러 상품을 넣어 저렴하게 판매하는 꾸러미.

새해 이틀째였으니 연휴라서 오가는 사람도 없고 주변 가게도 당연히 문을 닫았죠. 주위가 쥐 죽은 듯 고요했는데 열쇠로 문을 열고 대기실로 들어가도 평소 같으면 신이 나서 짖어 댈 개가 아무 소리도 내지 않아 그 순간 문제가 생겼다는 사실을 알아차렸다고 합니다.

서둘러 안으로 들어갔더니 세상에나 이럴 수가! 아야나 씨의 개는 아키타견이었는데 케이지 안에 있어야 할 그 개가 무참하게 머리가 썩둑 잘려 바닥에 쓰러져 있던 것 아니겠어요?

잘린 목 주위에 피가 고여 퍼져 있었는데 그 광경은 외과 수술에 익숙한 수의사 테쓰조차 똑바로 쳐다볼 수 없는 참상이었습니다. 그뿐만이 아니에요. 나뒹구는 개의 머리 위쪽 바닥에 피 같은 것으로 적은 글씨가 보여서 자세히 보니 '아', '야', '나'라고 적혀 있었다고 해요.

그래도 역시 테쓰는 냉정했습니다. 우선 케이지 안에 있던 고양이가 무사한지 확인했어요. 다행히 아무 데도 다치지 않아서 다음으로 죽은 개를 살폈습니다.

상태를 보니 아무래도 개는 죽은 뒤 목이 잘린 듯했습니다. 어떤 동물이든 산 채로 목이 잘렸다면 피 웅덩이 정도가 아니라 그 공간에 엄청나게 피가 흩뿌려져 있었을 테니까요.

범인이 사용한 칼은 동물병원에서 사용하는 수술용 메스

였는데 피가 묻은 채 바닥에 떨어져 있었다고 합니다. 그렇지 않아도 잘린 부위가 평범한 식칼이나 칼은 아니라는 사실은 한눈에 알았다고 했죠. 수술용 메스는 당연히 매우 예리해 잘 잘린다더군요. 고토미는 테쓰의 조수로 외과 수술도 도왔기 때문에 메스를 다루는 데 익숙했을 거예요.

사인 말인가요? 그것도 보자마자 약물이라는 것을 알아차렸대요. 동물병원에서는 말기 병을 앓는 동물을 고통스럽지 않게 보내주기 위해 안락사를 시키곤 하잖아요. 찾아보니 역시 병원 약품을 사용한 흔적이 있었어요.

네. 처음에는 테쓰도 경찰에 신고하려고 했어요. 그런데 방을 다시 둘러보니 뭔가를 훔쳐가거나 망가뜨린 흔적은 없었어요. 게다가 만일 개가 짖었다고 해도 굳이 목을 자르는 잔혹한 짓은 도저히 도둑의 소행 같지 않았죠. 무엇보다 평범한 도둑이었다면 피로 글자를 남겼을 리가 없잖아요.

네, 그래요. 결국 이 사건은 아야나 씨의 개, 아니 아야나 씨 본인을 향한 보복이 목적이었던 것입니다. 그러면 의심할 여지가 없죠. 범인은 고토미 말고는 있을 수 없으니까요.

그 후에 벌어진 일은 지금 생각해도 속이 부글부글 끓어요.

집으로 돌아간 테쓰가 고토미에게 묻자 본인이 한 짓이라고 시원하게 인정했죠.

"아무리 그래도 수의사 아내잖아! 그런데 어떻게 아무 죄 없는 동물의 목을 자를 수 있어?"

그러나 고토미는 울며 용서를 빌기는커녕 도리어 적반하장으로 나왔다고 합니다.

"당신은 툭하면 동물, 동물 노래를 부르는데 그럼 개 대신 그 여자 목을 자를 걸 그랬나? 수의사인데 뭐 어쩌라고? 매일 수많은 유기견이 죽어가지만 입 다물고 있는 주제에 수의사 운운하기는!"

고래고래 소리를 질렀어요. 대화가 통하지 않는 상태였죠.

테쓰로서는 아무리 질투에 눈이 멀어도 그런 잔학한 짓을 저지른 여자와는 도저히 함께 살 수 없다, 고개를 숙이고 어떤 조건이라도 받아들일 테니 이혼해 달라고 부탁할 생각이었습니다. 그런데 천만에! 고토미는 그렇게 쉬운 상대가 아니었어요.

테쓰를 괴롭히려고 작정했는지, 아니면 위자료를 올릴 속셈이었는지는 모르지만 단호하게 이혼을 거부했죠. 그것도 실컷 입정 사납게 욕을 퍼부은 후에 천연덕스럽게 사랑하니까 헤어지기 싫다면서 울었어요.

결국 부부끼리 결론을 내지 못한 채 양가 부모님을 대동하고 대화하는 자리를 마련했습니다.

그런데 '콩 심은 데 콩 나고 팥 심은 데 팥 난다'라는 말

알죠? 어떤 사정이 있든 동물병원에서 치료하는 다른 사람의 개를 죽인 이상 어엿한 범죄잖아요. 사돈이 한마디 사과라도 해야 마땅한데 그 아버지라는 사람이 입을 열자마자 이렇게 말한 거예요.

"아내와 아들에게 이만큼이나 상처를 줬는데 어떻게 보상할 생각인가?"

테쓰를 다그치는 꼴이라니.

입이 다물어지지 않는다는 말이 딱 맞는 상황이었어요.

화가 너무 치솟아서 제가 말했죠.

"아내와 아들에게 상처를 줬다고 했는데 테쓰가 그렇게 된 데는 그럴 만한 이유가 있다고는 생각 안 하세요? 이참에 분명히 말씀드리는데 고토미는 결코 우리 집안 성에 차지 않는 며느리였어요. 저는 처음부터 이 결혼을 반대했죠. 고토미의 잘못은 덮어두고 테쓰 탓만 하는 것은 앞뒤가 맞지 않습니다."

단호하게 말했어요.

그랬더니 상대가 입을 꾹 다물었죠. 그런데,

"엄마, 그렇게 무례하게 말씀하시면 어떡해요!"

세상에나, 테쓰가 끼어든 것이에요.

그러자 고토미가 이때다 싶어 곧바로 끼어들었죠.

"저도 잘못이 있을지 모르지만 여전히 테쓰 씨를 사랑해요. 절대 이혼하지 않을 거예요. 테쓰 씨가 그 여자와 깔끔하게 헤어지기만 한다면 지난 일은 더 이상 따지지 않겠어요."

테쓰의 비위를 맞추며 점수를 따려는 의도가 훤히 보였어요. 그래서 제가 말했습니다.

"깔끔하게 헤어지라고 쉽게 말하는데 상대는 개나 고양이가 아니란다. 번듯한 집안 아가씨인 데다 아직 고등학생이니까 결혼을 전제로 교제한 이상 그야말로 우리가 책임을 져야 하지 않겠니? 게다가 아야나 씨가 맡긴 소중한 개의 목을 자른 사람은 도대체 누구일까? 만약 그쪽에서 경찰에 신고라도 한다면 어떻게 할 생각이니?"

고토미가 헛된 꿈 못 꾸게 으름장을 놓았죠. 그랬더니 바깥사돈이 기다렸다는 듯 의기양양하게 받아쳤어요.

"그렇게 말씀하시면 저도 할 말 많죠. 안 그래도 궁금해서 아는 변호사에게 물어봤거든요. 타인의 개를 죽인 경우는 형법상 기물손괴죄에 해당한다던데요. 개는 사람이 아니라서 살인죄나 상해죄와 상관없다네요. 그러니까 물건과 동급이라는 뜻이라 이겁니다. 그래도 분명히 범죄이기는 하지만 이번 사건에서 개의 목을 자른 행위는 차치하고 고토미가 그 개를 죽였다고 확신할 수 있습니까? 병에 걸려 죽었을 수도 있잖아요. 화장하기 전에 부검하지는 않았으니.

그러니까 내가 하고 싶은 말은 수의사인 테쓰가 검찰 측 증인이 된다면 이야기가 다르지만 설령 고토미를 고소해도 경찰은 사인을 특정할 수 없다는 말이죠. 테쓰도 고토미를 전과자로 만들고 싶지는 않겠죠? 이러니저러니 해도 고토미는 순의 엄마니까 유치장에 들어가면 곤란하죠. 죽은 개의 사체에 해를 가한 것뿐이라면 그리 큰일은 아니니까요.

그보다 아가씨인지 뭔지 모르겠지만 테쓰가 만나는 여자가 더 큰일일 걸요.

변호사 말로는 미성년자라고 해도 열여덟 살 고등학교 3학년이면 열넷 열다섯 살 여자아이와는 사정이 다르거든요. 충분히 옳고 그름을 판단할 수 있는 나이라 상황에 따라서는 부정행위를 이유로 위자료를 청구할 수 있다더군요. 일본 법에서 아내는 남편의 외도 상대에게 손해배상을 청구할 권리가 있습니다. 그쪽이 우리에게 책임을 묻는다면 우리도 그쪽에 책임을 물을 수밖에 없겠군요."

그 꼴을 보아하니 확실히 대책을 세우고 나온 것 같았습니다.

그뿐만이 아니었어요.

"그 기타가와 아야나라는 사람의 집안은 나도 조금 알아봤는데 말입니다. 편모 가정치고는 유복한 것 같지만 이래저래 소문이 무성한 집안이더군요. 어머니의 평판도 좋지 않고 자식들도 변변치 않던데 제대로 학교에 다니는 자식은 그 여자아이뿐인 것 같더군요. 오빠도 여동생도 정신병인지 뭔지 모르겠지만 공부도 일도 하지 않고 집에만 틀어박혀 지낸다고 합니다. 그 아야나라는 여자아이도 공부는 잘하지만 지금까지 사귄 남자가 테쓰 한 명은 아니고요. 한술 더 떠 몰래 천박한 아르바이트를 한다는 소문도 들리고……

애초에 말입니다, 요즘 세상에 순수한 여고생이 어디 있습니까. 우리 편의점에 오는 여자아이들만 봐도 압니다. 테쓰가 속은 거예요. 더 자세히 알고 싶으면 나중에 테쓰에게 조사 결과를 알려줄 수 있지만. 아마 안사돈이 들으면 기절초풍할 겁니다.

무엇보다 그 여자아이는 추천 전형으로 세이에이대학 입학이 확정됐다면서요. 성적이 상당히 좋아야 세이에이대학 추천을 받았을 수 있다던데 행실도 평가 항목에 들어가지 않을까요? 이번 소동을 포함해 과거 행적이 드러나면 학교도 난감하겠죠. 추천을 취소할 수도 있지 않겠어요? 그쪽도 바보가 아니라면 일을 키우지 않을 겁니다."

역시 장사치답게 입에서 나오는 대로 지껄이더군요.

제 나이쯤 되면 연륜이 있어서 속지 않지만 테쓰는 공부만 해서 세상 물정을 모르는 아이잖아요. 그래서 그 말을 듣고 새파랗게 질렸죠. 나중에야 들은 이야기인데 테쓰가 가장 걱정한 점은 아야나 씨의 추천 입학 취소였다고 하네요. 그 아버지는 바로 그 점을 노렸죠.

협박이 통하는 것 같으니 기세등등해졌어요.

"테쓰에게도 말했지만 고토미는 다시 잘 지내보고 싶어

합니다. 순도 있으니 우리도 이혼시키고 싶지 않아요. 그 여자아이만 확실하게 정리하면 이번 일은 깨끗이 잊고 앞으로도 가능한 지원을 아끼지 않을 생각입니다. 애초에 바람 한두 번 피웠다고 다 헤어지면 이 나라에 남아 있는 부부가 어디 있겠습니까. 안 그렇습니까, 안사돈!"

저를 향해 추잡스러운 얼굴로 웃더군요.

소름이 끼쳐서 저도 모르게 몸서리쳤어요.

그것을 아는지 모르는지 그 사람은 쉬지 않고 몰아붙였습니다.

"그런데 테쓰가 기어코 고토미와 이혼하겠다면 우리도 가만히 앉아서 당하지 않을 겁니다. 테쓰는 고토미를 바보 취급했겠지만 아무것도 모른다고 생각하면 큰 오산입니다. 재판까지 가도 승소할 수 있을 만큼 증거를 확보했거든요. 뭣하면 전부 복사해서 학교에 보내 버릴까요?"

의논하는 자리가 아니라 마치 피고석에 앉아 있는 것 같았습니다.

젊은 테쓰가 산전수전 다 겪은 장인을 어떻게 당해내겠어요. 소금 뿌린 푸성귀……, 이렇게 말하면 요즘 젊은 분은 모르시려나? 테쓰는 완전히 의기소침해져서 일찌감치 무조건 항복이 정해졌어요.

아야나 씨와 그 가족에게 피해가 가지 않는 것만이 테쓰의 유일한 '바람'이었습니다.

이 년 전 2월에 일어난 일이었죠.

그 후 테쓰와 아야나 씨 사이에 어떤 대화가 오갔는지 자세히는 모르지만 테쓰는 남자답게 변명 한마디 하지 않고 그저 헤어져달라고만 간절히 부탁했습니다.

아야나 씨를 향한 마음은 조금도 변하지 않았지만 자신에게는 선택지가 이것밖에 없다고……

그 말을 들은 아야나 씨는 눈물도 흘리지 않고 아무 말 없이 의연하게 테쓰의 이야기를 들었다고 합니다.

그리고 마지막으로 한마디만 남겼습니다.

"당신은 나를 버리는 셈이네요."

차라리 욕이라도 퍼붓는 편이 훨씬 마음이 편했겠다고 테쓰는 말했습니다. 사실 죽은 개를 발견했을 때 그 방식이 너무나 끔찍해서 순간 어떻게든 아야나 씨의 눈에 띄지 않게 처리해야겠다고 생각했죠. 당연합니다.

그런데 테쓰가 우선 피가 흥건한 바닥을 닦고 개 사체를 골판지 상자에 넣으려고 한 순간이었습니다. 갑자기 병원 문이 열리고 아야나 씨가 들어왔을 때는 더 이상 숨길 방법이 없었다고 해요.

참으로 때가 좋지 않았죠. 아야나 씨는 쉬는 동안에도 가끔 개를 보러 병원에 찾아왔거든요. 그날 밤에도 핑계를 대고 집을 나왔다더라고요.

아야나 씨는 처참한 현장 앞에서 잠시 넋을 놓은 듯 가만히 서 있었다가 입을 열었습니다.

"아내분이시군요?"

차분한 목소리로 물었다더군요.

"모르겠어……. 하지만 아마 그럴 거야."

"악마가 따로 없네요. 사람이 할 짓이 아니에요……."

"이렇게 돼서 미안하다. 내가 멍청했어."

그 이상 대화는 오가지 않았다고 합니다.

두 사람은 말없이 사체를 상자에 담고 피비린내가 진동하는 바닥을 깨끗이 닦았습니다. 저였다면 혼이 나가서 정신도 못 차렸을 텐데 아야나 씨는 정말로 냉정했어요. 슬픔을 꾹 참으면서 끝내 눈물은 보이지 않았다고 테쓰도 감탄했죠.

개의 사체는 그대로 둘 수 없어서 테쓰가 병원에 드나드는 업자에게 부탁해 반려동물 화장터에서 화장해 달라고 부탁했어요. 그 일이 나중에 개의 사인을 특정할 수 있는 증거가 없다며 고토미에게 이용당하게 될 줄은 몰랐죠. 지금 생각해도 후회가 막심합니다.

하지만 이 사건을 계기로 테쓰의 마음속에서 고토미에 대한 양심의 가책이 사라졌으니 고토미도 어리석은 짓을 한 셈이에요. 그런 귀축 같은 여자와는 단 하루도 같이 살 수 없는 법이죠. 아야나 씨도 두 사람의 인연을 굳게 믿었기에 개를 잃은 슬픔을 극복할 수 있었다고 생각해요.

그 선택이 비록 아야나 씨의 명예와 추천 입학을 지키기 위한 어쩔 수 없는 길이었다고는 해도 결국 사정을 모르는 아야나 씨에게는 테쓰의 마음이 바뀐 사실이 충격이었겠죠. 누구라도 짐작할 수 있을 거예요.

그리고 대학 입학을 앞둔 3월 말에 아야나 씨가 세상을 떠났습니다.

아야나 씨와 헤어진 후 테쓰는 일에 전념하면서 모든 것을 잊으려고 애썼습니다.

테쓰는 바보 같을 정도로 정직한 아이였기에 바깥사돈과 약속한 대로 아야나 씨와 두 번 다시 만나지 않았습니다. 테쓰의 집과 동물병원은 걸어서 육칠 분 거리였고 아야나 씨의 집은 동물병원을 사이에 두고 반대 방향이었는데 가까운 것은 틀림없었죠. 그래도 테쓰는 철저하게 약속을 지키며 아야나 씨 가족이 사는 맨션 근처에도 가지 않은 것 같아요.

고토미 말인가요? 고토미도 조금은 싫증이 났는지 예전보다는 집안일과 병원 일을 열심히 돕기 시작했어요. 속사정을 모르는 사람이 보면 손발이 잘 맞는 부부 같아 보였을지도 모르겠네요.

그래서 테쓰는 아야나 씨가 사망한 사실을 몰랐습니다. 아야나 씨는 테쓰와의 관계를 학교 친구들에게 비밀로 했기 때문에 소식을 전해 줄 사람이 없었죠.

헤어진 지 반년쯤 지난 8월, 그런 테쓰에게 아야나 씨의 편지가 도착했습니다. 아, 아니요. 아야나 씨는 3월에 세상을 떠났으니 그 편지는 당연히 아야나 씨가 생전에 쓴 것이었습니다. 내용을 보면 완전히 테쓰에게 보내는 유서였죠.

사실 테쓰는 제게도 아무것도 털어놓지 않았습니다. 가엾게도 누구와 상의하지도 못한 채 혼자 괴로워했던 모양입니다.

아아, 편지요? 그 편지는 테쓰가 세상을 떠났을 때 입고 있던 재킷 가슴팍 주머니에서 나왔어요. 테쓰는 아야나 씨를 품에 꼭 안고 저승으로 떠난 거예요.

편지는, 네, 제가 보관하고 있어요.

잠시 기다려 주시겠어요? 지금 가지고 오겠습니다.

그건 그렇고 비록 한 분이지만 우리 모자의 억울한 상황을 이해해 주시는 분이 나타나셔서 기쁘네요. 썩어 문드러진 속마음을 누구에게 털어놓고 싶어도 지금까지 이야기를 들어주신 분이 없었거든요.

사랑하는 테쓰 씨에게

당신이 없는 세상에서 살아갈 용기가 없네요.
배 속에 있는 우리 아이와 나, 둘은 고통도 슬픔도 없는

세상으로 날아가기로 마음먹었어요.

지금까지 아무 말 안 해서 미안해요.

하지만 당신이 마음의 부담 없이 선택하기를 바랐어요.

우리의 추억이 담긴 8월 14일이 오면 이 편지가 당신에게 닿도록 믿을 수 있는 사람에게 부탁했어요.

비록 둘이서 행복하게 살자는 약속은 이루지 못했지만 당신은 늘 건강하기를 바랄게요.

안녕이라는 말은 하지 않을게요.

언젠가 당신이 올 날을 기다릴게요.

아야나

이것이 바로 아야나 씨의 유서입니다.

테쓰의 아이까지 임신하고서 그 어린 나이에⋯⋯. 생각하면 생각할수록 딱하기 그지없어요.

이 편지를 받은 테쓰가 어떤 기분이었을지⋯⋯. 임신이라는 중대한 사실을 알았다면 당연히 무슨 일이 있어도 아야나 씨와 아이를 지켰을 텐데.

아야나 씨가 사망한 사실을 알리기 위해서였겠죠? 봉투에는 기타가와 아야나 씨의 사망 날짜가 적힌 호적등본인가, 관공서에서 발급한 증명서까지 동봉되어 있었고 그 서류는 접힌 채 편지와 함께 주머니에 들어 있었습니다.

아니요, 봉투는 찾지 못했어요. 테쓰가 처리하지 않았을까요?

테쓰는 책임감이 매우 강한 아이였기 때문에 이 편지를 받은 순간 뒤따를 결심을 했을 거예요. 제게 고민을 털어놨더라면 결코 죽게 내버려 두지 않았을 텐데, 어째서 하다못해 제게 작별 인사도 남기지 않고서 떠났는지…….

죄송합니다. 부끄럽게도 흐트러진 모습을 보였네요. 그때 일을 떠올리면 그만 감정이 격해져서.

아야나 씨가 어떤 식으로 죽었냐고요? 저는 몰라요. 알아볼 생각도 없었고요.

이제 와 그런 것을 알아봤자 뭐 하겠어요. 테쓰와 아야나 씨가 지금은 저승에서 만나 아이와 셋이서 행복하게 살고 있으리라 믿을 뿐이에요.

테쓰는 8월 17일에서 18일 사이 한밤중에 세상을 떠났습니다.

17일 저녁에 테쓰는 오후 진료를 마치고 집으로 돌아와 저녁을 먹고 목욕한 뒤 10시경에 다시 혼자서 병원으로 갔다고 합니다. 고토미의 말에 따르면 특별히 이상한 기색은 없었다더군요. 하지만 애초에 고토미가 이변을 감지할 만한 아내라면 처음부터 이런 일은 일어나지 않았겠죠.

오전 10시부터 진료하기 때문에 사무직원 겸 조수인 여자 아르바이트 직원 스기시타 씨가 18일 아침 10시 10분 전에 출근했죠. 테쓰는 그때 이미 차갑게 식어 있었다고 합니다. 청산가리 음독자살이었어요.

시신을 발견한 스기시타 씨가 먼저 구급대와 경찰에 신고한 것은 정말로 행운이었어요. 만약 경찰보다 고토미와 그 아버지가 먼저 달려왔다면 아야나 씨의 유서뿐 아니라 테쓰의 유서까지 어둠에 묻힐 뻔했죠.

테쓰는 병원 안쪽 방에서 의자에서 떨어진 모습으로 책상 앞 바닥에 쓰러져 있었다고 스기시타 씨가 말했습니다. 몹시 괴로워한 흔적이 보인 데다 책상 위에 마시다 만 커피와 작은 갈색 약병이 있었기 때문에 즉시 자살이라고 판단했다고 합니다.

스기시타 씨는 경찰 조사에서 특별히 자살할 기미는 보이지 않았지만 왜인지 가정에 불화가 있는 것 아닐까 하는 느낌은 받았다고 진술했어요. 결국 아무리 숨기려고 해도 남의 눈은 속일 수가 없네요.

구급대원들은 사망 후 시간이 많이 지났다며 시신을 병원으로 이송하지 않았어요. 뒤이어 도착한 경찰이 고토미가 입회한 가운데 현장 검증을 한 결과 책상 서랍 속에 있던 테쓰의 유서를 발견했죠.

비교적 이른 단계에 청산가리 복용에 의한 자살이라는 결론이 나온 이유는 검시와 감정 결과와 더불어 무엇보다 자필 유서가 존재했기 때문이었던 것 같아요.

유서는 짧았지만 정말로 테쓰답게 솔직해서……. 아야나 씨의 편지와 함께 읽으면 테쓰가 어떤 심정으로 아야나 씨를 뒤따랐는지 뼈저리게 느껴져 가슴이 미어져요.

테쓰의 유서는 자요, 여기 있어요. 아야나 씨의 유서와 함께 제가 보관하고 있죠.

아야나, 미안해.
용서해 줘.
테쓰

이 내용이 다예요.

하지만 테쓰가 쓴 것만은 확실합니다. 그 아이의 글씨체는 눈에 띄는 특징이 있어서 절대로 다른 사람의 글씨로 착각할 수 없거든요.

저와 처자식 앞으로 남긴 유서는 없었습니다. 고토미는 불만스러운 듯했지만 그때 테쓰는 아야나 씨에게 속죄하는 마음만 가득했을 테니까요. 다른 것에는 마음을 쓸 여유는 없지 않았을까 생각해요. 원망하지 않아요.

아, 이 편지 말씀이세요? 이건 동물병원 책상 위에 항상 놓여 있던 메모지예요. 분명 독이 든 커피를 마시기 직전에 책상 위에 있던 볼펜으로 급하게 휘갈겨 썼겠죠.

커피는 전기 포트로 끓인 뜨거운 물을 인스턴트 커피에 부은 것이었는데 가엾게도 테쓰는 항상 그렇게 혼자 커피를 마셨어요.

네, 저는 경찰에 솔직히 다 이야기했습니다. 아야나 씨도 테쓰도 세상을 떠났는데 이제 와 숨길 필요가 없었으니까요.

그런데 한 가지 이해할 수 없는 사실은 어째서 테쓰가 청산가리 같은 무서운 물건을 가지고 있었냐는 점이에요.

형사님 말씀으로는 요즘은 인터넷이라는 편리한 수단이 있어서 불법 약물이든 뭐든 쉽게 구할 수 있는 시대라고 하시더군요. 아는 치과의사 중에 약물을 다루는 사람도 있었으니 어쩌면 그쪽을 통해 입수했을지도 모른다고 생각했습니다.

테쓰가 사망하면서 '다나카 동물 사랑 애니멀 클리닉'은 즉시 폐업했습니다.

고토미가 조금이라도 돈이 나가는 것이 아깝다면서 그 자리에서 바로 아르바이트 직원들에게도 연락해 해고했죠. 하긴 어쩔 수 없는 상황이었어요.

동물병원 비품이나 다른 것들이요? 저는 병원 일에 관여하지 않았기 때문에 어떤 것들이 있었는지 자세히는 모르지만 의료 기구든 뭐든 살 때는 비싸지만 중고품이 되면 팔고 싶어도 안 팔리니까요. 세 들어 살던 맨션을 나올 때 한꺼번에 전부 쓰레기로 처분했어요.

보험금은 5천만 엔이 나왔는데 상속인인 고토미와 슌이 전부 받았습니다. 제가 보험설계사인 것 아시죠? 그래서 확실히 생명보험에 들어 놨거든요. 가입한 지 세월이 흘렀으니 자살이라도 상관없었어요.

그보다 제가 참을 수 없던 것은 테쓰가 자살했다는 사실이었고, 무슨 범죄라도 저지른 사람처럼 처가의 비난을 받았다는 점이었습니다.

테쓰의 장례에 많은 분이 참석해 주셨는데 아무래도 그런 식으로 떠났기 때문에 영결식 후 화장장까지 동행하는 것은 삼가달라고 부탁드렸습니다. 고토미와 슌 외에는 저와 사돈댁 셋만 갔는데 차가 장례식장을 떠나 보는 눈들이 없어지자마자 불쾌한 얼굴을 드러내더군요. 참으로 매몰찼습니다.

특히 고토미의 엄마라는 인간은 본인 딸이 남편을 몰아붙인 사실은 까맣게 잊기라도 한 사람 같았어요.

한창 테쓰의 시신을 화장하는 중이었는데 이렇게 말하더군요.

"도대체가 한두 살 먹은 어린애도 아니고 알 만한 사람이 자살하다니 너무 무책임하지 않아요? 이게 지금 말이 되냐고요. 멋대로 죽은 사람은 속 편하겠지만 남편이 다른 여자를 따라 자살했다는 오명을 뒤집어쓴 아내 생각은 눈곱만큼도 안 하냐고요. 고토미는 이렇게 어중간한 나이에 과부가 된 데다 혹까지 달렸으니 재혼도 쉽게 못 하잖아요! 도대체 어떻게 책임질 거예요?"

거짓 눈물 한 방울이라도 쥐어 짜내기는커녕 분해서 미치 겠다는 기세로 점점 격하게 말했어요.

자기 딸이야말로 피해자라는 태도로 슌은 귀찮은 짐짝 취 급을 하더군요. 너무나 분하고 억울해서 되받아쳤습니다.

"다른 여자 뒤를 따라간 데는 그럴 만한 이유가 있겠죠. 어느 남자가 개 목을 뎅겅 자르는 여자와 살고 싶겠어요? 도망치는 것도 당연하죠. 애초에 남편 시신이 아직 재가 되 기도 전인데 재혼을 할 수 있니 없니, 어떻게 생겨 먹었으면 그렇게 비열한 생각을 할 수 있나 몰라."

엄청나게 무시무시한 얼굴로 저를 노려봤지만 이것으로 드디어 이 인간들과 연을 끊을 수 있겠다고 생각하니 후련 했습니다.

저도 말할 때는 제대로 말해야죠. 그전까지는 툭하면 동 물병원 개업 자금을 지원했다, 도와줬다며 어찌나 생색을 내던지……. 테쓰를 인질로 잡은 것이나 다름없었어요.

그 이후로 저는 혼자 살아요.

매일매일 외롭지만 오늘은 생각지도 못하게 테쓰 이야기 를 할 수 있었네요.

보험설계사 일은 지금도 계속하고 있으니 한담을 나눌 상대가 부족하지는 않지만 고객에게 이런 이야기를 할 수 없는 노릇이니까요. 오랫동안 마음에 쌓여 있던 앙금을 토해내고 정말로 후련해졌습니다. 괜찮으시면 다음에 또 와 주세요.

아아, 복사요? 테쓰의 유서와 아야나의 유서 전부 필요하신가요? 그렇군요……. 하긴, 아야나 씨 가족들에게는 중요한 물건이겠네요.

알겠습니다. 좋아요. 빌려드릴게요. 하지만 복사하고서 바로 돌려주셔야 해요.

이 근처에서 복사할 수 있는 곳이라면 역시 편의점이네요. 편의점은 역 근처에 몇 군데 있어요. 아니면 집을 나가서 역 반대 방향으로 가신 뒤 처음 모퉁이에서 오른쪽으로 돌아 두 번째 신호등이 있는 곳에도 편의점이 있고요. 어느 편의점이 더 가깝더라?

그러면 여기서 기다릴 테니 편하게 다녀오세요.

어머나, 비가 오나?

아, 아닌가 봐요. 조심해서 다녀오세요!

회사원 다다노 요시히로의
이야기

뭐요? 무슨 용건입니까?

오, 사카키바라 씨라고? 탐정이구나. 혹시 옆집 기타가와 씨 일로? 그럼 역시 그 두 사람 아직 행방불명인가 보네.

그런데 말이에요. 차에 탄 채로 바다에 빠졌다면서. 시신은 못 건졌지만 상식적으로 살아 있을 리 없잖아요.

그래요. 사고 직후에 경찰도 왔고 나중에는 보험회사 조사원도 왔지만. 그 집에 결국 딸 하나 남았는데 그 딸이 길길이 날뛰는 바람에 뭘 물어도 제대로 된 답은 못 들은 것 같아요. 나를 찾아와 봤자 소용없을 텐데. 나는 아무것도 몰라.

평소 기타가와 가족이 어때 보였냐고? 내가 그런 걸 어떻게 알아요. 그 가족은 여기서 기껏해야 반년 살았고 그 집에 들어가 본 적도 없는데. 왕래 같은 건 없었어.

아니, 난 독신이에요. 어머니가 계시지만. 벌써 팔십 가까이 되셨고 류마티즘 때문에 집에서 거의 나오시지 않아요. 나도 낮에는 회사에 나가고.

무슨 일을 하냐고? 누마이사키의 창고회사에 근무하지. 마루야마소코주식회사. 뭐, 당신은 모르겠지만. 정년까지 사 년 남았어.

엇, 이런 걸 받아도 되나. 참⋯⋯. 고마워요. 아니, 딱히 들려줄 이야기는 없는 것 같은데. 그래도 괜찮다면 좋아요. 그럼 들어와요. 어머니가 차를 대접할 테니.

옆집은 원래 도쿄에 있는 회사 사장네 별장이었어. 내가 어렸을 적에는 새 건물이었고 가족들이 가끔 놀러 왔지.

물론 놀러 왔다고 해도 우리와 어울리지는 않았어요. 입주 관리인 부부가 있었는데 잡일은 다 그 부부가 처리했고.

옛날에 이 근방은 유명한 별장지였는데 도쿄와 가까워서 인기가 많았어요. 여름에 시원하고 겨울에 제법 따뜻하거든. 산과 바다도 있고. 그 시절에는 외국 여행 같은 건 꿈도 못 꿨으니 부자들은 다들 별장이 있었지.

그런데 언제부터였지? 찾아오는 횟수가 점점 줄더니 마지막에 남은 사람은 일 년에 한 번 올까 말까 했던 것 같은데? 시대가 바뀌고 별장보다 재미있는 곳이 많이 생겼으니까.

그사이에 선대 사장이 죽었나 보더라고. 유산 상속 때문에 싸웠는지 어쨌는지 꽤 오랫동안 방치됐어. 빨리 팔아서 돈을 나누면 될 텐데 부자들의 생각은 정말 알 수 없다니까. 부동산 중개인이 매물로 내놓았다는 이야기를 듣고 한참 후에 그 집 식구들이 들어왔어요. 재작년 4월이었나?

옛날에는 건물도 정원도 훌륭한 별장이었지만 오랫동안 방치한 탓에 황폐해졌지. 그래서 당연히 손을 보고 입주할 줄 알았더니 그냥 들어오기에 깜짝 놀랐어요. 부자들도 요즘은 변했구나 싶었지.

우리는 옆집이기는 해도 집과 집 사이에 숲이 있어서 조금 거리가 있던 데다 집이 이렇게 허름하니 당연하다면 당연하지만 이사했다고 인사 오지도 않았어요. 이삿날은 어쩌다 출근하지 않는 날이어서 집에 있었는데 슬쩍 들여다보니 짐을 꽤 많이 옮기더라고.

중년 어머니에 젊은 아들과 딸이 흰색 왜건을 타고 이삿짐센터와 함께 왔어. 나중에 들은 바로는 아들과 딸 둘 다 정신이 이상하다더라고. 멀리서 언뜻 보기에는 아이들 모두 평범했는데. 차림새도 멀쩡했고.

어머니는 이삿짐센터에 이것저것 지시하고 있었는데 거만한 태도였어. 이사하는 날에 뭘 그렇게 비싼 옷으로 멋을 부렸는지 참. 우리와는 관계없으니 먼저 말 걸지 않았는데.

그런데 그날 밤 늦게 우리 집 개가 마당에서 마구 짖더라고. 우리는 시바견을 기르는데 평소에는 그렇게 짖지 않거든.

역시나 옆집에 사람이 와서 흥분했나 싶었지만 그래도 늦은 밤이니까 혹시나 해서 옆집 상황을 보러 갔지. 불은 켜져 있었어요. 커튼을 쳐놔서 집 안은 보이지 않았는데 아직 잠자리에 들지 않았더라고요. 나중에 알고 보니 그 집은 평소에도 낮에 자고 밤에 활동하더라고. 정상이 아니었다니까.

그러고서 이틀인가 사흘 후에 이번에는 옆집에서 개 짖는 소리가 났어요. 어차피 집 지키는 용으로 키우겠거니 싶어 어떤 개인지 보러 갔지.

그랬더니 울타리 너머 정원에 세퍼드가 보이더라고. 옆에 그 집 어머니가 있기에 인사했죠.

"옆집 사는 다다노라고 하는데요……. 좋은 개네요."

그랬더니 상대는 한마디만 툭 던졌어.

"기타가와예요."

화려한 안경 너머에 있는 눈이 힐끗 째려보더라고. 붙임성이라고는 눈곱만큼도 없었지만 가까이서 보니 의외도 젊던데. 화장이 상당히 진했어.

"지난번 이사하실 때 도와줄까 싶었는데요……. 그 댁 아이는 벌써 다 큰 것 같던데 학교 다닙니까?"

별생각 없이 물었는데 몹시 언짢아하더라고.

"아들과 딸 모두 요양 중이에요. 남의 집 일에 신경 꺼요!"

무시무시한 얼굴로 쏘아붙여서 셰퍼드를 만질 상황이 아니었어.

개는 놀아달라고 보챘지만 그 여자가 또 역정을 낼까 봐 무서워서 도망치듯 돌아왔지.

그 후로 가끔 마주쳐도 서로 모르는 척했어요. 언제 봐도 천박한 차림으로 한껏 꾸몄더라고. 그쪽은 놀고먹을 수 있는 신분이니 애초에 우리를 상대할 마음이 없었겠지.

아프다는 딸은 그날 후로 보지 못했고 아들은 저녁 어스름이 깔리면 개를 데리고 산책 나가는 모습을 몇 번 봤어요. 사람들 눈을 피하려는지 언제나 모자를 푹 눌러 쓰고 선글라스까지 끼었더라고. 스무 살은 넘어 보였는데 평소에는 뭘 하나 몰라. 그 집 어머니도 이 동네 상점에서는 아무것도 사지 않았어.

아, 그런데 딱 한 번 그 집 정원에 들어간 적이 있어.

옆집이 이사 오고 이삼 주 뒤였나? 옆집에 택배를 가지고 온 배달 기사가 초인종을 눌러도 사람이 안 나온다며 우리 어머니에게 맡기고 갔거든. 사실 아무도 없을 리가 없을 텐데 그 집은 어머니가 집을 비우면 아들도 딸도 대답하지 않더라고. 물건은 과일이었나? 이렇게 커다란 골판지 상자였는데 내가 퇴근하고 돌아와서 옆집에 전해주러 갔지.

초인종을 눌렀더니 어머니가 얼굴을 내밀더라고. 내 얼굴을 보고는 또 팍 째려보더니 본인 짐을 들고 온 것을 알고는 문을 열었지. 짐이 무거우니까 현관까지 옮겨준다고 했더니 알겠다고, 부탁한다더라고.

내가 정원에 들어가자마자 셰퍼드가 달려왔어. 나는 개를 좋아하지만 골판지 상자를 안고 있는데 대형견이 갑자기 달려드니까 나도 모르게 휘청였지. 그 정원은 관목이 무성했는데 휘청거리는 바람에 스웨터 왼쪽 소매가 나뭇가지에 걸려서 빠지지 않지 뭐야.

그래서 짐을 내려놓고 어떻게든 빼려고 했는데 잔가지가 엉겨서 잘 안 빠지더라고. 개는 계속 멍멍 짖어대며 장난치고 나는 선의로 짐을 옮기다가 그렇게 됐으니 조금 도와줄 법도 한데 그 여자는 우뚝 서서 가만히 보기만 하더라고. 그래서 어쩔 수 없이 뭔가 자를 수 있는 도구를 빌려달라고 했더니 집 안으로 달려가서 주방 가위도 괜찮냐며 무식하게 튼튼한 가위를 가지고 온 거야. 그것까지는 좋다 이거야. 그런데 사용하기 너무 어려운 것 아니겠어? 손가락도 넣기 힘든 가위더라고.

이런 정원을 둔 집에 전정 가위도 없나 싶었는데 자세히 보니 잡초가 무성하고 나무는 제멋대로 뻗어 있었어. 집에 사람이 셋이나 있지만 할 마음 없는 사람만 있으니 집이 관리가 될 리 없지.

그렇게 골판지 상자를 옮겨 현관 안쪽에 놨지. 그랬더니 고개를 까딱하는 시늉도 하지 않고 말로만 "고마워요, 수고하셨어요"라며 곧바로 쫓아내 버리더라고. 문을 삐걱 소리를 내며 닫고는 마치 수상한 사람 취급했어. 나도 딱히 보답을 바라고 한 일은 아니지만 이런 상황에는 보통 상자를 열어서 내용물 한두 개 정도는 감사 인사로 주잖아?

그때 우연히 현관에서 살짝 보였는데 말이야. 아직 열지 않고 그대로 둔 이사용 골판지 상자가 복도에 산더미같이 쌓여 있었어. 집 안쪽이 보이지 않을 정도였지. 정말로 이 집에서 살 생각 맞나 의심스러웠어.

그런데 우리 어머니가 택배 기사와 안면이 있어서 나중에 들은 이야기인데, 그날 그러고 나서 옆집 사람이 영업소에 컴플레인을 걸었다더라고. 집을 비웠다고 옆집 사람에게 물건을 맡기는 것은 무슨 경우냐면서 몹시 화냈다나 봐. 남이 기껏 친절을 베풀었는데 말이야. 정말 믿을 수 없는 일이라니까.

그래. 옆집이 매일 밤 차를 끌고 나간 것은 사실이야. 국도를 타려면 반드시 우리 집 앞을 지나야 하거든. 이사 올 때 타고 온 흰색 왜건을 몰고 나갔지. 내가 볼 때는 항상 어머니가 운전하더라고. 조수석에는 아들이 타고 있는 것 같앉어. 멀찌막이 봤을 때 모자와 마스크를 쓰고 있었거든. 딸은……, 글쎄 모르겠네.

아니, 아들이 운전하는 모습은 한 번도 본 적 없어. 보험회사 조사원도 끈질기게 물어보던데, 무슨 그런 소문이라도 났어?

매일 밤마다 잘도 나가네 하고 생각했는데 볼일이 있는지도 모르니까. 어디 가는지 궁금하긴 했지. 그래서 니시누마이항 안벽에서 떨어졌다고 소리를 듣고 황당했어. 밤늦은 시간에 왜 그런 곳에 갔을까? 거기엔 아무것도 없거든.

자살 가능성은 없냐고도 묻던데. 그런데 그런 것은 옆집 산다고 다 알 수는 없잖아. 돈이 많아서 매일 논 사람이 죽을 이유가 뭐가 있겠어.

응. 개는 죽은 것 같더라고. 나도 그 여자는 몰라도 개는 싫어하지 않았거든. 그 집 앞을 지날 때마다 무심코 정원을 들여다봤는데 말이야. 사고 나기 나흘인가 닷새 전부터 보이지 않았어. 신경 쓰이기는 했지.

마지막으로 봤을 때는 건강해 보였는데 정말 왜 그렇게 됐을까? 이 동네에는 셰퍼드 키우는 집이 없거든. 참 아쉬워. 좋은 개였는데.

아니. 그 여자는 기르는 개가 죽었다고 우울해할 인간이 아니었어.

뭐, 아들? 하긴, 아들은 개를 데리고 산책시켰으니. 예뻐하기는 했겠지. 그래도 개가 죽었다고 자살할 놈이 어딨어.

그것보다 그 아들은 원래 우울증이 있던 것 아니야? 은둔형 외톨이었다고 하고, 개를 산책시킬 때도 늘 고개를 살짝 숙이고 있었거든. 분위기도 음울했고. 도저히 말을 걸 분위기가 아니었어.

사고 후에 어머니와 아들을 본 적 있냐고? 그야 당연히 없지. 보험회사도 똑같은 질문을 하던데. 본 적 있었으면 진작에 경찰에 달려갔겠지.

그런데 말이야……. 아니, 역시 아니야. 아니, 아니, 아무것도 아니야. 내 착각일 수도 있으니까…….

그런데 그 추락 사고가 일어난 날 밤에 말인데. 새벽 2시 넘어서였나, 자다 깨서 화장실에 갔는데 우리 집 개가 느닷없이 짖어대더라고. 그래서 무심코 화장실 창문으로 밖을 봤더니 자전거를 타고 우리 집 앞에 난 길을 지나 기타가와 씨네 집 쪽으로 향하는 남자가 마당 너머로 살짝 보였어. 그게 다야.

어떻게 남자인 줄 알았냐면 가로등 불빛이 희미했지만 모자도 옷도 남성용이었거든. 게다가 이 근방은 낮에도 인적이 드문 곳인데 그 시간에 여자 혼자 자전거를 탈 리가 있겠어? 오밤중에 선글라스까지 끼고…….

그러니까 말이야. 나도 그때는 옆집 아들인 줄 알았는데 다음 날 들으니 아들은 어머니와 함께 익사했다지 않아? 그러고 보니 옆집 아들이 자전거를 타는 모습을 본 적 없더라고. 그래서 그 사람은 아니겠구나 생각했지.

뭐라고!? 우리 집 마당에 있는 산악자전거?

아무렴, 내 자전거지. 내가 샀다고.

언제 샀냐고?

산 지 벌써 몇 년이나 돼서 말이야. 언제, 어디서 샀는지 따위 기억나지 않아.

이런 썩을 놈이! 야 이 자식아, 우리 집에 오기 전에 마당까지 들어와 조사한 거야?

저 자전거는 재작년 9월에 출시된 모델이라고? 옆집 가족이 그때 주문한 자전거와 같다고? 내가 알 게 뭐야! 아, 됐고, 너 이 자식 무단침입으로 고소하겠어.

할 테면 하라고⋯⋯? 당신 경찰이야? 설마 사카키바라 씨는 정말로 형사예요?

헉, 전직 형사? 정말로?

이번 한 번만 봐줘요. 나쁜 마음은 없었어. 이제 필요 없어 보이기에 너무 아까운 나머지 그만⋯⋯. 잘못했어요!

전부 솔직하게 이야기할 테니 정말로 용서해 줘요!

제발 부탁합니다.

그 산악자전거는 옆집 처마 밑에 두고 간 거야.

아니, 진짜라니까! 거짓말 아니라고. 그 추락 사고 후에 딸 하나 남았잖아. 그런데 그 딸은 집에서 한 발짝도 못 나 갈 정도로 정신이 이상하니까. 그대로 두면 안 되겠다며 시 청 직원이 어느 시설로 데리고 갔거든.

그리고 얼마 전에 모조리 헐고 공터로 만들 때까지 계속 폐쇄됐었는데 저 산악자전거는 밖에 그대로 내버려 둬서 비 를 맞고 있더라고. 그러면 안 될 것 같아서 내가 대문을 넘 어 정원으로 들어가 우리 집으로 가지고 왔지. 물론 나중에 돌려줄 생각이었어…….

하핫, 미안하게 됐네. 사실 그렇게 된 거예요.

전직 형사 양반, 사실 그대로 말한 거야!

제발 아무 말 하지 말고 눈 감아 줘요!

옆집 딸은 시설로 들어가서 이제 다시는 돌아오지 않겠지 생각해서 그날 잠깐 안을 들여다볼까 하는 마음이 생겼어. 현관을 열고 안으로 들어갔지. 아니, 열쇠 같은 것은 없었지 만 그 집은 현관 열쇠도 몇십 년 전 장치를 그대로 썼거든. 그런 건 마음만 먹으면 쉽게 열 수 있지.

아니, 정말 아니야! 나는 절도 전과 같은 것은……. 그럴 수가, 당치도 않아!

당신, 전직 경찰이잖아? 거짓말 같으면 조사해. 조사하면 나오겠지.

안으로 들어갔더니 당신이 말한 그대로였어. 그 산악자전 거는 현관 신발 벗는 곳에 놓여 있었지. 지피라는 고급 브랜드 자전거인데 어떤 물건은 3만 엔 주고도 못 사. 마치 새것 같았어. 그래서 그대로 썩게 놔두면 아까우니까 우리 집에서 사용할까 싶어서……

미치겠네. 제발 살려줘.

전에 한 번 택배 짐을 옮겨주러 갔을 때는 복도에 이삿짐 골판지 박스가 잔뜩 쌓여 있었는데 역시 그건 다 없어지고 깔끔해졌더라고. 시청 놈들이 정리했는지 집 안이 제법 깔끔했어.

사실 내가 꼬마였을 때 관리인 아주머니와 친했거든. 사장 가족이 없을 때 집에 들어간 적도 몇 번 있어서 그 집 구조는 꿰고 있다고.

들어가자마자 꽤 커다란 서양식 응접실과 서재가 있고 다다미방이 여섯 개. 부엌과 욕실과 화장실. 화장실은 두 개 있었어. 부엌에는 미국인이 사용할 법한 엄청 큰 냉장고와 냉동고가 있었고. 역시 돈 좀 있는 집이구나 생각했지. 다른 방에도 커다란 가구며 전자제품이며 여하튼 물건이 가득했어.

그런데 보석이나 카드나 중요한 서류 같은 것은 위험하니까 어디에 모아놨나 보더라고. 옷장이나 책상 서랍을 열어 봐도 텅 비어 있었거든. 값나가는 것은 하나도 없었어.

아니, 이 양반아. 정말이라니까! 이렇게까지 떠들어댔는데 거짓말을 하겠어? 가구나 가재도구는 가져가 봤자 둘 곳도 없고 산더미처럼 쌓여 있던 여자 옷은 쓸모가 없잖아. 그래서 아들이 입던 가죽 재킷이 옷장에 있기에 어쩔 수 없이 그것만 들고 왔어……. 정말 미안해요.

아, 그 옷을 직접 보고 싶다고? 잠시만 기다려요. 지금 가져올 테니.

여기, 이것이 그 가죽 재킷이야. 가져온 것은 좋았는데 결국 전혀 입지 않았거든. 괜찮으면 당신에게 줄게. 나도 그러는 편이 마음이 편해. 이것도 사려면 꽤 비싸지 않아?

오호, 이렇게 안쪽에도 주머니가 있었구나. 지퍼가 달려 있네.

아, 뭐가 들어 있어! 봉투잖아. 뭐가 들어 있지…….

뭐야, 그냥 카드네.

뭐라고 적혀 있는데?

사랑하는 오빠에게
생일 축하해.

유키나

첫, 꼬맹이가 쓴 편지잖아. 지폐인 줄 알았더니.

이거 봐, 서툴게 그림까지 그려 놨네. 여자는 오른손으로 활을 당긴 자세고 남자는 셔츠 위 하트모양에 화살이 꽂혀 있다니, 이게 뭐야 기분 나빠! '슈와 유키나'라니…….

이런 것을 항상 주머니에 넣고 다녔다니 그놈은 역시 제정신이 아니네.

아, 나는 상관없어. 이 점퍼와 카드 다 가져가도 되니까. 그 대신 경찰에는 말하지 말고.

그럼 자전거는 내가 잘 쓸게. 똑똑히 기억하라고. 이건 당신이 괜찮다고 한 거다?

그런데 내가 자꾸 말하지만 옆집은 정말로 짐을 모조리 버릴 생각이었다니까. 사고가 나고서 한참 지난 후에 업자가 왔거든. 집 안에 있던 물건을 전부 옮기고 건물을 통째로 헐었다고. 그냥 땅으로 팔 생각이었겠지. 그러는 편이 괜히 오래된 집을 그대로 두는 것보다 더 비싸게 팔 수 있는 것 아니야?

그래서 내가 옮긴 가구나 다른 물건들은 어떻게 하냐고 인부에게 물었는데 전부 버린다고 하더라고……. 그럼 더 가지고 올 걸 그랬다고 후회했지.

그런데 만약 그 사고가 난 날 밤에 자전거를 타고 온 사람이 옆집 아들이었다면 도대체 어떻게 되는 거야? 둘이서 바다에 빠졌는데 어머니만 죽은 건지, 아니면…….

아, 알아요. 안다고!

아무한테도 말 안 해요.

나도 귀찮은 일에 말려드는 건 사양이거든. 내가 잠기운에 잘못 봤거나 어디 상관없는 놈이었겠지.

아 글쎄, 알았대도. 다시는 오지 마요!

제발 이렇게 부탁할 테니.

제4장

어린이 공원

4월 하순인데도 이상하게 쌀쌀한 날씨가 이어졌다. 바람까지 불어서 야외에서 이야기를 나누기 적절한 날씨는 아니었다. 하지만 비가 내리는 것보다 나았다. 하늘을 올려다보니 조각구름 위로 푸른 하늘이 펼쳐져 있었다. 이 정도면 계속 이 날씨일 듯했다.

지난번 만남처럼 평일 오후지만 한 달 전과 다름없이 오늘도 어린이 공원에는 사람이 없었다. 그러나 봄기운 가득한 초목과 흙은 확실히 여름빛을 띠기 시작했다. 공원 안쪽에 있는 2인용 벤치에 천천히 앉자 습기를 머금은 푸르른 내음이 바람에 실려 왔다.

사카키바라는 자연을 사랑하고 감상하는 취미는 없다. 오로지 사람, 그리고 그 사람이 만들어내는 범죄의 만다라 문양에만 관심이 있을 뿐이다. 그 만다라 문양이 혼돈한 사실의 물결 사이로 선명하게 모습을 드러낼 때 몸과 마음이 고양되고 온 정신이 눈앞의 진실에 집중된다. 지금이 바로 그런 순간이다.

약속 시간까지 아직 여유가 있었다. 사카키바라는 머리를 벤치 등받이에 기대고 눈을 감았다.

지난 한 달간 유키나와 연락하지 않았다. 시간이 이렇게 오래 걸린 이유는 총 여섯 명이나 되는 관계자를 만나 이야기를 들어 시간을 빼앗긴 탓도 있지만 그렇게 얻은 결과로 새로운 조사를 해야 했기 때문이다. 예상하지 못한 쪽에서 정보가 나온 까닭도 있다.

무언가 판명됐다면 됐다, 안 됐으면 안 됐다고 상세히 보고하는 것이 의뢰인의 신뢰를 얻는 비결이지만 나름대로 결론이 나올 때까지 어중간한 보고는 하지 않는 것이 사카키바라의 방식이었다. 이번 건처럼 오히려 개인적으로 흥미를 느껴 계속 조사하는 경우에는 더욱 그랬다.

유키나는 연락이 늦어졌다고 불평하지 않았다. 사카키바라의 행동을 의심하는 기색도 없었다. 여느 때처럼 어린이 공원에서 만날 약속 날짜와 시간을 정했을 뿐이다. 비용은 아직 한 푼도 지불하지 않았으니 당연하다면 당연한 일이었다.

전화 목소리로는 전혀 이상을 감지할 수 없었지만 본심을 말하면 유키나가 오늘 정말로 약속 자리에 나올지 의심스러운 마음이 들기도 했다. 유키나는 둔한 사람이 아니니까. 사카키바라는 눈을 뜬 뒤 숨을 크게 한 번 내뱉었다.

유키나는 평소와 같은 걸음으로 어린이 공원에 모습을 드러냈다.

서두르지도 멈추지도 않고 늘 자신만의 속도로 걷는다. 두꺼운 면 스웨터와 청바지에 종이가방을 손에 든, 오늘도 꾸밈없는 차림이었지만 만날 때마다 여성으로서 매력이 더 깊어지는 듯 느껴져 사카키바라는 눈을 크게 떴다.

젊은 여자를 볼 때마다 딸의 잔상을 쫓게 되는 것은 자신의 힘으로는 어쩔 수 없는 '업보'일까. 매일매일 흘러가는 삶 속에서 완전히 지워져 사라진 존재지만 그렇다고 뇌리에서 완전히 사라진 것은 아니었다.

딸이 초등학교 2학년일 때 헤어졌다. 유달리 예쁘지도 못생기지도 않은, 부모조차 특별한 인상을 받지 못한 아이였다. 아니면 그 자체가 이미 아버지로서 실격이라는 방증일까. 아버지를 향한 마지막 시선이 사랑도 미움도 두려움도 아닌 미온한 무관심이었다는 사실이 희미한 고통과 함께 떠올랐다.

기타가와 유키나라는 소녀를 덮친 운명을 생각하면 똑같은 일이 자신의 딸에게도 일어나지 않으리라는 보장은 없다. 헤어진 아내는 말할 것도 없고 그녀의 재혼 상대도 사람으로서 최소한 상식을 갖췄다고 믿기는 하지만. 그러나 반대로 말하면 믿는 것 외에 자신이 할 수 있는 일은 아무것도 없었다.

벤치에 앉아 있는 사카키바라를 본 유키나는 가볍게 인사를 건넸지만 걸음을 서두르는 기색은 보이지 않았다. 똑바른 발걸음을 유지한 채 천천히 다가왔다. 스스로의 의지대로 살아온 사람이라는 증명이다. 사카키바라는 눈앞의 여성을 바라보며 새삼 그 느낌을 깊이 음미했다.

"보험회사와 협상은 어떻게 됐어요?"

사카키바라의 옆에 앉은 유키나가 인사는 생략하고 곧바로 핵심을 물었다.

그 목소리에 불안이나 두려움은 조금도 없었다.

"아직 협상은 시작하지 않았어. 그 단계까지 이르지 못했다고 해야 하나⋯⋯. 그럴 필요 없을지 모른다는 것이 맞겠군. 오늘은 그 일에 관해 너와 이야기하고 싶은데."

유키나의 표정이 미세하게 바뀌었다.

"무슨 이야기요?"

사카키바라는 상대의 눈을 단호하게 응시했다.

여기서 조금이라도 기가 눌리면 빈틈을 보이게 된다. 겁박할 필요도 윽박지를 필요도 없다. 차분하면서 단호한 태도야말로 상대에게 가장 만만해 보이지 않을 무기다.

사카키바라는 천천히 입을 열었다.

"사실은 무슨 일이 있었는지."

유키나는 사카키바라의 말을 듣고도 당황한 기색을 보이지 않았다.

그러나 사카키바라를 지그시 응시하는 눈동자 속에 어두운 불꽃이 일렁였다. 사카키바라가 말을 잇기 전에는 먼저 입을 열 마음은 없는 듯했다.

"보험회사와의 협상은 당연히 이쿠에 씨와 슈이치로 씨가 그 자동차 추락 사고로 사망했다는 전제가 있어야 하지. 그런데 조사 결과 그 사실에 커다란 의문이 있다고 판명했어."

유키나는 여전히 말이 없었다.

"사실 그날 밤 추락 사고가 일어났다고 추정되는 시간대보다 나중에 슈이치로 씨로 짐작되는 인물을 목격했다는 사람이 있더군."

유키나의 사고가 아주 잠시 멈춘 듯 보였지만 이내 눈동자가 힘을 띠었다.

"그 슈이치로 씨로 짐작되는 인물은 늦은 밤에 자전거를 타고 집이 있는 방향으로 향하는 모습이 목격됐어. 모자를 쓰고 선글라스를 끼고 있었던 것 같아. 얼굴은 또렷하게 보이지 않았지만 평소 개를 산책시키던 슈이치로 씨와 비슷했다고 목격자는 증언했지."

"그게 다예요?"

"그래."

"설령 그 사람의 이야기가 사실이라고 해도 근거가 모자와 선글라스뿐인데 그 사람이 오빠였다고 단정하는 것은 억지 아닌가요?"

"흠, 그렇게 말할 수도 있지. 하지만 분명 중요한 목격 증언이기도 해. 어쨌든 그 인물이 목격된 장소는 기타가와 가족이 살던 집 바로 앞에 있는 길이었거든. 그런 곳을 한밤중에 자전거를 타고 지나가는 사람은 거의 없으니까."

"그런데 만약 그 사람이 정말 오빠였다고 해도 그 뒤로 어디로 가버렸다는 말인가요? 적어도 나는 오빠가 돌아온 모습을 본 적도 없고 소리도 듣지 못했거든요."

"네가 거짓말을 하고 있다면 이야기가 달라지겠지."

유키나의 하얀 얼굴이 순식간에 붉어졌다.

"제가 거짓말을 한다고요?"

"유감이지만 그렇게 생각할 수밖에 없구나."

"그렇다면 이유가 뭐죠? 제가 왜 거짓말을 해야 하나요?"

사카키바라는 그 말에는 대답하지 않은 채 가방에서 클리어 파일에 끼워 둔 종이 한 장을 꺼내 유키나에게 내밀었다. 도화지로 직접 만든 조잡한 카드였다.

처음에는 의아하게 받아든 유키나의 시선이 점점 못 박힌

듯 고정됐다.

사랑하는 오빠에게
생일 축하해.

유키나

서툰 글씨에 삼색 크레파스로 그린 어설픈 그림······.

큐피드 활로 슈이치로의 가슴에 사랑의 화살을 쏘는 사람은 다름 아닌 유키나였다.

유키나의 눈은 오래된 기억을 더듬듯 잠시 허공을 헤맸다.

"그 카드를 본 기억 없니? 슈이치로 씨의 가죽 재킷 안주머니에 들어 있었는데. 어떻게 그 물건을 입수했는지는 말할 수 없지만······."

"이 카드는 분명히 내가 오빠에게 준 카드예요. 어렸을 적에 이렇게 카드를 직접 만드는 데 심취했던 시절이 있죠. 설마 오빠가 버리지 않고 계속 갖고 있을 줄은 몰랐어요."

"그런데 네 이야기대로라면 너와 오빠 사이는 그리 가깝지 않았잖아. 슈이치로 씨가 네 마음에 들어온 적은 단 한 번도 없었던 것 아닌가?"

"그건 맞아요."

유키나의 목소리에 초조한 기색이 조금 드러났다.

"하지만 어렸을 때는 만화나 애니메이션을 따라하기도 했으니까요. 저도 딱히 오빠를 싫어하지는 않았거든요. 사카키바라 씨는 저와 오빠가 함께 계획해서 엄마를 죽였다고 생각하시는 건가요?"

"그렇게 생각하지 않아. 하지만 그렇게 생각하는 사람이 있어도 이상하지 않지."

"교묘하게 말씀하시네요."

"흠, 그건 아니야. 그와 별개로 슈이치로 씨와 유키나 씨의 견고한 관계를 엿볼 수 있는 것은 이 카드뿐만이 아니야. 슈이치로 씨는 친여동생에게 단순한 가족애를 넘어 이성으로서 사랑하는 감정을 품었고 그 일로 고뇌했다고 증언한 사람도 있어. 나는 증언자의 인품으로 보아 매우 신빙성 높은 증언이라고 생각해. 병적으로 집착하는 엄마에게서 벗어나려는 방어본능이 여동생을 향한 관심이라는 형태로 발현될 수도 있지. 어린 시절 생긴 트라우마에서 벗어나지 못하는 유키나 씨와 마음속 깊이 공명하는 부분도 있었을 테고. 사건 발생 후 목격 증언과 그 생일 카드를 겹쳐 생각하면 어떤 추론이 성립할지 너도 짐작할 수 있을 텐데."

유키나는 대답하지 않았다.

고개를 숙인 채 머리를 굴리고 있는 듯했다. 사카키바라가 적인지 아군인지 재고 있을 터다.

시간이 흐른 뒤 고개를 든 유키나는 사카키바라를 똑바로
바라봤다.

"사실 그날 한밤중에 오빠가 자전거를 타고 돌아왔어요."
싸늘한 분위기 속에 유키나의 목소리가 울렸다.

이제 사카키바라가 침묵을 지킬 차례다. 가만히 다음 말
을 기다렸다.

둑이 터진 것처럼 유키나가 말하기 시작했다.

"사카키바라 씨 말이 맞아요. 오빠와 저는 서로 사랑하는
사이였어요. 우리는 정신적으로 쌍둥이였어요.

양부모님이 떠난 뒤 다시 기타가와 가족으로 돌아갔을 때
집 안에 더 이상 제가 있을 곳은 없었어요. 히시누마 가족으
로 지낸 일 년 몇 개월 사이에 당연하게도 저는 기타가와 가
족이 아니게 됐죠. 집안을 쥐고 흔드는 사람은 당연히 엄마
였고 오빠는 엄마의 꼭두각시, 언니는 자신의 세상을 즐기
고 있었어요.

전에 언니가 제 엄마이자 선생님이자 친구였다고 한 말을
결코 거짓이 아니에요. 언니는 늘 노심초사하며 제가 나중
에 커서 홀로 사회에 나갈 수 있도록 도와줬죠. 언니가 없었
다면 지금의 저도 없었을 거예요. 분명 초등학생인 채로 자
라지 못해 누구도 대학에 들어갈 수 있으리라 생각 안 했을
거예요.

하지만 언니가 제 마음속까지 들어왔냐 하면 그건 조금 달라요. 언니는 무엇이든 잘했기 때문에 오빠나 저 같은 낙오자의 마음은 이해할 수 없었을 테죠. 저를 걱정하기는 했지만 사랑한 건 아니에요. 나는 나를 사랑해 주는 사람을 원했어요.

오빠가 저를 정신적으로 지탱해 준 적은 없다고 한 말은, 죄송해요……. 거짓말이에요. 사실은 오빠야말로 제 마음속 버팀목이었어요. 하지만 제가 굳이 오빠를 깎아내리는 말을 한 데는 이유가 있어요. 만약 사카키바라 씨가 우리 관계를 알아차리면 분명 오빠와 제가 엄마를 바다에 빠뜨려 죽였다고 생각할 것 같았거든요."

유키나는 일단 입을 다물고 숨도 쉬지 않은 채 사카키바라의 얼굴을 바라봤다.

진지한 눈빛이 사카키바라를 파고드는 기분이었다.

사카키바라는 대답하지 않고 눈으로 재촉했다.

"오빠와 저는 모두 엄마의 희생양이에요. 엄마는 자식에게 가장 소중한 것을 아무렇지 않게 짓밟는 인간이었어요. 언니처럼 강인하지 않은 우리는 서로의 나약함도 결점도 보듬었죠. 둘이서 이야기하는 것만으로 마음이 평온해졌어요. 하지만 대화만으로는 만족하지 못해 결국 서로의 몸을 만지지 않고는 견딜 수 없게 됐죠."

"그래서 언제부터 남매가 아니라 연인 사이가 됐다고?"

"진정한 의미로 연인 사이가 된 것은 한참 후였지만 서로 몸과 마음을 맞대는 의미로 묻는다면 오빠가 중학교 2학년, 제가 열 살이 된 해였어요. 그전까지 오빠는 제 손도 만진 적 없었어요. 잠시 떨어져 살았기 때문에 남매라도 왜인지 거리감을 느꼈나 보더라고요. 저는 저대로 오빠가 엄마와 같이 잔다는 것은 알았지만 아주 오래전부터 그랬기 때문에 별생각 없었고, 그 일로 오빠가 고민한다는 생각도 못 했어요. 그런데 오빠가 중학교 2학년 1학기였던 어느 날, 집에서 사건이 있었어요."

쏘는 듯한 사카키바라의 시선이 따가웠는지 유키나는 눈을 조금 내리깔았다.

"전에도 말했지만 오빠에게 친한 친구가 한 명 있었어요. 집도 가깝고 초등학교도 같은 반이었는데 중학생이 되고서는 몇 번인가 집에도 놀러 왔죠.

그 친구는 엄마가 집을 비운 날에만 왔는데 늘 거실에서 게임을 했어요. 엄마는 오빠든 언니든 친구를 집에 데려오지 못하게 했거든요. 물론 저는 같이 놀지는 않았지만 집에서 마주친 적은 있어요. 얌전해 보였고 못된 장난이나 나쁜 짓은 하지 않을 것처럼 생긴 사람이었죠.

그런데 어째서인지 그날따라 오빠가 집에 친구를 불렀고 심지어 친구를 방에 데리고 들어갔다는 사실을 엄마에게 들켰어요. 오빠 방은 엄마 방이기도 했어요. 넓은 방에 커다란 침대가 하나 있었죠. 엄마는 오빠에게 다시는 그 아이를 집에 들이지 말라고 명령했어요.

하지만 그 친구는 오빠에게 매우 소중한 존재였는지 평소와 다르게 울고 저항했어요. 그렇게 자기주장을 하는 오빠는 처음 봤어요. 평소에는 오빠에게 엄하지 않던 엄마도 그때는 이상하리만치 단호하고 물러서지 않아서 옆에서 듣던 제가 다 조마조마했을 정도였죠.

그렇게 승강이한 뒤 엄마가 저녁 장을 보러 나갔을 때였어요. 오빠가 너무 가여워서 어떻게든 위로해 주고 싶어 제 방을 나와 부엌으로 갔죠. 오빠가 가장 좋아하는 얼음을 넣은 콜라를 주려고요.

거실에서 울던 오빠에게 콜라가 담긴 컵을 가만히 내밀었더니 오빠가 화들짝 놀라며 저를 쳐다봤어요. 그러다가 컵을 받아 탁자 위에 놓더니 울면서 말없이 나를 끌어안았죠.

유키나의 눈에서 눈물이 흘렀다.

"그때는 그저 그게 다였어요. 하지만 양부모님이 돌아가신 후 나를 사랑해 준 사람은 오빠뿐이었어요. 그날 이후 오빠는 제 보물이었죠."

유키나는 말을 끊고 사카키바라를 올려다봤다.

눈물에 젖은 눈동자가 구름 사이로 쏟아지는 햇빛에 반짝였다.

사카키바라는 입을 열지 않았다. 불필요한 추임새는 넣지 않았다. 그것이 수사의 기본이었다.

무언의 압박을 느꼈는지 유키나는 다시 앞을 바라보고 말을 이었다.

"성관계를 맺은 것은 오빠가 고등학교에 들어가고 나서……. 제가 열두 살 때였어요. 중학교 때와 달리 고등학교에서는 친구도 없고 괴로운 일만 가득했는지 오빠는 이내 학교를 결석했어요. 그러더니 자퇴했죠.

그 무렵 오빠는 집에서도 조금 거칠게 굴었어요. 엄마를 자주 거스르기도 했죠. 저는 그런 오빠를 위로해 주고 싶었어요. 내가 유혹했다고 생각해도 상관없어요. 오로지 오빠를 위하는 마음만으로 그랬다고도 생각하지 않으니까.

양아버지가 갑자기 떠나고 제가 스스로를 주체하지 못한 것은 사실이에요. 오빠는 아버지처럼 몰래 나를 만지지 않는다는 것을 알았기에 제가 먼저 다가갔죠.

엄마도 언니도 외출한, 점심이 조금 지난 시간이었어요. 저는 오빠가 일어난 것을 확인하고 내 방 침대에서 소리쳐 오빠를 불렀죠. 오빠는 은둔형 외톨이가 된 뒤로 낮과 밤이 뒤바뀐 생활을 해서 항상 낮까지 잤거든요.

왜 불렀냐며 방을 들여다보는 오빠는 부스스한 머리에 잠옷 차림으로 아직 잠이 덜 깬 얼굴이었습니다. 나는 침대에서 말없이 오빠는 올려다봤죠. 그리고 오빠가 걱정스럽게 내 위로 몸을 숙이는 순간을 노려 오빠를 꼭 껴안았어요.

저는 평소 입던 잠옷 차림이 아니라 푸른색 캐미솔과 팬티 차림이었어요. 어린아이 나름대로 제가 가진 옷 중에서 가장 효과가 있으리라 생각했거든요. 엄마가 사준 옷이니까, 물론 아무 무늬도 없는 단순한 아이용 속옷이었지만⋯⋯.

예상대로 오빠의 숨소리가 갑자기 거칠어졌습니다. 나를 덮쳤죠. 오빠가 아직 양치질도 하지 않았다는 사실을 알았지만 조금도 신경 쓰이지 않았어요. 양아버지 때처럼 어중간한 관계는 싫었어요. 오빠의 진정한 연인이 되고 싶었어요.

우리는 행복했어요. 다른 사람은 세상에 없어도 좋았죠. 그게 왜 안 되죠?"

"어머니는 너희 관계를 눈치챘나?"

사카키바라가 물었다.

"눈치채지 못했을 리가 없어요. 그 사람은 아들에게 무섭도록 집착했으니까요. 당연히 알았지만 모르는 척했죠. 드러내놓고 꾸짖어서 오빠에게 미움받기 무서웠을 거예요. 처음에는 어차피 오래 가지 않으리라 믿었을지도 몰라요. 엄마에게 나는 쓸모없는 인간일 뿐이었으니까요. 하지만 속으로는 부글부글 끓었을 거예요. 그러니 저를 죽이려고 했죠."

"임신 걱정은 안 했나?"

"엄마가 걱정하기는 했겠죠. 하지만 저는 걱정 따위 안 했어요. 오히려 그렇게 되면 기쁠 것 같았지만 그런 전조는 없었어요."

"그러면 내친김에 묻지. 슈이치로 씨와 어머니의 관계는 실제로 어땠어? 너는 아나?"

유키나는 잠시 생각에 잠긴 듯했다.

진술인이 이런 태도를 보일 때 본인 안에 명확한 답이 있을 수도 있다. 이것도 수사의 상식이다. 단순한 시간 끌기인 경우도 있지만 대부분은 진술인이 듣는이의 반응을 살피거나 고심 끝에 대답을 꺼내놓았다고 보이고 싶거나, 둘 중 하나였다.

"성관계를 했냐 안 했냐는 뜻이라면 오빠는 하지 않았다고 했어요. 저도 아마 그랬으리라 생각하고요. 그 두 사람은 오빠가 갓난아이였을 때부터 같이 잤어요. 적어도 오빠와 엄마 사이에 섹스가 있었다면 엄마는 조금 더 여유가 있었을 거예요. 엄마는 명백한 욕구불만이었죠. 죽은 아빠를 포함해 누구에게도 사랑받은 적 없거든요. 그래서 더더욱 저를 질투했어요."

"상당히 냉정한 판단이네."

사카키바라가 중얼거렸다.

비아냥이 아니었다. 내심 감탄했다. 젊은 아가씨가 어머니의 여자로서 삶을 이렇게도 냉정하게 관찰했다니…….

"저는 엄마를 라이벌이라고 생각하지 않았거든요."

"그렇다고 전혀 의식하지 않은 것은 아니지?"

유키나는 다시 생각에 잠긴 모습이었다.

잠시 후 고개를 들었는데 그 얼굴에 희미한 경계의 빛이 어렸다.

"그러니까 제가 오빠를 부추겨 엄마를 죽였다는 말이 하고 싶은 거예요?"

"그런 말 한 적 없고 실제로 그런 생각도 하지 않았어. 그러면 아야나 씨는 어땠을까? 너희 관계를 눈치챘을까?"

"당연히 알았어요. 내가 털어놓았거든요."

유키나는 이번에는 분명하게 잘라 말했다.

"그렇군……. 그런데 너도 아야나 씨도 어머니의 성격을 알았을 거 아니야? 그야말로 넌더리가 날 정도로. 방치했다가 조만간 집안에서 살상사건이 발생할 위험까지는 생각하지 못한 건가?"

"물론 경계를 하기는 했어요. 하지만 언니의 추락 사고가 일어나기 전까지는 엄마가 설마 딸인 나를 죽일 것이라고는 생각 못 했죠. 틀림없이 언니도 같은 생각이었을 거예요. 게다가 언니는 동아리 활동이나 아르바이트로 엄청나게 바빠서 쉬는 날에도 거의 매일 외출했거든요. 집안에서 벌어지는 일에 신경 쓸 틈이 없었어요."

"아야나 씨의 추락 사고 말인데. 아야나 씨의 자살이었을 가능성에 대해 어떻게 생각해?"

"그럴 리 없다고 생각해요."

"왜 단언하지?"

"그야 언니는 죽을 이유가 없었으니까. 언니는 대학 입학을 앞두고 있었고 며칠 후면 기숙사에 들어갈 예정이었거든요. 그런 시기에 왜 자살하겠어요?"

"겉으로는 순탄해 보여도 속마음은 본인밖에 모르지. 아야나 씨에게 남자친구는 없었나?"

"글쎄요. 언니는 집에서는 자기 이야기를 전혀 안 했거든요. 혹시 조사하다가 언니의 자살을 의심할 만한 사실이 나왔나요?"

유키나의 말투에서 어느덧 자신감이 사라졌다.

사카키바라를 살피는 눈치였지만 그의 표정에는 아무런 변화가 없었다. 대답할 필요가 없는 질문에는 대답하지 않는다. 이것도 사카키바라가 익힌 수사의 기본이었다. 침묵을 유지하며 조금도 움직이지 않은 채 적이 견딜 수 없도록 기다렸다.

심호흡을 한 번 하더니 각오를 다진 듯 유키나가 담담하게 말했다.

"사카키바라 씨는 무엇이든 다 알고 계시네요. 저보다도 훨씬 많이……. 그런데 왜 군이 제가 직접 말하게 하죠?

언니가 밖에서 어떻게 지냈는지 오빠나 저나 정말로 아무 것도 몰랐어요. 언니로서는 우리에게 말해 봤자 별수 없다 고 생각했겠죠. 그래서 언니의 죽음이 사실은 자살이었다고 해도 무엇이 원인인지 저는 짐작조차 할 수 없어요. 할 수 있는 말은 단 하나, 자살이든 사고든 언니는 본인의 죽음으 로 나를 지켜줬다는 사실뿐이죠.

엄마가 정든 미나토구의 맨션을 떠나 아다치구의 그 낡은 맨션으로 이사한 가장 큰 목적이 저를 베란다에서 떨어뜨리 기 위해서였다는 점은 의심의 여지가 없어요. 그리고 우리 남매는 구체적으로 무슨 일이 일어날지는 모르지만 좋지 않 은 사건이 발생할 것 같은 예감에 모두 겁을 먹은 상태였죠.

엄마가 베란다 난간에 손을 써 둔 사실을 언니가 어떻게 간파했는지 저는 몰라요. 우연히 현장을 목격했을 수도 있 고 공교롭게도 난간을 바라보다가 이상을 발견했을 수도 있 죠. 아니면 어머니의 주특기를 발휘해 언니를 또 공범자로 만들 계획이었는지도요…….

그날 밤, 언니는 거실에서 술을 마셨어요. 취하도록 마신 뒤 홀로 베란다로 나갔다고 전에도 말씀드렸죠.

다만 지난번에는 사카키바라 씨에게 하지 않은 이야기가 있는데 언니가 베란다로 나가기 직전에 오빠에게 한 말이에 요. 오빠는 그때 거실에 있었어요. 언니는 베란다로 나가는 미닫이문을 열면서 말했다고 해요. 오빠, 유키나를 부탁해,

라고······.

오빠는 그 순간에는 무슨 뜻인지 이해하지 못했대요. 엄청난 소리가 나서 베란다로 뛰어나갔더니 부서진 난간 밑으로 떨어져 땅에 쓰러져 있는 언니를 발견했을 때도 아직 상황을 인식하지 못했다고 하더군요.

오빠는 사고 후 너무나 부자연스럽게 행동하는 엄마를 보고 계획을 눈치챘다고 해요. 엄마는 베란다로 나가더니 추락한 언니를 살피는 것보다 먼저 부서진 난간을 점검하는데 여념이 없었대요. 엄마는 어리석었어요. 그 순간 아들의 마음이 완전히 떠났다는 사실을 깨달았어야 했어요.

언니는 엄마가 설치한 함정에 일부러 빠지는 방식으로 무언의 항의를 했다고 생각해요. 나를 오빠에게 맡기고 엄마로부터 보호하려고 했죠."

굵은 눈물방울이 뚝뚝 떨어졌다.

사카키바라도 남자다. 여자의 눈물은 피하고 싶었다. 우는 여자를 상대하는 것만큼 싫은 일도 없다.

"알겠다······. 뭐, 그건 그렇고 슬슬 본론으로 돌아가지. 그 자동차 추락 사고가 발생한 날 밤 무슨 일이 있었는지 사실대로 이야기해 봐."

사카키바라는 단호하게 말했다.

"언니가 죽은 뒤 오빠와 나는 당연히 엄마의 동향을 예의 주시했어요. 도쿄를 떠나 시골의 외딴집으로 이사한 데는 뭔가 꿍꿍이속이 있다는 것을 알았죠. 하지만 그것이 어떤 형태로 나타날지 짐작할 수 없었어요. 언니의 죽음으로 돈이 들어온 덕분인지, 아니면 연달아 사고가 일어나면 의심받을까 봐 우려했기 때문인지는 모르지만 엄마는 한동안 특별한 움직임을 보이지 않았어요. 안심하지는 않았지만 우리는 별도리가 없었죠."

"어머니와 슈이치로 씨는 매일 밤 드라이브를 나갔잖아? 어머니의 목적은 뭐였지?"

"전에도 말씀드렸듯 오빠가 조금씩 사회에 나갈 수 있도록 엄마가 훈련을 시킨 것은 사실이에요. 개를 기르며 매일 산책을 시키거나 매일 밤 드라이브를 데리고 나가서 심야 영업하는 가게에서 먹고 마시거나, 지난번에 사카키바라 씨가 지적하신 것처럼 남의 시선이 없는 장소에서 몰래 운전을 시키거나…… 전부 엄마 나름대로 오빠를 생각해서 한 일이었던 것 같아요. 실제로 그 뒤로 오빠는 변했으니까. 그런데 이사한 지 다섯 달쯤 지나고 9월에 접어들었을 때 일이었어요. 오빠가 엄마의 행동에 의심을 품었죠."

학교가 끝났는지 아이 네다섯 명이 갑자기 공원으로 우르르 몰려왔다. 초등학교 저학년 같아 보였다. 부모는 없었다. 안쪽 벤치에 낯선 어른이 앉아 있는 모습을 보고는 순간 겁을 먹은 기색이었지만 이내 또 스스럼없이 소리 지르며 놀이기구로 달려갔다.

어른들의 대화에는 전혀 흥미가 없는 눈치였다. 당연하겠지. 주위에 잡음이 있는 편이 오히려 이야기하기 쉬울지도 모른다. 사카키바라는 속으로 계산했다.

"구체적으로 어떤 행동이었지?"

"엄마가 무턱대고 바다를 보러 가고 싶다고 했대요. 그것도 모래사장이 있는 해변이 아니라 부두에요. 그런데 막상 가면 바다를 보지는 않고 주변을 둘러보거나 점검하기에 이상하다고 느꼈다더군요. 더 결정적인 점은 엄마가 언젠가 유키나도 이곳에 데리고 오자고 했대요. 그래서 오빠는 엄마가 사고로 가장해 유키나를 죽일 작정이구나 직감했죠.

저는 수영을 못 해요. 저를 뒷좌석에 태우고 차를 추락시킨 뒤 어떻게든 구하려고 했지만 실패했다고 하면 보험회사도 거절할 도리가 없을 테죠. 자동차 사고의 맹점이었어요. 곰곰이 생각하면 엄마가 돈도 안 되는데 사람을 죽일 리 없었죠."

"슈이치로 씨는 왜 어머니에게 직접 묻지 않았을까? 아니면 적어도 야간 드라이브를 거절할 수 있지 않았을까?"

"그럴 수 있을 정도면 오빠가 아니죠. 게다가 오빠는 저와 달리 엄마에게 원한이 없었어요. 엄마의 사랑을 받고 엄마에게 의존하는 삶에 익숙했죠. 저를 사랑하게 된 뒤에도 그 점은 여전했어요. 그때 태어나서 처음으로 엄마를 배신

한 것은 오빠 혼자만의 결단이 아니었어요. 언니가 마지막
으로 남긴 말이 오빠의 등을 떠밀었죠."

"아야나 씨가 죽기 전에 '오빠, 유키나를 부탁해'라는 말
을 남겼다고 했지?"

"맞아요. 그래서 오빠는 잠자코 엄마의 말에 따르는 척하
면서 태연하게 근처 상황을 관찰했죠. 인터넷으로 자동차
추락 사고 사례와 조류와 조수 간만 차에 대해서도 여러 가
지로 조사한 모양이에요.

그러던 사이에 곤이 죽었어요. 곤의 죽음도 오빠의 내면
에서 무언가 폭발하게 된 기폭제가 되었을지도 몰라요. 엄
마는 그까짓 개라면서 의사에게 데리고 가지도 않았죠. 곤
을 산책시키는 것은 오빠의 몇 안 되는 삶의 낙이었어요. 산
책할 목적이 사라진 오빠는 대신 산악자전거를 사달라고 했
어요."

"슈이치로 씨는 은둔형 외톨이 생활 중에도 자전거를 탔
나?"

"옛날에 신주쿠구 집에 살았을 때 어린이용 자전거를 무
척 좋아했다고 해요. 그래서 엄마도 반대할 수 없었죠. 하지
만 오빠의 진짜 목적은 따로 있었어요. 그날 밤 드라이브를
나갈 때 오빠는 자전거를 타고 해안을 달려 보고 싶다며 산
악자전거를 차에 실었어요.

밤 10시쯤 집을 나갔는데 해안에 도착하고서 한동안은

인적이 사라질 때까지 자전거를 탔다고 해요. 그리고 11시 경에 엄마에게 커피와 도넛을 테이크 아웃으로 사다 달라고 부탁했죠. 엄마는 도넛과 달콤한 커피를 아주 좋아했거든요. 둘이서 모래사장에 앉아 도넛을 먹었는데 오빠는 커피에 설탕과 커피 밀크를 넣을 때 엄마 컵에 몰래 수면제를 섞었어요."

"슈이치로 씨는 어떻게 수면제를 구했는데?"

"엄마는 항상 수면제를 보관했어요. 효능이 아주 강한 약이라고 들었어요. 가끔 그 약을 오빠에게 먹였죠. 오빠는 수면장애가 있었거든요.

오빠는 엄마가 스르르 잠드는 모습을 확인하고서 조수석에 태운 뒤 니시누마이항 안벽으로 향했어요. 추락 사고 현장으로 안성맞춤인 장소라고 했죠. 주위에 아무도 없는 것을 확인하고 엄마와 자전거를 차에서 내린 뒤 구명조끼를 입었어요."

"그 구명조끼는 어디서 났지?"

"산악자전거를 타러 나갔을 때 해안가 가게에서 몰래 사서 숨겨뒀어요. 오빠는 수영을 잘 못 하니까요. 그리고서 우선 엄마를 안벽에서 떨어뜨리고 운전석으로 돌아와 힘껏 액셀을 밟았어요."

유키나는 말을 멈추고 숨을 한 번 토해냈다.

어머니의 익사 현장을 떠올리는 듯 괴로운 표정이었다.

하지만 사카키바라는 개의치 않고 눈으로 재촉했다.

"미리 조사해서 자동차가 물에 빠져도 금방 가라앉지 않는다는 사실을 알았죠. 오빠는 날씬해서 미리 양쪽 창문을 열어놓고 밖으로 탈출해 팔다리를 간신히 움직이며 헤엄쳐 뭍으로 올라왔어요."

"바닷속에 빠뜨린 엄마는 원래라면 익사체로 떠올랐겠지. 수영을 못 하는 슈이치로 씨는 살고 수영을 할 줄 아는 어머니는 익사한 셈이 되겠네. 그 부분은 어떻게 설명할 생각이었어?"

"엄마는 수영을 잘했어요. 그건 사실이지만 수영을 못하는 아들을 구하려고 어두운 바닷속에서 몸부림치다가 체력을 소모해 아들을 육지로 밀어 올린 뒤 힘이 다했다고 해도 이상하지는 않죠?"

"그러면 어머니의 시신이 발견되지 않은 점은 예상 밖이었나? 아니면 조류 때문에 시신이 먼바다로 떠내려갈 것까지 계산했다거나……."

"네. 오빠는 그날 밤 만조 시각도 미리 조사했던 것 같아요. 그곳은 의외로 조류가 빨라서 예전에도 물에 빠진 사람이 멀리까지 떠내려간 적 있다고 해요. 그런데……."

유키나는 말을 끊더니 사카키바라를 말끄러미 응시했다.

지금부터가 핵심이다. 진지한 눈빛이 그렇게 말했다.

"오빠는 애초에 남들에게 설명할 필요가 없었어요. 육지로 올라온 오빠가 자전거를 타고 집으로 돌아온 이유는 저와 이야기하기 위해서였거든요. 아침에 경찰이 찾아오면 어떻게 설명하고 행동해야 할지 자세히 가르쳐 줬죠. 오빠는 처음부터 모습을 감출 각오였어요. 엄마를 죽이고 혼자 살아남아야겠다는 생각은 하지 않았죠."

눈물이 방울져 흘러내렸다.

무릎에 놓인 유키나의 하얀 손이 금세 눈물로 축축해졌다.

그것을 닦을 생각도 없이 말을 이었다.

"엄마를 죽이기만 하는 것이라면, 그저 엄마와 동반 자살하는 것이라면 얼마든지 다른 방법이 있었죠. 그렇게 귀찮은 일을 할 필요는 없었어요. 하지만 나를 엄마에게서 지키려고, 그리고 사고로 지급된 보험금으로 내가 살아갈 수 있도록 그 추락 사고를 일으켰어요."

유키나의 낮은 목소리가 조용한 공원에 울려 퍼졌다.

어느샌가 아이들의 시끌벅적한 소리가 사라졌다. 공원이 좁아서 놀이기구도 한정된 탓인 듯했다. 언뜻 학교에 입학하지 않은 유아들이 놀 만한 기구였기에 초등학생은 금방 질렸으리라.

"슈이치로 씨는 지금 어디에서 무얼 하고 있지?"

유키나는 눈빛이 강렬하게 번득였다.

"모르겠어요. 이야기가 끝난 뒤 자전거를 두고 걸어서 집을 떠났거든요. 어디로 가는지 알려주지 않았죠. 아마도…… 더는 살아 있지 않을지도 모르겠네요. 제가 오빠와 함께 가겠다고 했거든요. 어디라도 따라가겠다고……. 오빠만 있으면 죽음 따위 조금도 두렵지 않다고. 그런데 안 데리고 갔어요. 울며불며 매달리는 내게 오빠는 말했어요. '내가 무엇 때문에 이런 짓을 했는데? 그러면 아야나도 헛된 죽음이 되는 거야. 아야나는 너를 지키려고 목숨을 내던졌잖아'라고."

팔짱을 낀 사카키바라의 귓가에 유키나가 오열하는 소리가 들렸다.

한바탕 울고 나자 유키나가 더듬더듬 말을 이었다.

"이런 말을 하면서 보험금 이야기를 꺼낸다니 지독하다고 생각해도 어쩔 수 없겠죠. 만약 제가 보험금을 받으면 범죄자가 되는 건가요? 하지만 제가 지금 여기서 포기한다면 오빠가 한 일이 의미가 없어요. 오빠의 마음을 물거품으로 만드는 짓은 할 수 없어요. 제가 도대체 어떻게 하면 좋을까요? 역시 보험금은 포기해야 할까요?"

기나긴 침묵이 찾아왔다.

눈물이 마른 유키나의 눈에 조용한 결의가 넘쳤다. 결론은 사카키바라에게 맡기면서도 이 경찰관 출신 탐정이 자신의 편임을 확신하는 듯했다.

사카키바라는 시선을 내리깐 채 미동도 없었다. 망설이는 것이 아니다. 수집한 모든 데이터는 유기적으로 결합해 이미 견고한 골격을 갖췄다. 이제는 어디부터 허물고 어떻게 취할 것인가다.

몸을 움직이지 않는 만큼 머릿속이 팽팽 돌았다.

"훌륭해."

불안할 정도로 기나긴 침묵을 깨고 사카키바라가 중얼거렸다.

"네!?"

유키나가 작게 소리를 냈다.

무슨 뜻인지 모르겠다는 얼굴이었다. 얼굴은 천진했지만 낮은 목소리에는 의심과 불안이 깔려 있었다.

사카키바라는 천천히 고개를 들었다.

"실로 대단해. 그 영리한 머리에 두 손 들었어. 상황이 어떻게 변하든 순식간에 대처하는구나. 하지만 나를 속일 수는 없지. 내 직소 퍼즐의 세세한 부분은 아직 미완성이지만 중심이 되는 귀축의 얼굴은 이미 드러났거든. 그것이 누구의 얼굴인지, 너는 알지? 유키나 씨…… 아니."

유키나의 입술이 미세하게 움직였지만 목소리가 되어 나오지는 않았다.

마음속에 이는 동요를 감추듯 거만하고 담담하게 마주 쳐다봤다. 언제든 절대 두려워하지 않고 맞서는 사람의 눈빛이었다.

사카키바라는 조용히 불렀다.

"아야나 씨!"

"계기는 너의 왼손 중지에 박인 굳은살이었어. 지난번에
나는 이 벤치에서 네가 무릎에 앉힌 고양이를 그 왼손으로
쓰다듬는 모습을 봤잖아. 고양이를 좋아하지? 안심하고 네
게 안겨 있었는데. 그 고양이, 오늘은 안 오나?"

"그 아이는 이제 이 공원에 안 와요. 보름 전부터요. 이유
는 모르겠지만."

기분 탓인지 '유키나'의 목소리 톤이 낮아졌지만 표정에
변화는 없었다.

'아야나'라는 이름을 잘못 들었거나 사카키바라의 말실
수라고 생각하는 듯했다. 혹은 아무것도 눈치채지 못했거
나……

고양이는 털 뭉치와 함께 먹은 것을 토해내는 습성이 있
다. 시종 자신의 몸을 혀로 핥으면서 많은 털을 삼키기 때문
이다. 특히 겨울에서 여름으로 넘어가는 이 시기에는 털갈
이 때문에 털이 유난히 많이 빠진다. 따라서 털 뭉치를 토하
는 횟수도 잦다.

그 고양이도 털 뭉치를 토할 때 밖에서 다른 사람이 준 간
식을 받아먹는다는 사실을 주인이 알았을 가능성이 컸다.
그러나 사카키바라는 그 생각을 입 밖으로 내지 않았다.

"유키나 씨도 고양이를 좋아했지. 갓 태어난 새끼 고양이

를 거두어 기르며 예뻐했을 정도니까. 어머니 이쿠에 씨에게 빼앗기기 전까지, 그 화재 사건 후에도 계속 새끼 고양이 미야를 품에 안고 있었다더군. 그런데 너와 유키나 씨는 고양이에 관해서는 결정적인 체질 차이가 있었어. 너는 고양이를 계속 안고 있어도 아무렇지 않지만 유키나 씨는 그러면 눈이 붉어지고 눈물과 콧물이 나오고 재채기와 기침이 멈추지 않았지.

나는 이쿠에 씨의 고모이자 히시누마 미에코 씨의 언니인 아이자와 기요코 씨에게 이야기를 들었어. 기요코 씨 말로는 히시누마 가족의 집에 불이 난 날 밤, 새끼 고양이를 품에 안고 활활 타오르는 집을 바라보던 유키나 씨는 새빨간 눈으로 코를 훌쩍였다고 했지. 그뿐만이 아니야. 화재 후에도 새끼 고양이 미야를 잠시도 놓지 않고 꼭 안고 있던 유키나 씨는 콧물을 흘리며 연신 재채기했다고 들었어.

바로 유키나 씨에게 고양이 알레르기가 있었기 때문 아닌가?"

'유키나'의 얼굴이 딱딱하게 굳었다.

그러나 말은 없었다.

"사실 나는 유키나 씨뿐 아니라 이쿠에 씨도 고양이 알레르기 아니었을까 짐작해. 이쿠에 씨는 유키나 씨가 안고 있던 미야를 보고 너는 고양이를 기를 수 없다고 했지. 유키나 씨에게 본인처럼 고양이 알레르기가 있다는 사실을 알았던 것 아닐까?

슈이치로 씨가 개를 키우는 것을 반대했던 이유도 맨션에서 살았기 때문만은 아닐 테지. 슈이치로 씨의 동창인 호시타쿠마 씨를 만나 이야기를 들었는데 슈이치로 씨는 개를 좋아했지만 어머니가 안 된다고 했다더군. 하지만 반려동물을 허용하는 맨션은 얼마든지 있으니까. 아들을 사랑한 이쿠에 씨라면 이사도 불사했을 수 있다고 생각하지 않나?

호시 씨는 슈이치로 씨뿐 아니라 이쿠에 씨에 대해서도 상당히 흥미로운 이야기를 들려줬어. 이쿠에 씨가 호시 씨 집에 찾아간 적이 있는데 그때 현관에서 대화하던 이쿠에 씨의 코가 붉었고 눈은 충혈됐다고 하더군. 호시 씨는 집에서 개를 길렀거든.

추락 사고가 일어난 아다치구 맨션의 예전 세입자는 집에서 개를 세 마리나 길렀는데 심각한 악취 문제를 일으킨 고약한 사람이었지. 집주인도 집주인대로 세놓는 집에 돈을 들일 마음은 없었는지 기타가와 가족의 입주가 결정되고도 새 인테리어는 하지 않고 더러워진 맹장지 일부만 대충 교체했어. 바닥과 다다미는 물론 집 안 곳곳 눈에 보이지 않는 개털과 비듬, 침으로 가득했을 거야.

그런데 사고 며칠 후 기타가와 가족의 집을 방문한 초난 경찰서 형사는 그때 이쿠에 씨 눈이 붉었고 가끔 코를 훌쩍였다고 증언했어. 그 전에 경찰을 만났을 때는 울지 않았는데 말이야. 그것이 무엇을 의미하는지 알아?

이 사실들로 추측건대 이쿠에 씨는 중증 동물 알레르기 체질이었다고 보는 게 타당할 거야. 그렇다면 다음 의문은 말할 것도 없어.

누마이사키시로 이사한 뒤 이쿠에 씨가 아무렇지 않게 개를 기르게 된 이유가 뭘까? 그리고 내 앞에 나타난 유키나 씨가 고양이를 안고도 아무렇지 않은 이유는 무엇일까?"

"상당히 일방적으로 단정 지으시네요."

'유키나'가 마침내 대꾸했다.

어느 정도 여유를 되찾았는지 입가에 미소가 번졌다.

"그건 사카키바라 씨의 일방적인 판단 아닌가요? 엄마도 저도 슬프면 당연히 눈물이 나고 감기에 걸릴 수도 있어요."

"맞는 말이야. 그렇다면 네가 주로 사용하는 손은 어떨까? 네 왼손 가운뎃손가락에 박인 굳은살……. 네가 열심히 공부하는 사람이라는 증거지. 그와 동시에 네가 왼손잡이라는 증거이기도 해. 그런데 이쿠에 씨는 오른손잡이였을까, 왼손잡이였을까?"

'유키나'의 입가에서 순간 미소가 사라졌다.

사카키바라를 오연하게 바라본 채 아무 대답도 하지 않았다.

"이쿠에 씨는 오른손잡이였어. 틀림없을 거야. 왜냐하면 그 사실은 다름 아닌 네가 내게 알려줬으니까.

이쿠에 씨가 남편 히데히코 씨를 살해한 날 밤의 일이었지. 네가 분명 이쿠에 씨가 진료실 침대에 누워 있는 히데히코 씨의 팔에 약물을 주사해 살해했다고 했지? 그때 이쿠에 씨가 어떻게 행동했는지 설명한 내용을 기억해?

'주사기에 약품을 가득 채운 엄마는 아빠 곁에 천천히 무릎을 꿇고 앉아 왼손으로 아빠의 왼팔을 받치고는 조용히 정맥에 약물을 주입했어요.' 분명 이렇게 말했지.

이쿠에 씨는 간호사였으니까. 능숙했을 거야. 그리고 네 묘사에 따르면 이쿠에 씨는 오른손에 주사기를 들고 있었던 셈이야. 즉 확실히 오른손잡이라는 뜻이지."

"오른손잡이인 게 무슨 문제인가요?"

"그 자체는 문제가 아니지. 지극히 평범한 일이야. 하지만 누마이사키시의 기타가와 가족의 집에서 이쿠에 씨로 살던 여성은 사실 왼손잡이였다고 하면 어떨까? 그래도 문제가 없다고 할 수 있을까?"

'유키나'가 눈살을 찌푸렸다.

사카키바라가 무슨 말을 하는지 그 의미를 이해하지 못한 눈치였다.

"모르나? 그 집 옆집에는 다다노 씨 모자가 살고 있어. 아들은 이미 오십 대 회사원이고 나이 든 어머니와 단둘이 살고 있지. 기타가와 가족이 이사한 뒤 인사도 오지 않아서 이웃으로서 그다지 감정이 좋지 않은 것 같더라고.

그 다다노 씨가 한 번은 택배회사에서 맡긴 짐을 전달하러 기타가와 가족의 집을 방문한 적이 있다더군. 그런데 그때 골판지 상자를 현관까지 옮겨주다가 정원 관목 잔가지에 스웨터가 걸렸어. 그래서 이쿠에 씨에게 주방 가위를 빌렸는데 다다노 씨는 그 가위가 매우 사용하기 어려웠다고 해. 손가락도 잘 넣을 수 없었다고.

주방 가위는 당연히 뼈를 자를 때도 사용하니까 종이를 자르는 일반 가위와 달리 매우 튼튼하고 잘 잘리거든. 그런데 매우 사용하기 힘들었다는 말은 그 가위가 조금 특수한 종류, 즉 왼손잡이용 가위였다는 사실을 의미한다고 생각하지 않아?

다른 도구류처럼 가위도 보통 오른손잡이용으로 만들어져. 오른손잡이용 가위를 뒤집어서 사용한다고 왼손잡이용이 되지는 않지. 종이를 자르는 정도라면 그래도 쓸 만하지만 힘을 주어 단단한 것을 자를 때는 역시 왼손잡이용 가위가 아니면 힘들어.

가위에는 손가락을 끼우는 손잡이 구멍 두 개가 같은 모양인 것도 있지만 엄지손가락을 끼우는 구멍이 나머지 다른 구멍보다 훨씬 작은 것도 있어. 다다노 씨는 왼팔 소맷부리가 가지에 걸렸으니 당연히 오른손으로 주방 가위를 사용했을 텐데 오른손 손가락이 구멍에 잘 들어가지 않았고 몹시 사용하기 힘들었다고 했어. 그 주방 가위는 왼손잡이용이면서 엄지손가락을 끼우는 구멍이 작은 타입이었기 때문일 테지.

요컨대 다다노 씨가 만나 대화한 기타가와 이쿠에는 왼손잡이였다는 뜻이야. 그런데 이쿠에 씨는 오른손잡이였다는 사실이 판명됐잖아. 그러면 당연히 그 여자는 진짜 기타가와 이쿠에 씨가 아니었다고 생각할 수밖에."

'유키나'는 말없이 사카키바라를 노려봤다.

사카키바라는 그 시선에도 아랑곳하지 않고 담담하게 말을 이었다.

"그럼 유키나 씨는 어떨까? 오른손잡이였을까, 왼손잡이였을까? 이쿠에 씨 경우는 여차하면 친척이나 간호학교 지인들에게 증언을 요청할 수 있지만 유키나 씨가 어떤지에 대해서는 확언할 수 있는 사람이 적을 거야. 사실 나도 오늘 너를 만나기 전까지 그 점을 염려했지.

그런데 네가 어처구니없는 실수를 저질렀어. 아까 그 카드……. 슈이치로 씨의 가죽 재킷 안주머니에서 나온, 유키나 씨가 만든 생일 카드를 네가 직접 만들었다고 인정했지. 그 말이 치명적인 실수였다는 것, 너도 이제 알지?

그 카드는 유키나 씨와 슈이치로 씨가 그려져 있어. 유키나 씨가 오른손으로 활을 당기고 슈이치로 씨의 가슴 하트 무늬에 화살이 꽂혀 있지. 유키나 씨가 직접 그린 그림이야.

오른손잡이라는 사실은 의심의 여지가 없어.

그런데 네가 그 카드는 전혀 기억에 없다, 이 카드는 누군가가 만든 가짜다, 라고 분명히 말했으면 그것이 정말 유키나 씨가 그린 그림이라는 사실을 증명하기는 어려웠겠지. 하지만 갑자기 그 카드를 보고 당황해서 초조한 나머지 그 자리에서 '진짜'라고 확인 도장을 찍었어. 그뿐 아니라 기존 방침과 다르게 느닷없이 슈이치로 씨와 유키나 씨의 연인 관계를 인정할 수밖에 없었지.

물론 그 후 너의 임기응변은 훌륭했어. 칭찬할 만해. 하지만 나는 그 덕분에 진짜 유키나 씨와 지금 내 앞에 있는 여성이 전혀 다른 사람이라고 확신할 수 있었지."

'유키나'의 눈에 처음으로 공포의 빛이 어렸다.

"나는 물론 유키나 씨가 만든 생일 카드의 지문 감정을 의뢰했어. 그와 동시에 네게 받은 신용카드 명세서와 기지마 원장의 차용증의 지문 감정도 받았지. 지난번에 내 나름대로 조사를 진행하는 데 네 동의를 얻었으니까. 그 감정 결과에 따르면 네가 그 생일 카드를 만진 흔적은 없었어. 이로써 네가 유키나 씨가 아니라는 것은 분명해. 상황을 모면할 수 없어.

그럼 다음 문제점으로 넘어가지. 지금 내 눈앞에 있는 여성이 유키나 씨가 아니라고 해서 기타가와 아야나 씨라는 증거는 어디에 있나. 그래, 답은 네 그 눈이 말하는 바로 그것이야.

하지만 그 이야기는 나중에 천천히 하도록 할까."

다시 한번 명확하게 '아야나'라는 이름을 언급했지만 상대는 부인하지 않았다. 그러나 긍정하지도 않았다. 도전과 증오가 뒤섞인 표정으로 꼼짝도 하지 않았다.

바위처럼 침묵을 고수하는 사람과 끈기를 겨룰 만큼 사카키바라는 인내심이 강하지 않았다. 그래서 형사에 맞지 않았다. 내심 쓴웃음을 지었다.

형사처럼 목적이나 법에 얽매이지 않고 원하는 대로 행동할 수 있는 지금의 위치야말로 자신이 바라던 것이다.

"일단 네가 아야나 씨라는 전제하에 계속 이야기하지.

유키나 씨라고 자칭하는 여성이 사실은 진작에 사망한 아야나 씨라고 한다면 맨션 베란다에서 추락사한 사람은 아야나 씨가 아니라 유키나 씨였다는 말이 되겠지? 아야나 씨도 유키나 씨도 아닌 제삼의 여성일 가능성도 없지는 않지만 사망한 여성이 너와 닮았다는 형사의 증언과 그 후 유키나 씨가 어디에도 모습을 보이지 않았다는 사실로 보건대 그 가능성은 한없이 제로에 가깝다고 해도 좋을 거야.

그런데 검시 결과상 추락한 여성은 분명히 만취 상태였는데 구체적으로 어떤 상황에서 추락했는지는 분명하지 않아. 하지만 사고 직후 온 가족이 담합해 거짓 진술을 했다는 점에서 단순한 사고가 아니라는 것은 명백하지. 어머니를 포함한 세 가족이 입을 모아 사망한 사람은 큰딸 아야나라고 한다면 경찰도 의심의 여지가 없으니까. 애초에 그 맨션에는 아야나 씨의 얼굴을 잘 아는 사람도 없었고.

그런데 거기서 당연한 의문이 생겨나. 사망한 사람이 유키나 씨가 아니라 아야나 씨였다면 도대체 누구에게 이득이었을까?

이쿠에 씨는 그 추락 사고를 건수 잡아 집주인 노부인을 협박해 1억 엔이 넘는 거액의 배상금을 손에 쥐었어. 사망한 사람이 초등학교도 졸업하지 못한 은둔형 외톨이 유키나 씨였다면 도저히 받을 수 없는 금액이라고 할 수 있지. 또 유키나 씨는 이쿠에 씨가 사랑하는 슈이치로 씨와 친남매이자 연인 관계였어. 이쿠에 씨가 충분히 살의를 품을 만한 동기라고 생각해.

그러면 슈이치로 씨는 어떨까? 유키나 씨를 사랑한 슈이치로 씨가 자진해서 살해에 관여했다고는 생각할 수 없지. 하지만 그에게는 인간으로서 치명적인 결함이 있었어. 바로 나약한 성격.

사고 며칠 후 집을 방문한 형사에게 직접 들었는데 슈이치로 씨를 조사할 때 어머니가 옆에 딱 달라붙어 하나하나 참견했다고 하더군. 그리고 슈이치로 씨의 말투는 마치 대사를 읽는 것 같았다고 했지. 마마보이인 슈이치로 씨는 어머니를 거스를 수 없는데 하물며 경찰에 고발할 수도 없었을 거야.

거기까지는 좋아. 그런데 사망 처리된 당사자인 아야나 씨는 어떨까? 본인에게 묻는 편이 가장 빠르겠지만 아무래도 협조할 것 같지 않으니 내 생각을 말하지. 이 사건은 애초에 아야나 씨가 적극적으로 관여하지 않는 이상 성립되지 않아. 그뿐 아니라 대학 진학까지 포기하고 그때까지 일궈놓은 삶을 모두 버린 뒤 은둔형 외톨이인 여동생이 되는 이상 그에 상응하는 절박한 이유가 있었다고 봐야 맞지.

즉 아야나 씨는 단순히 이쿠에 씨에게 협조한 것이 아니라 오히려 주동자였다고 봐야 할 거야."

'유키나'는 여전히 말이 없었다.

다만 그 표정 속에 희미한 호기심이 싹튼 기색을 사카키바라는 놓치지 않았다. 의사소통에 반드시 말이 필요한 것은 아니다. 선배 형사에게 배운 깨달음 중 하나였다. 젊었을 때는 머리로밖에 이해할 수 없었지만.

"바로 동의할 생각이 없어 보이니 이 이야기도 뒤로 미룰까. 대화가 활기를 띠려면 타이밍이 중요하니까.

그럼 이쿠에 씨의 이야기로 넘어가지. 이쿠에 씨는 어느 시점에 어떻게 왼손잡이이자 동물 알레르기가 없는 여성으로 바뀌었을까? 그리고 그 후 어떻게 되었을까? 실로 흥미로운 일이야.

내 조사 결과로는 적어도 기타가와 가족이 누마이사키시의 외딴집으로 이사한 당일에 이쿠에 씨가 존재했던 것은 확실하다고 생각해. 이유는 옆집 사는 다다노 씨가 이삿짐 옮기는 이쿠에 씨를 멀리서 봤기 때문이야. 다다노 씨는 흰색 왜건을 타고 온 이쿠에 씨와 아들과 딸……, 총 세 명을 봤다고 말했어. 하긴, 거리가 멀어서 얼굴까지 자세히 보지는 못했지만.

그날 밤이었지. 다다노 씨가 기르던 시바견이 한밤중에 마당에서 자꾸만 짖었다는군. 그 당시 기타가와 가족은 개를 기르지 않았지. 이상하다고 생각한 다다노 씨가 밖으로 나가 봤는데 기타가와 집에 아직 불은 켜져 있었지만 언뜻 보면 특별한 모습은 없었다고 했어.

그로부터 이삼일 후 셰퍼드 곤이 왔어. 개를 좋아하는 다다노 씨는 그때 처음으로 이쿠에 씨와 말을 나눴는데 상당히 쌀쌀맞았다고 하더군. 그런데 여기서 주목한 점은 안경을 쓰고 있던 이쿠에 씨가 가까이서 보니 의외로 젊었다는 사실이야.

예순 가까이 된 독신 남성이 화장을 짙게 한 여자의 나이를 정확하게 알아봤으리라 기대하기 어려우니 결정적인 증언은 되지 않아. 하지만 그 후 여자가 왼손잡이인 것으로 밝혀졌고 개와 가까이 있어도 아무렇지 않았던 점에서 그 여자는 더 이상 이쿠에 씨가 아니라고 판단하는 편이 타당할 거야.

이사한 날 이후 이쿠에 씨와 유키나 씨가 동시에 사람들 앞에 모습을 드러낸 적은 한 번도 없어. 유키나 씨는 은둔형 외톨이니까 집에서 한 발짝도 나가지 않아도 당연하지만 유키나 씨가 사실은 건강하고 활동적인 아야나 씨였다면 이야기는 다르지. 반년 가까이 집 안에 틀어박혀 있을 수 있었을까? 아야나 씨는 운전도 할 수 있었어. 매일 밤 차로 외출한 사람은 아야나 씨였다고 보는 편이 자연스럽지 않을까?

슈이치로 씨만 해도 사실 이사 후 누군가와 함께 있는 모습이 목격된 적은 없어. 확실히, 밤에 드라이브를 나갈 때 조수석에 모자를 쓰고 마스크를 낀 사람이 멀리서 보였다고 다다노 씨가 증언했지. 그런데 인형에 조금만 손을 써도 그런 눈속임은 일도 아니야.

애초에 슈이치로 씨가 개를 산책시키는 시간이 어스름한 저녁이었고 항상 모자를 깊이 눌러쓰고 선글라스를 끼고 있었다니까. 설령 스쳐 지나갔더라도 얼굴은 보지 못했을 테고 형사 말로는 남자치고 덩치가 그다지 큰 편이 아니었다고 해. 추락 사고가 일어난 날 밤 자전거를 타고 집으로 간 사람도 당연히 변장한 아야나 씨였겠지.

그래서 나는 이사한 날 밤을 기점으로 이쿠에 씨와 슈이치로 씨 모두 자취를 감춘 것 아닐까 결론을 냈어. 그 이후는 너, 즉 아야나 씨가 이쿠에 씨, 슈이치로 씨, 유키나 씨까지 1인 3역을 연기했지. 그 전제로 자동차 추락 사고를 되짚어보면 모든 것이 납득이 가.

너는 10시가 넘기를 기다렸다가 산 지 얼마 안 된 산악자전거를 왜건에 싣고 혼자서 밤 드라이브를 떠났지. 유키나 씨는 운전을 못하니까 의심을 피하면서 이쿠에 씨와 슈이치로 씨를 공식적으로 실종자로 만들 수 있는, 그야말로 묘수였어.

11시 넘어서는 이쿠에 씨로 둔갑해 니시누마이항 근처 도넛 가게에서 도넛 열 개들이 상자와 커피 두 잔을 테이크아웃했지. 그중 도넛 세 개와 커피는 직접 먹거나 버린 뒤 남은 상자에 영수증을 넣고 차에 놔뒀어. 차에 타고 있던 사람이 이쿠에 씨와 슈이치로 씨 두 명이었다고 생각하게끔 유도한 공작이었지만 그와 동시에 이쿠에 씨에게 자살 의사가 없었다는 증거도 됐지.

니시누마이항에 도착한 뒤 주변에 보는 눈이 없는지 확인한 뒤 자전거를 차에서 내렸어. 그리고 액셀을 힘껏 밟아 안벽 밑으로 떨어지기만 하면 끝. 물론 조류도 미리 조사했기 때문에 시신이 먼바다로 떠내려가 실종되어도 이상하지 않을 조건을 갖추는 날짜와 시간을 선택했을 거야. 어릴 적부터 수영 교실에 다닌 아야나 씨라면 바다에 빠진 차에서 탈출해 육지까지 헤엄쳐 오는 일은 어렵지 않았겠지.

유일하게 예상치 못한 것은 자전거를 타고 집으로 돌아가는 모습을 다다노 씨가 목격한 점일지도 모르겠네. 하지만 한밤중에도 꼼꼼하게 선글라스를 끼고 모자까지 쓴 모습으로 보아 만에 하나 누군가 목격해도 슈이치로 씨로 보일 의도였을 거야. 의심의 여지가 없어.

아까 내가 다다노 씨의 목격담을 말했을 때 네가 즉시 궤도 수정을 꾀한 점은 정말로 대단했어. 순식간에 슈이치로 씨를 범인으로 만든 다음 자살을 암시해 앞뒤를 맞췄지. 그뿐 아니라 여동생을 생각하는 오빠의 마음을 참작해 위장사고를 모르는 척해달라고 나를 몰아세우다니.

다다노 씨만 아니었다면 너는 무슨 말을 듣든 모르쇠로 일관하며 순조롭게 보험금 1억 엔을 수령한 뒤 기적적으로 사회로 복귀할 예정이었지 않나?"

아야나가 눈을 부릅떴다.

"문제는 이사한 날 밤을 기점으로 모습을 감춘 이쿠에 씨와 슈이치로 씨에게 무슨 일이 일어났느냐지. 안타깝지만 네 협조는 얻을 수 없을 테니 내가 가설을 이야기하지.

키워드는 바로 개야. 이사한 날 밤, 영문을 알 수 없게 짖었다는 이웃집 시바견, 그로부터 이삼일 후 돌연 기타가와 집에 온 대형견 저먼 셰퍼드. 그에 더해 튼튼한 주방 가위. 그리고 결정타는 미국인이 쓸 법한 특대 냉동고야. 집 부엌에는 똑같이 특대 냉장고가 있었는데도 말이야. 이렇게나 재료가 갖춰지면 누구에게 물어도 뭔가 냄새가 난다고 대답할걸.

이쿠에 씨도 슈이치로 씨도 설마 아야나 씨가 자신들의 목숨을 노릴 것이라고는 예상하지 못했을 거야. 기습당해 쓰러졌는지, 음식에 수면제를 넣어 잠든 사이에 당했는지는 알 수 없지만 아마 후자겠지.

세 가족이 모두 건재하다고 주위에 과시하면서도 얼굴이 알려져서는 곤란했지. 범죄는 이사 당일 밤에 결행하는 것이 절대 조건이었어. 실패는 용납되지 않았어.

개의 후각은 인간보다 백만 배 뛰어나다고 알려졌지. 다다노 씨의 시바견이 한밤중에 짖은 이유는 엄청난 피 냄새를 맡았기 때문이야. 만약 다다노 씨가 그때 옆집을 들여다봤다면 눈 뜨고 볼 수 없을 만큼 처참한 광경이 펼쳐졌을 거야. 바로 네가 말하는 '귀축의 집' 그 자체였지.

대형 냉장고가 있는데 대형 냉동고까지 구비한 진짜 이유는 냉동식품을 사서 보관하려던 것이 아니야. 뼈 있는 생고기를 대량 냉동 보관하려던 목적이었지. 그리고 그 생고기를 안전하게 처분하려면 대형견이 꼭 필요했어.

그 저먼 셰퍼드가 사람 두 명을 전부 먹어 치우기까지 상당히 오래 걸린 듯하지만."

"증거 없이 상상만으로 말하면 소용없지 않나요?"

오랜만에 듣는 반박이었다.

이제 세상 물정 모르는 어린 아가씨의 미숙하고 불안해 보이는 모습은 완전히 자취를 감췄다.

"나는 이제 형사가 아니야. 범죄를 들춰낼 권한도 의무도 없지. 그 대신 증거 없이 상상하는 것이 자유라면 법적 절차에 따르지 않고 제재를 가하는 것도 자유니까."

"협박이에요?"

"아니, 젊은 여자를 협박하는 취미는 없어. 하지만 진실을 알고 싶고, 또 알게 된 이상 화가 날 뿐이지. 나는 설령 어떤 이유가 있든 살인을 정당화해서는 안 된다 같은 설교를 늘어놓을 생각은 추호도 없어. 특히 가정에서 일어난 살인은 죽이는 사람도 살해당하는 사람도 나름의 이유가 있지. 그러니 오랜 세월 이어온 가족 간 애증을 남에게 피해 주지 않고 매듭지었을 뿐이라면 범죄를 인지했다고 반드시 고발하지는 않아. 예컨대 네가 부모 형제를 죽이고 시신을 토막 내 얼렸다가 개의 먹이로 줬다고 해도."

"그럼 만약 내가 그렇다고 인정하면 사카키바라 씨는 그것으로 만족할 건가요?"

사카키바라가 벤치에서 일어났다.

아야나의 몸에서 용솟음쳐 휘감겨 붙은 사악한 기운이 공기를 뒤흔들었다.

양손으로 목 뒤를 받치고 정면에 서서 천천히 내려다보자 당돌하게 고개를 들고 사카키바라를 응시하는 아야나의 두 눈이 눈부셨다.

그 눈빛에 질세라 사카키바라는 자신을 다잡았다.

"유감이지만 이건 단순히 가정에서 일어난 살인이 아니야. 상해보험을 이용해 보험금 사기를 꾀한 것은 가족 간 애증의 범주를 넘어선 행위야. 나는 사기에 가담할 마음은 없어. 보험회사와 협상하는 일에서는 손을 떼지.

시신 처리 요원으로 이용당한 뒤 임무가 끝나자 곧바로 처리된 불쌍한 곤의 원한도 풀어 줘야지. 나는 개를 별로 좋아하지는 않지만 동물을 학대하는 놈은 용서할 수 없거든.

하지만 그것이 끝이 아니야. 이 사건 이면에는 보험금 사기보다 훨씬 중대한 범죄가 숨어 있거든. 유키나 씨는 왜 살해당해야 했을까? 즉 네가 왜 유키나 씨로 바뀌어야 했을까? 문제를 푸는 열쇠는 바로 거기에 있어.

사실은 네가 대답해 줬으면 좋겠지만, 일단 내가 이야기하지.

너는 '다나카 동물 사랑 애니멀 클리닉' 원장인 수의사 다나카 테쓰 씨와 불륜 관계였어. 아직 고등학생이었을 때지. 비극은 거기서 시작됐어.

너는 테쓰 씨에게 푹 빠졌어. 어머니에게는 비밀이었지만 대학생이 되면 정식으로 결혼할 생각이었지. 그런데 테쓰 씨는 아내와 이혼한다고 약속했는데도 막상 너와의 관계가 들통나자 뒤도 안 돌아보고 배신하고 아내와의 삶을 택했지. 뭐, 흔한 이야기야. 그러니까 너는 남자에게 버림받았다는 말이야.

배신당한 복수심에 불타 테쓰 씨를 살해하기로 굳게 결심했는데 영리한 너는 문득 깨달았어. 평범하게 살인을 저지르면 동기가 있는 네가 가장 먼저 의심받는 것이 당연한 수순이라는 것을. 그래서 의심을 피하기 위한 알리바이 공작으로 떠올린 생각이 테쓰 씨보다 먼저 죽은 듯 보이는 계획이었어.

사랑을 잃은 아야나 씨가 절망한 나머지 자살한 사실을 테쓰 씨가 알고 죄책감에 괴로워해 뒤따라 자살한다. 만에 하나라도 네가 의심받을 리 없는 완벽한 시나리오였지."

사카키바라는 아야나에게 눈을 떼지 않은 채 양손을 내려 허리를 짚었다.

사소한 방심이 치명타가 된다. 사카키바라는 이 암컷 고양이처럼 영악하고 예민한 여성을 얕보지 않았다.

여자라고 남자보다 도망가는 걸음이 느리다고 할 수 없고 오히려 여자만의 도주로도 있었다. 눈빛이 날카로워 야쿠자처럼 생긴 남자가 필사적으로 도망치는 젊은 여자를 쫓을 때 행인에게 잡히는 사람은 십중팔구 남자였다.

아야나의 표정에서 지금까지 보이지 않던 동요를 느낄 수 있었다. 뜻밖의 상황에서 믿을 수 없는 이야기를 들었다고 말하는 듯. 하지만 그런 순간이야말로 가장 경계해야 한다.

사카키바라의 얼굴이 바짝 굳었다.

"누구에게 들었나요?"

아야나가 중얼거렸다.

"내가 어떻게 그 이야기를 아는지 이상한가? 어쨌든 너는 몹시 신중하게 행동해서 다나카 테쓰와 사귀는 이야기를 친구에게조차 비밀로 했으니까. 내가 어떤 경로로 냄새를 맡았는지 궁금한 것도 당연해."

반응은 없었다.

"지난번에 너를 만나고서 오늘이 오기 전까지 기지마병원의 기지마 원장을 비롯해 이쿠에 씨의 고모 아이자와 기요코 씨, 아야나 씨 추락 사고를 담당한 초난경찰서 시미즈 형사, 전직 기타가와의원 사무직원인 세토야마 다에코 씨, 슈이치로 씨의 친구 호시 타쿠마 씨, 기타가와 가족의 이웃인 다다노 요시히로 씨 총 여섯 명을 만나 이야기를 들었는데 말이야. 테쓰 씨의 어머니인 다나카 스즈코 씨라는 여성과는 만나지 않았어.

이번에 자동차 추락 사고가 일어났을 때 아야나 씨는 이미 사망 처리된 상태였어. 죽은 사람이 사건을 일으킬 리 없잖아? 아야나 씨에게 연인이 있었는지 같은 내용은 처음부터 조사할 필요가 없었지. 그래서 나도 솔직히 다나카 테쓰 씨의 존재조차 몰랐거든.

그런데 내가 왜 테쓰 씨의 자살 사건을 알고 있을까? 너는 정말 짚이는 구석이 없을까?

사실 지난번에 여기서 너와 만나 이야기를 나눈 뒤의 일이었어. 사망한 기타가와 아야나 씨를 조사한다며 다나카 스즈코 씨의 집을 찾아간 인물이 있다더군.

그 인물은 언뜻 나이를 알 수 없어 보였지만 스즈코 씨는 이십 대 젊은 여자라고 추측했어. 어떤 탐정사무소에 소속된 사립 탐정이라고 소개했다더군.

스즈코 씨는 젊은 여자가 잘도 그런 위험한 일을 한다고 깜짝 놀랐지. 홀로 살아서 외롭기도 해서 집으로 들여 여러 이야기를 나누는 사이에 남의 이야기를 잘 들어주는 이 여자를 완전히 믿게 된 모양이야.

아들 테쓰 씨와 아야나 씨 불륜의 시작부터 파국까지, 테쓰 씨 가정의 분쟁 이야기까지 자세히 설명한 스즈코 씨는 테쓰 씨와 헤어진 아야나 씨가 배 속에 품은 아이와 함께 자살한 이야기, 그리고 그 사실을 알게 된 테쓰 씨가 양심의 가책을 느껴 뒤따라 자살한 사건을 이야기하면서 아야나 씨가 테쓰 씨에게 보낸 유서를 보여줬지.

문제의 그 유서 말인데. 테쓰 씨의 물건은 동물병원 책상 서랍에서 발견됐어.

아야나, 미안해.

용서해 줘.

테쓰

　메모지에 휘갈겨 쓴 아주 간단한 내용이지만 본인의 필적
은 틀림없다고 해.

　테쓰 씨는 동물병원에서 홀로 당직을 설 때 청산가리가
든 인스턴트 커피를 마시고 음독자살한 것으로 되어 있지.

　아야나 씨의 유서는 사망한 테쓰 씨가 입고 있던 재킷 가
슴 주머니에서 발견되었는데 역시 자필이었고 내용은 훨씬
길었어.

*　사랑하는 테쓰 씨에게*

*　당신이 없는 세상에서 살아갈 용기가 없네요.*

*　배 속에 있는 우리 아이와 나, 둘은 고통도 슬픔도 없는*
세상으로 날아가기로 마음먹었어요.

*　지금까지 아무 말 안 해서 미안해요.*

*　하지만 당신이 마음의 부담 없이 선택하기를 바랐어요.*

*　우리의 추억이 담긴 8월 14일이 오면 이 편지가 당신에*
게 닿도록 믿을 수 있는 사람에게 부탁했어요.

*　비록 둘이서 행복하게 살자는 약속은 이루지 못했지만*
당신은 늘 건강하기를 바랄게요.

안녕이라는 말은 하지 않을게요.

언젠가 당신이 올 날을 기다릴게요.

아야나

 이 내용이 진짜였다면 순애보였겠지만 실은 아야나 씨가
여전히 세상에 멀쩡히 살아 있다는 사실을 알게 되면 스즈
코 씨는 어떻게 생각할까?

 그 점은 차치하고 어쨌든 그 자칭 사립 탐정은 유서 두 통
을 복사하겠다고 부탁했지. 처음에는 주저했지만 결국 승낙
한 스즈코 씨는 집 근처 편의점을 알려줬지만 복사만 해서
바로 돌아올 거라던 여자는 아무리 기다려도 돌아오지 않았
어. 그 여자에게 감쪽같이 속아 테쓰 씨와 아야나 씨의 소중
한 유서를 빼앗기고 말았지.

 하지만 스즈코 씨는 가만히 있지 않았어. 자칭 사립 탐정
은 스즈코 씨가 그대로 포기할 줄 알았겠지만 터무니없는
착각이었지. 스즈코 씨는 가장 가까운 경찰서로 달려가 무
슨 일이 있어도 그 여자를 잡아 달라고 소란을 피웠어.

 하지만 속여서 갈취해 갔다고 해도 결국 종잇조각일 뿐이
잖아. 증권이나 수표처럼 경제적 가치가 있는 물건도 아니
야. 게다가 이야기를 들어보니 그 여자는 기타가와 가족이
의뢰한 진짜 사립 탐정이거나 사망한 아야나 씨와 어떤 관

계가 있는 인물이라고 짐작이 갔지. 그렇다면 경찰이 사기 사건으로 적극적인 수사를 시작할 리 없어. 그렇다고 피해자가 신고했는데 아무런 대응도 하지 않을 수 없는 노릇이었지. 그래서 일단 아야나 씨의 추락 사고를 담당한 아다치구의 초난경찰서로 연락했어.

그 연락을 받은 초난경찰서의 형사가 공교롭게도 그 며칠 전에 내가 만나러 갔던 시미즈 형사였다는 점에서 네 운이 다했다고 해도 좋을 거야. 베란다 추락 사고 후 유키나 씨 행세를 한 네게 이야기를 들으려 방으로 들어간 형사를 기억하지? 그 남자가 바로 그 형사거든.

그때까지만 해도 아야나 씨의 추락사는 사고라고 생각했던 시미즈 형사는 스즈코 씨의 이야기를 듣고 깜짝 놀랐지. 아야나 씨의 죽음이 자살이라면 그 사건을 근본부터 다시 들여다봐야 하니까. 시미즈 형사는 즉시 어머니 기타가와 이쿠에의 행방을 찾았어. 그 결과 이쿠에 씨와 슈이치로 씨 두 사람이 무려 차에 탄 채로 니시누마이항에서 바닷속으로 추락해 사망한 사실을 안 거야.

이제 이해가 가지? 바로 시미즈 형사가 내게 연락을 준 덕분에 다나카 테쓰 씨와 아야나 씨의 비극적인 사랑을 알게 됐지."

"그러니까 내가 다나카 스즈코 씨를 찾아가 긁어 부스럼을 만들었다는 말이네요?"

아야나가 낮은 목소리로 대답했다.

"너는 테쓰 씨와 아야나 씨의 유서를 무슨 수를 쓰든 되찾으려고 한 나머지 무리수를 뒀어. 지난번 내가 기지마 원장이 쓴 차용증을 받았잖아. 그때 나눈 대화로 지레 겁을 먹은 거야.

너는 기지마 원장이 본인이 쓴 차용증이 아니라고 부인할까 봐 걱정했지? 거기에 나는 이렇게 대답했어. '필적 감정을 하는 방법도 있지만 만약 필적이 결정적인 증거 역할을 못 할 경우 지문을 감정하면 적어도 기지마 원장이 이 서류를 만졌다는 사실은 증명할 수 있다'라고.

기지마 원장의 차용증에는 네 지문이 남아 있지. 내게 건네줄 때 맨손이었으니 당연해. 문제는 표면상 그 지문은 '아야나' 씨가 아니라 '유키나' 씨의 지문이라는 점이지.

너는 불안에 사로잡혔어. 내가 보험회사와 협상을 맡는 조건으로 사실관계를 내 나름대로 조사하겠다고 선언했으니까.

만에 하나 내가 아야나 씨와 테쓰 씨의 연인 관계를 알아내 스즈코 씨를 만나러 가면 어떤 일이 벌어질지……. 자살했다고 알려진 다나카 테쓰 씨의 가슴 주머니에서 나온 '아야나' 씨의 유서가 내 손에 들어가 만약 지문 감정이라도 하면 거기에 있을 리 없는 '유키나' 씨의 지문이 검출되겠지.

그 유서는 네가 쓴 것이니까 말이야. 다만 작성한 시기는 '아야나' 씨 추락 사고 전이 아니야. 그보다 훨씬 이후, 테쓰 씨를 죽이기 직전에 작성했지.

그뿐 아니야. 테쓰 씨의 유서에는 훨씬 치명적인 문제가 있어. 그 유서는 어머니 스즈코 씨도 인정했다시피 테쓰 씨의 필체지. 그런데 테쓰 씨가 이 글을 쓴 시점은 죽기 직전, 그러니까 '마지막 순간'이 아니었어. 그보다 훨씬 전이었지.

테쓰 씨 본인은 이 종이가 나중에 자신의 유서로 이용되리라고는 꿈에도 생각하지 못했을 거야. 왜냐하면 너와 한창 불륜 관계이던 시절, 두 사람의 비밀 연락 수단으로 동물병원 벽에 걸린 액자 뒤에 숨겨뒀던 무수한 메모 중 하나니까."

아야나의 얼굴이 희미하게 굳었다.

"그 사람이 준 마지막 연락 메모예요."

쥐어 짜낸 말은 분노해서인지 슬퍼서인지 어미가 떨렸다.

"간결한 메모라서 오히려 이용할 수 있었어. 유서로 읽으면 그렇게 읽힐 법도 하니까. 생각해 낸 시점에는 묘수였겠지만 테쓰 씨의 유서에 '유키나' 씨의 지문이 남아 있다면 큰 문제……, 아니 '말짱 도루묵'이 되겠지. 네가 범인이라고 자백하는 꼴이니까.

그래서 너는 생각했어. 사카키바라가 스즈코를 만날 가능성은 크지 않다. 너와 테쓰 씨와의 관계를 아는 사람은 네 주변에는 없으니까. 실제로 나는 스즈코 씨를 만나지 않았어. 하지만 무엇이든 조심해서 나쁠 것 없었지.

그래서 너는 사립 탐정인 척 직접 스즈코 씨 집에 찾아가 솜씨 좋게 유서 두 통을 가로챘어. 결과적으로는 제 무덤을 판 셈이야."

아야나는 작은 소리로 웃었다.

'이쯤 되면 차라리 유쾌하다고 말하는 것 같잖아.'

사카키바라는 속으로 중얼거렸다.

그러나 웃음소리는 어느새 흐느끼는 소리에 녹아들었다. 그리고 다시 정적.

사카키바라는 씁쓸한 감정을 곱씹으며 말을 이었다.

"그럼 다나카 테쓰 씨 살해 계획을 재현해 볼까? 틀린 점이 있으면 거침없이 지적해도 좋아. 너는 집 근처에서 우연히 유기견을 주우면서 수의사 테쓰 씨와 알게 됐어. 사실은 집에서 키우고 싶었겠지만 이쿠에 씨는 동물 알레르기 때문에 개를 싫어해서 그 개를 테쓰 씨 동물병원에 맡기다가 불륜 관계로 발전했지."

다시 비밀스러운 웃음소리가 터져 나왔다.

"사카키바라 씨는 상당히 순진하신 분이군요."

아야나는 뻔뻔한 미소를 띠고 사카키바라를 응시했다.

"드라마나 소설도 아니고 정말 도시 한복판에서 타이밍 좋게 유기견을 주웠다고 생각하는 거예요? 하긴, 테쓰 씨도 금세 속아 넘어갔지만.

　멀리서 자주 테쓰 씨를 지켜봤죠. 지적이지만 그늘이 있는 사람이었어요. 밤낮으로 동물병원을 떠나지 않고 아내 같은 사람이 드나드는 모습도 본 적 없어서 처음에는 독신인 줄 알았죠. 안면을 틀 계기를 만들려면 '다나카 동물 사랑 애니멀 클리닉'에 유기견을 데리고 가는 방법이 가장 쉽겠다고 생각했어요."

　"그럼 그 개는?"

　"반 친구의 오빠가 유기견을 돌보는 봉사활동을 해서 한 마리를 받았어요. 처음에는 보건소에서 받으려고 했지만 고등학생이라 부모님 승낙이 필요했거든요."

　"그렇군. 테쓰 씨에게 끌려서 처음부터 의도적으로 접근한 건가. 아무튼 너는 테쓰 씨의 연인이 되는 데 성공했어. 하지만 그가 유부남이라는 점은 계산에 없었지? 테쓰 씨는 언젠가 아내와 이혼하고 너와 결혼하겠다고 약속했지만 막상 불륜이 발각돼 분쟁이 일어나자 세상 대다수 남자처럼 아주 쉽게 널 버렸어."

　"그 여자는 내 개를 죽이고 목을 잘랐어요."

　"그랬다더군. 아내의 증오는 남편의 여자뿐 아니라 그 여자의 개에게도 향했지. 테쓰 씨의 조수로 일했던 아내는 동물병원에 있던 외과 수술용 메스로 흉행을 저질렀어. 수의사가 동물 수술에 사용하는 메스니 식칼이나 다른 칼에 비할 바 없이 아주 잘 들었겠지. 분명 깔끔하게 잘렸을 거야.

이 사건의 결과가 너와 테쓰 씨를 갈라놓기만 한 것은 아니야. 그 후 일어난, 그보다 중대한 사건의 복선이 되기도 했지. 너는 이 경험으로 배운 거야. '시신을 자르려면 무엇을 사용해야 하는가'를.

저먼 셰퍼드의 먹이가 되도록 시신을 해체하고 토막 내려면 주방 가위만으로는 힘들어. 외과 수술용 메스가 많은 도움이 됐겠지."

대답은 없었다.

"너는 복수를 결심했어. 얌전히 물러나는 척하며 뒤로는 주도면밀하게 살해 계획을 짰지. 게다가 살해 대상은 자신을 배신한 테쓰 씨뿐만이 아니었어. 자신에게 새 신분을 줄 유키나 씨를 비롯해 눈에 거슬리는 어머니와 슈이치로 씨까지 한꺼번에 정리하는 일대 프로젝트였지.

네가 대단한 점은 단순히 살인사건을 저지른 것이 아니라 모든 사건을 사고 또는 자살로 위장했다는 점이야. 살인사건이면 경찰이 수사하지만 사고나 자살이면 그다지 관여하지 않고 적당히 넘기니까. 게다가 사건이 일어난 장소와 시간이 모두 겹치지 않도록 조절해서 어느 사건에도 기타가와 가족이 관여했다는 사실을 경찰이 알아차리지 못하게 숨겼지. 그리고 또 하나 중요한 사실은 사고로 처리되면 유족이 돈을 받는다는 점이야. 가족이 죽어도 돈이 되지 않으면 의미가 없으니까.

유키나 씨를 살해할 때는 적어도 이쿠에 씨가 승낙하고 협조한 것은 분명해. 슈이치로 씨는 이쿠에 씨가 어머니의 권한으로 찍어눌렀겠지. 슈이치로 씨와 유키나 씨는 서로 사랑하는 사이였으니까. 너는 질투심을 자극하면서 집주인 할머니에게 큰돈을 뜯어낼 계획을 제시하며 어머니를 끌어들였어.

전도유망한 아야나 씨가 죽은 것으로 꾸며야 경찰의 의심을 피할 수 있고, 은둔형 외톨이인 유키나 씨보다 훨씬 돈이 된다. 그 말이 이쿠에 씨의 마음을 움직인 것 아닌가?"

"유키나는 임신했어요."

아야나가 중얼거렸다.

"역시. 그래서 유서에도 아야나 씨가 임신한 것으로 끼워 맞췄군. 검시로는 거기까지 조사하지 않은 듯하지만. 그런데 유키나 씨의 몸에서 고농도 알코올이 검출된 것은 사실이야. 유키나 씨가 그날 확실히 술을 마셨나?"

"술과 섹스……. 유키나는 죽은 양아버지와 똑같은 것에 빠져 있었어요.

유키나가 오빠에게 준 카드에 히라가나[17]로 적은 그 유치

17 가타가나와 함께 일본에서 사용하는 문자. 보통 한자와 섞어서 사용한다.

한 글자 봤죠? 어렸을 때 쓴 카드가 아니에요. 내가 아무리 한자를 가르쳐 줘도 그 아이는 배우려는 의지가 없었어요. 유키나는 지성이 없고 식욕과 성욕만 그득한 돼지였죠."

아야나의 말은 점점 열기를 띠었다.

"그날 밤에도 유키나는 곤드레만드레 취해 있었어요. 나는 엄마를 설득해 유키나의 살해 계획을 승낙받았죠. 엄마는 절대로 산부인과에 가지 않으려는 유키나 때문에 속이 타들어 갔어요. 엄마의 역할은 오빠를 구워삶아 이해시키는 것과 사후 경찰에 대응하는 일이었죠. 나는 정신을 차리지 못하는 유키나를 베란다로 데리고 나와 미리 나사를 풀어놓은 난간에서 힘껏 떠밀었어요."

"그 맨션에는 이사 간 지 얼마 지나지 않아서 너희 가족을 아는 사람은 아무도 없었지. 경찰은 당연히 추락한 사람이 아야나 씨라는 가족의 말을 의심하지 않았어.

게다가 너는 고등학교 졸업 후 대학에 입학하기 전이라는 절호의 시기였으니까 바깥 활동을 최소한으로 줄일 수 있었어. 더군다나 아다치구에서 누마이사키시로 곧바로 이사까지 했으니 네 친구들은 영전에 향을 올리고 싶어도 유족이 어디로 갔는지 몰랐겠지.

누마이사키시의 별장건물로 이사한 것도 주도면밀한 계산에서 나온 결론이야. 당분간 지인이 많은 도쿄를 떠나는 편이 안전하다고 이쿠에 씨를 설득했겠지. 네가 친 덫에 걸려든 이쿠에 씨는 본인과 사랑하는 아들의 목숨이 다할 땅인 줄도 모르고 그 별장을 구입했어.

살해 현장이 된 건물을 방치하면 만에 하나 경찰의 의심을 받을 때 위험하지. 만약 바닥이나 벽에 혈액이 조금이라도 묻었으면 아무리 깨끗하게 닦아도 루미놀 반응이 나오니까. 계획이 끝난 뒤 건물을 헐 생각으로 임대가 아니라 매입하도록 유도한 점은 상당히 똑똑하다고 할 수밖에 없군. 그 이쿠에 씨를 농락하다니, 모전여전을 넘어 청출어람이로군."

"사카키바라 씨는 엄마를 과대평가하고 있어요."

아야나가 날카롭게 쏘아붙였다.

그 목소리에 희미한 초조감이 드러났다.

"엄마는 돈밖에 모르는 여자였어요. 급소만 파악하면 그런 여자를 속이는 건 쉽죠."

"뭐, 그럴지도 모르지. 어쨌든 네가 엄마보다 몇 수 위라는 뜻이지. 이사한 날 밤 이쿠에 씨와 슈이치로 씨는 곧바로 살해됐어.

대형견 곤을 데리고 온 뒤 냉동실에 얼린 토막 낸 시신을 먹이는 동안에도 너는 본래 목적을 잊지 않았어. 매일 밤 드라이브를 나간 것은 니시누마이항 등 추락 사고 현장을 사전답사하려는 의도도 있었지만 차를 몰고 도쿄까지 가 '다나카 동물 사랑 애니멀 클리닉' 테쓰 씨의 동태를 살피는 것이 주요 목적이었을 거야. 연초부터 운전전문학원을 다닌 점이 빨리도 도움이 된 셈이지.

너는 테쓰 씨를 자살로 가장해 독살하기로 했어. 그런데 자살로 위장하려면 본인이 남긴 유서가 필요했지. 가족이나 경찰이 납득할 만한 유서를 남겨두는 것이 가장 효과가 있으니까. 그래서 수중에 남아 있던 테쓰 씨의 자필 메모를 이용하기로 했어.

게다가 분별도 있고 책임져야 할 것도 많은 남자를 자살로 꾸며야 하니까 나름 설득력 있는 동기가 필요했지. 그러려면 테쓰 씨에게 버림받은 아야나 씨가 절망한 나머지 배속 아이와 함께 자살한 것으로 조작하면 좋았지. 그 사실을 안 테쓰 씨가 양심의 가책을 견디지 못하고 자살했다. 아야나 씨의 유서를 가슴 주머니에 숨겨 둔 이유는 그 때문이지? 친절하게 아야나 씨의 사망을 증명하는 호적등본까지 첨부한 이유는 확인한답시고 기타가와 가족을 찾아오면 곤란하기 때문일 거야."

아야나가 고개를 끄덕였다.

"거기서 구체적으로 말하자면 너는 사건 당일 테쓰 씨가 동물병원에 혼자 남는 시간대를 노려 당당히 그의 앞에 모습을 드러냈을 거야. 아닌가?"

아야나는 눈을 부릅떴지만 부정하지는 않았다.

"역시, 그랬군……. 그렇지 않으면 테쓰 씨가 마실 인스

334

턴트 커피에 청산가리를 넣을 수 없었을 테니까."

"밤늦은 시간이라 문이 잠겨 있었지만 스페어 키가 있어서 예전처럼 그 열쇠로 문을 열고 들어갔어요.

헤어진 뒤로 한 번도 연락한 적 없기 때문에 그 사람은 몹시 놀랐죠. 그런데 '내가 오늘 온 이유를 설명하겠다, 이야기가 길어지겠지만 차분히 들어 달라' 그렇게 부탁하자 바로 승낙했어요.

짐작대로 기타가와 아야나의 사망 소식은 듣지 못했더군요. 생각지도 못한 전 여자친구의 출현에 당황스러운 동시에 흥분을 감추지 못하는 것 같았어요. 그래서 내가 한여름인 8월에 장갑을 끼고 있어도 이유를 물을 여유도 없었죠. 만약 묻는다면 여름용 레이스 장갑이라고 설명할 생각이었지만.

그 사람에게 이야기를 시작하기 전에 커피를 한 잔 마시자고 제안했어요. 그 사람은 커피를 좋아했죠. 거절할 리 없었어요. 나는 예전에 늘 그랬던 것처럼 전기 포트의 뜨거운 물로 인스턴트 커피를 내렸어요. 컵은 두 개. 그의 눈을 피해 그중 하나에만 준비해 온 청산가리를 섞었죠."

"청산가리는 어떻게 구했지? 이쿠에 씨가 가지고 있었나?"

"아뇨. 엄마한테 사람을 죽이는 취미는 없었으니까요. 오빠가 가지고 있던 거예요. 인터넷에서 알게 된 사람이 줬다더군요. 오빠는 언제든 죽을 생각이었던 것 같아요. 실행할 용기도 없던 주제에……."

"테쓰 씨는 아무 의심 없이 독이 든 커피를 마신 셈이군."

"맞아요. 아무런 조작도 없었어요. 그가 죽은 것을 확인하고 내 커피잔을 씻어 원래대로 되돌린 다음 그가 마시던 커피잔과 청산가리 작은 병을 책상 위에 올려놨죠."

"그리고 테쓰 씨의 유서를 책상 서랍에 넣고 아야나 씨의 유서와 호적등본을 주머니에 숨겨두었군. 당연히 청산가리 병에 테쓰 씨의 지문도 묻혀 놓았겠지?"

아야나는 고개를 끄덕였다.

이 여자에게 가르쳐줄 것은 아무것도 없는 것 같다.

침묵이 다시 두 사람을 지배했다.

"시간이 꽤 흘렀는데, 슬슬 마무리할까? 아까도 말했듯 나는 의뢰인이라고 해서 네가 저지른 죄를 눈감아 줄 생각은 없어. 하지만 나는 경찰이 아니니까 지금부터는 경찰에게 맡기는 게 좋겠군. 신고하도록 하지."

가슴 주머니에서 휴대폰을 꺼내면서도 눈앞에 있는 젊은 여자가 문득 이제는 어떤 모습일지 상상조차 할 수 없는 딸과 겹쳐 보여 의식할 수밖에 없었다.

아무 관계도 없는 사건에 목을 매고 딸 같은 여자를 몰아붙이고 경찰에 들이민다고 뭐가 달라질까. 이제 자신은 경찰도 아닌데……

하지만 그렇기에 더욱 엄격해질 수 있다. 그 또한 사실이었다.

내 딸이 이런 여자여서야 되겠나!

"네 또래 여자아이들의 마음은 도무지 이해할 수 없군……. 동기나 이유가 전혀 없다고는 생각하지 않아. 그런데 너는 왜 주변 사람들을 모두 죽였을까?"

"헤어진 따님을 생각하나요?"

아야나의 입에서 뜻밖의 말이 튀어나왔다.

"알고 있었나?"

"리에코 씨에게 들었어요. 사카키바라 씨를 소개해 줄 때 말했죠. 사카키바라 씨는 무뚝뚝한 사람이라서 처음에는 어렵게 느껴지겠지만 본성은 상냥한 사람이고, 지금은 헤어졌지만 네 또래 딸도 있으니 분명 네 편이 되어줄 거야, 라고."

'리에코, 정말 쓸데없는 소리를 떠들어대서는! 심리학을 하는 사람들은 이래서 문제야.'

사카키바라는 마음속으로 욕설을 퍼부었다.

"네 또래 딸이 있어서 더욱 화가 나는군."

"그럴 것 같아요."

아야나가 조용히 응수했다.

그 말에 남자의 동정을 사려는 속셈은 보이지 않았다.

"사람을 죽인 이유는 내가 바로 귀축이기 때문이에요. 아까 사카키바라 씨도 말했잖아요. 직소퍼즐에 내 얼굴이 나타났다고."

조금 전부터 바람이 급속히 차가워진 기분이었다.

어린잎이 무성한 나무들이 바스락바스락 소리를 냈다.

사냥감에서 결코 시선을 떼지 않은 채 사카키바라는 말없이 휴대폰을 눌렀다.

귀축의 집

세상을 인지할 무렵 우리 가족은 이미 망가질 대로 망가져 있었습니다.

어떻게 하면 나 같은 인간이 만들어질 수 있는지는 우리 가족이 모든 것을 말해줍니다. 아빠는 엄마를 무시했고 엄마는 아빠에게 마음을 닫았고 세 아이는 그런 부모 사이에서 숨을 죽이고 자랐습니다.

아빠는 이기적이고 냉정한 사람이었습니다. 자기 자신 외에는 관심 없었고 설령 그 대상이 가족이라 할지라도 타인을 위해 희생할 줄 모르는 사람이었습니다. 이기적이기에 타인을 보려고 하지 않았고 그렇기에 엄마 같은 여자에게 걸려들고 사기꾼에게 속아 빚을 졌을 겁니다. 마지막까지 일관되게 고독한 사람으로 세상을 떠났지만 그래도 나는 그런 아빠가 싫지 않았습니다.

아빠는 오빠 슈이치로를 증오했습니다. 경멸했다고 해도 좋을 테죠. 오빠가 아빠의 친자식이 아니었기 때문만은 아니었습니다. 둔한 머리에 허약한 체질, 박약한 의지……. 오빠는 아빠가 싫어하는 모든 것을 갖춘 사람이었습니다.

아빠가 마음에 들어 한 사람은 나였죠. 외모도 성격도 아버지 취향이었던 것 같습니다. 아빠는 내게서 본인의 모습을 보고 있었는지도 모릅니다. 공부를 잘하는 점이 무엇보다 아빠를 기쁘게 했습니다.

아빠가 돌아가셨을 때 여동생 유키나는 아직 어려서 아빠의 애증 대상이 아니었습니다. 하지만 만약 아빠가 성장한 유키나를 봤다면 얼마나 실망했을지 쉽게 상상할 수 있습니다. 유키나는 친아버지보다 오히려 양아버지 히시누마 겐이치를 닮았거든요. 그 오빠마저도 간신히 갖추고 있던 지성이 유키나에게는 전혀 없었기 때문입니다.

엄마는 자신의 욕망, 즉 돈에만 가치를 두는 사람이었습니다. 애초에 엄마의 목적은 아빠와 결혼하는 것이지 아빠의 사랑을 받는 것이 아니었습니다. 임신을 무기로 협박해 얻은 가정에서 엄마의 고민은 아빠와의 관계보다 시어머니인 할머니 사이의 불화였을 겁니다. 결혼 초 기타가와 가문의 경제권은 아직 할머니가 쥐고 있었기 때문에 엄마는 돈을 자유롭게 쓸 수 없었거든요.

할아버지에 대한 기억은 어렴풋하지만 할머니에 대한 기

억은 또렷합니다. 나는 할머니가 싫었습니다. 외모는 그야
말로 호리호리하고 점잖아 보이는 노부인이었지만 실제로
는 음흉하고 잔소리가 심한 데다 지독한 구두쇠였거든요.

할머니 입장에서는 간호사처럼 보잘것없는 여자에게 소
중한 외아들을 빼앗겼다는 사실만으로도 증오스러운데 배
속의 아이가 사실 자기 남편의 자식이었다면 당연히 시집살
이를 고되게 시키고 싶었을 겁니다. 하지만 이유야 어떻든
질투와 원망에 미친 사람은 추한 법입니다. 엄마는 늘 할머
니를 '야차'라고 했는데 어린아이의 눈에도 할머니는 소름
끼치도록 역겹고 비열한 악귀처럼 보였습니다.

할머니의 화살이 가끔 손주인 제게 향할 때 특히나 싫었
습니다.

"크면 너도 네 어미 따라 음란한 계집이 될 게다. 조심하
라고!"

'음란'이 음탕하고 난잡하다는 뜻이라는 사실은 한참 뒤
에야 알았지만 그 말이 품은 독은 설령 어린아이라도 이해
할 수 있었습니다.

나는 할머니에게 앙갚음하기로 결심했습니다.

가장 먼저 떠올린 복수는 할머니의 음료에 독을 넣는 것
이었습니다. 하지만 아이이기 때문에 진짜 독약을 손에 넣
을 수 없었습니다. 할머니는 늘 자신의 방 책상 위에 마시
다 남은 차가 담긴 찻잔을 놓아두었습니다. 나는 그 차에 부

억에서 사용하는 설거지용 세제를 몰래 부었습니다. 언젠가 엄마가 세제는 독이니까 깨끗이 씻어내야 한다고 말했던 기억이 떠올랐기 때문입니다. 우리 집 세제는 녹색이라서 차에 넣기에도 알맞았습니다.

이 계획은 할머니가 이상을 알아차리고 소란을 피우는 바람에 성공하지 못했습니다. 할머니는 엄마의 소행이라고 믿어 의심치 않았던 것 같습니다. 그 일로 할머니와 엄마의 사이가 점점 험악해졌는데 역시 엄마는 제가 범인이라는 사실을 간파했습니다. 마구 소리치는 할머니의 눈을 피해 엄마가 내게 히죽 웃어 보였지만 내가 엄마를 위해 복수하려고 그랬다고 생각하면 엉뚱한 착각입니다. 나는 한 번도 엄마를 동정한 적이 없거든요.

할머니를 독살하는 데 실패하고서 이번에는 다른 방법으로 보복하기로 했습니다. 할머니는 밤에 일찍 주무셔서 7시가 넘으면 할머니 방에 항상 이불이 깔려 있었습니다. 어느 날 할머니가 목욕하는 틈을 타 방에 몰래 들어가서 치마를 걷어 올리고 팬티를 내린 뒤 할머니의 이불에 털썩 눌러앉았습니다.

그것은 태어나서 처음 하는 경험이었습니다. 사실 나는 자면서 이불에 실례한 적이 없기 때문입니다. 몇 초 후에 일어섰을 때 할머니 이불과 베개에 번진 노란 얼룩을 확인하고는 뭐라 말할 수 없는 쾌감에 휩싸였습니다. 반 미치광이가 된 할머니의 모습을 상상하기만 해도 다시 소변을 눌 수 있을 것 같을 정도로 흥분한 것입니다.

할머니는 그로부터 얼마 후 돌아가셨습니다. 사인은 물론 독살 따위가 아니라 온몸에 전이된 말기 난소암이었습니다. 의사 남편과 아들을 두고도 병마를 막을 수 없었죠. 제가 여섯 살, 초등학교 입학 전의 일이었습니다.

아빠는 제가 초등학교 2학년이던 해 5월에 죽었습니다.

그 무렵 아빠와 엄마 사이는 돌이킬 수 없을 정도로 냉랭했지만 그보다 훨씬 심각했던 현실은 기타가와 가문의 경제 상태가 파탄에 이르렀던 것이었습니다. 건실한 개업의였던 할아버지와 달리 모험을 좋아하는 아빠는 본업에만 만족하지 못하고 다른 사람이 제안하는 대로 여러 사업에 손을 댄 모양입니다. 그러다가 결국 사기꾼 같은 수상한 패거리의 손아귀에 들어갔다고 합니다. 죽은 시점에 막대한 빚을 진 상태였습니다.

아빠는 자살했습니다. 엄마가 죽이지 않았습니다. 죄송하지만 제가 사카키바라 씨에게 한 이야기는 아무렇게나 꾸며 낸 이야기였습니다.

엄마는 아빠에게 수면제를 주지도, 독극물을 주사하지도 않았습니다. 엄마는 사악하고 욕심이 사나운 여자였지만 스스로 위험을 무릅쓰고 살인을 저지를 만한 담력은 없었습니다. 가족의 죽음을 최대한 효과적으로 이용해 돈을 손에 넣는 것만이 엄마의 장기였죠.

아빠가 죽은 날의 일입니다. 그날은 연휴가 끝난 쌀쌀한 날이었습니다. 진료를 마치고 집으로 돌아온 아빠는 평소처럼 옷을 갈아입고 커피를 마신 뒤 곧바로 외출하지 않고 다시 진료실로 돌아갔습니다. 아빠는 집에서 거의 저녁을 먹지 않았습니다. 진료가 끝나면 어디론가 외출한 뒤 늦은 밤에 귀가하는 것이 습관이다시피 했죠. 분명 아침까지 돌아오지 않는 날도 흔했을 겁니다.

가족을 거의 돌보지 않는 아빠였지만 자식 중 유일하게 아빠와 교류라고 할 만한 소통을 한 사람이 나였습니다. 나는 오빠나 동생처럼 아빠를 무서워하지 않았고 아빠도 나를 함부로 대하지 않았습니다. 아빠는 적어도 지성과 교양을 갖춘 사람이었고 내 눈에는 가족 중 누구보다도 어른답고 남자다워 보였습니다.

지금 생각하면 나는 아마 아빠를 과대평가한 것 같습니다. 하지만 그 시절 나는 마치 새끼 고양이의 목덜미를 문 어미 고양이처럼 아들을 물고 놓아주지 않는 추악한 엄마, 그리고 무슨 일만 있으면 엄마 뒤에 숨는 나약한 오빠를 보면서 진절머리가 났으니까요.

나는 가끔 진료실에 틀어박혀 있는 아빠에게 놀러 갔습니다. 집 2층에 있는 서재보다 진료실이 더 편한지 아빠는 진료 시간이 아닐 때도 그곳에서 자주 의학 잡지나 책을 읽었습니다.

　내가 찾아가도 아빠가 뭘 해 준 것은 아닙니다. 그래도 제가 얼굴을 비추면 항상 만족스러운 표정을 지었고 제가 의료 기구를 구경하거나 환자용 의자에 올라가거나 진료용 침대에서 뒹굴어도 꾸짖지 않았습니다. 아빠는 학교 성적이 나쁜 오빠는 진작에 포기하고 나를 의사로 만들어 후계자로 삼을 생각이었습니다.

　그런데 그날 진료실 문을 조용히 연 내 눈에 들어온 장면은 만족스러운 얼굴로 돌아보는 아버지의 얼굴이 아니라 책상 앞 의자에서 흘러내려 바닥에 쓰러져 있는 아빠의 기다란 몸이었습니다.

　얼굴은 맞은편을 향해 표정을 보이지 않았지만 부자연스럽게 꺾인 몸은 미동도 없었습니다. 죽었다……. 순간 판단한 제가 얼른 책상을 봤더니 바늘이 달린 주사기가 뒹굴고 있었습니다. 의료 기구인 주사기를 이런 식으로 다루면 안 된다는 사실은 어린아이도 알죠. 나는 집에 있는 엄마에게 이변을 알리려고 달려갔습니다.

　엄마는 몹시 냉정했습니다. 언젠가 이렇게 되리라 예상했는지도 모릅니다. 소식을 듣고도 뛰지 않은 채 나를 데리고 진료실까지 갔습니다. 그러고는 쓰러진 아빠에게 말을 걸지도 않고 맥을 짚다가 말없이 고개를 저었습니다.

아빠가 틀림없이 죽었다는 사실은 나도 알았습니다. 엄마가 평정을 잃지 않은 점도 이상하지 않았습니다. 그러나 그 후 전개가 뜻밖이었습니다. 명색이 한 집안의 가장이 갑자기 죽었고 심지어 도저히 자연사로 보이지 않는 죽음이니 곧 구급차나 경찰차가 사이렌을 울리며 출동해 소란스러워질 줄 알았거든요.

그런데 나뒹굴던 주사기를 가만히 응시하다가 주사기의 내용물이 들어 있던 것으로 짐작되는 약품 용기를 살핀 엄마는 어디에도 전화하지 않았습니다.

"이 일은 아무에게도 하지 말거라! 당연히 슈이치로는 물론 유키나에게도."

위압감이 서린 목소리로 제가 명령한 엄마는 서둘러 진료실을 떠났습니다.

엄마는 정말로 오빠와 유키나에게 아빠의 죽음을 알리지 않았습니다. 평소에도 밤에 늘 집에 없는 사람이니 두 사람이 이상하다고 생각할 염려는 전혀 없었습니다. 아니, 그 두 사람은 애초에 이상을 이상이라고 감지할 만한 감성이 없었습니다.

엄마는 아무 일도 없는 얼굴로 아이들을 재운 뒤 천천히 움직였습니다. 신주쿠구 개업의이자 아빠의 친구이기도 한 기지마 원장에게 전화를 걸어 남편의 상태가 이상하니 바로

와 달라고만 말해서 기지마 원장을 불러들였습니다.

몰래 방을 빠져나와 엿들은 나는 당연하게도 앞으로 진료실에서 어떤 일이 벌어질지 확인하지 않고는 견딜 수 없었습니다. 기지마 원장이 차를 타고 온 소리가 들리자 슬그머니 계단을 내려가 밀담이 오가는 진료실로 향했습니다.

깊은 밤 진료실에서 오고 간 두 사람의 대화는 전에 사카키바라 씨에게 말한 그대로입니다. 나는 문밖에서 몰래 엿들었는데, 아빠의 시신을 옆에 둔 두 사람은 돈 이야기에 한창이었습니다. 기지마 원장이 협조하는 대가로 1천만 엔을 요구했고 엄마가 선선히 받아들여 협상이 체결됐습니다.

아빠가 진료실로 돌아가고 내가 시신을 발견할 때까지 엄마가 집에서 한 발짝도 나가지 않은 것은 분명합니다. 엄마에겐 아빠를 살해할 기회가 없었습니다. 그러니까 그때 엄마가 기지마 원장에게 요청한 것은 살인을 눈감아 달라는 것이 아니라 자살을 병사로 위장해 달라는 것이 틀림없습니다.

자살이면 사망보험금을 받을 수 없습니다. 그렇게 되면 남겨진 가족이 길거리에 나앉는다고 애원하니 기지마 원장도 딱 잘라 거절할 수 없으리라 판단했겠죠. 엄마는 평소에도 순간 판단력이 뛰어났는데 달리 생각하면 평소 탐정처럼 아빠와 아빠의 주변 사람을 면밀히 살핀 점이 도움이 된 셈입니다.

하지만 엄마의 수단은 눈물바람이나 돈뿐만이 아니었습

니다. 그래요. 너무나 진부해서 웃음이 나올 정도로 싸고 편한 수법……, 바로 미인계였습니다.

사실 사카키바라 씨에게도 말하지 않은 이야기가 있습니다. 기타가와의원 건물은 쇼와시대[18] 초기에 지어진 오래된 목조 건축물로 집 앞 큰길에서 정면으로 바라보면 벽에 담쟁이덩굴이 휘감겨 있어 마치 옛날 '동네 진료소' 같은 정취가 있었습니다. 내부 구조도 외관과 마찬가지로 고풍스러워서 영화 촬영장으로 사용할 수 있을 법한 분위기가 흘러넘쳤습니다. 그래서 진료실 문도 당연히 낡은 나무 문이었는데 거기에는 요즘은 여간해서는 볼 수 없는 커다란 열쇠 구멍이 뚫려 있었죠.

이 열쇠 구멍 덕분에 진료실 안에서 오가는 대화가 잘 들렸습니다. 열쇠 구멍은 마침 아이 얼굴 높이에 있었습니다. 처음에는 구멍에 귀를 딱 대고 들었는데 갑자기 대화가 끊겨서 자연히 귀를 떼고 구멍으로 진료실 안을 들여다봤습니다.

두꺼운 문에 난 열쇠 구멍으로 본 세상은 마치 우물 속 저 밑바닥 같은 별세계였습니다. 그리고 그 작게 도려낸 시야에 들어온 장면은 협상이 성립된 후 기지마 원장의 뚱뚱하게 튀어나온 배에 가늘고 낭창한 몸을 바싹 붙인 엄마의 모습이었습니다.

---

18 1926~1989년으로 쇼와 천황이 재위한 시대.

엄마의 옷이 조금 전까지 입고 있던 평상복이 아니라 외출할 때 입는 파란색 니트 투피스라는 사실이 모든 것을 말해줬습니다. 열쇠 구멍으로는 의자에서 흘러내린 아빠의 몸은 사각지대에 있어 보이지 않았습니다. 그러나 아빠가, 싸늘하게 식은 주검으로 바로 그곳에 누워 있는 존재가 시신에 익숙한 두 사람의 흥분을 부추긴다는 것은 분명했습니다. 두 사람이 내뿜는 거친 숨결이 진료실에 가득 찬 썩은 내와 독기와 함께 열쇠 구멍으로 흘러나와 나를 압도했습니다.

갑자기 형용할 수 없는 갑갑함을 느껴 집으로 통하는 복도를 향해 뛴 나는 실수로 바닥에 놓인 양동이를 발로 차 넘어뜨리고 말았습니다. 메마른 소리가 병원 안에 크게 울려 퍼지는 동시에 숨 막힐 듯한 피비린내가 주변을 가득 메운 기분이 들어 욕지기가 맹렬히 치솟았습니다.

내가 엄마에게 살의를 품은 순간은 바로 그때였는지 모릅니다. 그와 동시에 나는 가족 중 누구보다도 아빠를 사랑했다는 사실을 깨달았습니다.

내향적이고 신경이 너무 예민한 오빠나 겉보기에 외향적이지만 비뚤어진 나와 달리 유키나는 막내답게 응석받이로 자란 순진한 아이였습니다. 달리 말하면 생각이 얕아 영향을 받기 쉽다는 뜻이었습니다. 아빠가 죽은 뒤 유키나는 고모할머니 부부에게 입양됐습니다.

입양된 히시누마 집안은 이바라키현에 있는 농가로 엄마의 목적이 무엇인지는 차치하고 유키나 본인은 우리 가족과 지낼 때보다 오히려 양부모와 더 잘 맞는 듯 보였습니다. 실제로 히시누마 부부는 둘 다 사람이 좋았습니다. 그들은 기타가와 가족을 뒤덮고 있는 비아냥과 음모와 복수와는 무관했지만 당연하게도 그와 반대로 무지하고 교양 없고 무절제했습니다.

유키나가 양아버지 겐이치와의 관계를 고백한 것은 법적 절차를 거쳐 입양된 유키나가 초등학교 1학년이 된 그해 말이었습니다. 엄마에게 이끌려 연말 인사를 하러 히시누마 집을 방문한 나는 주스를 다 마시기도 전에 내가 오기만을 기다린 유키나에게 손이 잡혀 현관 옆 작은 방으로 끌려갔습니다.

그곳은 유키나가 평소 생활하는 아이 방이었습니다. 방에 들어가자마자 문을 닫은 유키나는 옷장 서랍 맨 아래를 열더니 바스락바스락 손으로 휘저으며 무언가를 찾았습니다.

역시 막상 때가 되니 주저하는 마음이 들었을까요? 유키나는 잠시 우물쭈물했지만 이내 망설임이 사라진 듯 서랍 안쪽에서 파란색 어린이용 팬티를 꺼내 말없이 제게 내밀었습니다. 분명 유키나가 사용한 팬티였는데 아직 초등학생이었던 나는 팬티에 묻은 갈색 얼룩이 피라는 사실을 당장은 떠올리지 못했습니다.

길고도 답답할 정도로 굼뜬 유키나의 설명을 듣다 보니 점점 속이 메스꺼워졌습니다.

그 통통하고 머리가 반백인 데다 주위에 시큼한 땀내를 풍기고 다니는 변태 아버지가 순진하고 멍청한 여동생을 유린했기 때문만은 아니었습니다. 더듬더듬 설명하는 유키나의 입에서 끝내 양아버지를 향한 혐오나 원망의 말은 나오지 않았거든요. 이 판국에 유키나는 양아버지의 유린이 아니라 양어머니에게 두 사람의 관계를 들킬까 봐 죽을 만큼 두려워했습니다.

본능적으로 피해자인 척 체면을 차리지만 어린 유키나의 얼굴에 가끔 비밀스러운 체험을 소중히 여기는 듯 도취된 기색이 떠오르는 모습을 나는 놓치지 않았습니다. 언니인 내게 울며 부탁하면서도 분명히 충족감과 우월감에 젖어 있었습니다. 유키나의 몸에는 틀림없이 엄마의 피가 흐른다는 것, 그리고 그것이 나와 양립할 수 없는 사실임을 몹시 통감했습니다.

나는 망설이지 않고 히시누마 겐이치에게 제재를 가하기로 했습니다. 그 남자가 어린 유키나에게 한 짓, 그 남자의 비열한 품성을 생각하면 당연히 응당한 대가를 치러야 했습니다.

아빠가 죽은 뒤 신주쿠구 집에서 쫓겨난 우리 가족이 잠시 히시누마 집에 얹혀살 때 일이었습니다. 그것이 시골 사람들의 인심인지는 몰라도 히시누마 부부는 갑자기 굴러들어온 우리에게 싫은 내색도 하지 않고 식사와 잠자리에 목욕까지 친절하게 돌봐줬습니다. 아이가 없는 부부라서 색다른 기분도 들었겠죠.

엄마는 낮에 직장을 구한다는 핑계로 도쿄에 갔습니다. 남겨진 우리는 정원이나 밭에서 놀거나 넓은 집을 뛰어다녔고 미에코 고모할머니가 만들어 준 새알심 넣은 단팥죽이나 찐 고구마를 먹으며 자유롭게 지냈습니다.

집 뒤에는 도쿄에서 본 적 없는 오래된 우물도 있었죠. 원래라면 각자 학교나 유치원에 갔을 우리에게 뜻하지 않게 찾아온 방학이었습니다. 놀다가 지치면 방에서 낮잠을 잤습니다. 이런 일도 도쿄 집에서는 없었던 일입니다.

어느 날 내가 혼자 낮잠을 자고 있을 때의 일이었습니다. 오빠와 유키나는 미에코 고모할머니와 함께 부엌에서 뭔가 하는 듯 세 사람의 들뜬 목소리를 잠결에 들었습니다. 그 목소리에 눈을 떠 시선을 들자 어느샌가 밭에서 돌아온 겐이치 고모할아버지가 문을 열고 선 채로 나를 물끄러미 내려다보고 있다는 사실을 깨달았습니다.

그때 나는 크림색 스웨터에 빨간 멜빵 치마를 입고 있었는데 고모할머니가 깔아 준 이불에서 하반신이 나와 있었고 치마가 밀려 올라가 엉덩이와 허벅지가 거의 드러났습니다. 평소라면 타이즈를 신었을 테지만 낮잠을 자는 동안 거추장스러워서 벗어서 머리맡에 던져놨습니다.

아이를 키운 경험이 있는 사람에게는 아무것도 아닌 이런 광경은 여자아이가 익숙하지 않은 고모할아버지에게는 충분히 자극적이었던 모양입니다. 이성의 끈을 잡고 욕망을 숨기는 법을 모르는 오십 대 남자의 유치한 흥분을 아직 어린 나도 고스란히 느낄 수 있었습니다. 고모할아버지가 내가 자는 모습을 한참을 넋을 잃고 쳐다봤구나 확신했죠.

내가 깼다는 것을 알아차리고 가느다란 눈 속 작은 눈동자가 조급하게 어지러이 움직였고 주먹코는 벌겋게 번들거렸습니다.

"고모할머니가 경단을 빚고 있단다. 너도 먹지 않을래?"

내가 힐끗 돌아보자 당황해서 얼버무리는 꼴이 안쓰러울 정도였죠.

내가 무슨 짓을 당한 것도 아닌데 몹시 화가 치밀었습니다. 생각해 보니 싸구려처럼 색을 밝히는 습성과 구질구질한 아둔함이 미에코 고모할머니를 포함한 이 히시누마 집안 전체를 잠식하고 있었습니다.

고모할머니는 마음씨가 좋은 사람이었습니다. 그러나 무지하고 덜떨어진 사람이기도 했죠. 부부가 함께 술을 마시고 잔뜩 취해 술과 안주 냄새가 숨이 막힐 정도로 진동하는 거실에 정신을 잃고 누워 있는 모습을 여러 번 목격했습니다.

나는 상대가 설령 어떤 장점이 있더라도 결점을 용납할

수 없는 성격일 겁니다. 엄마를 증오하기는 했지만 엄마는 적어도 덜떨어진 사람은 아니었습니다. 나는 덜떨어진 여자에게 혐오감만 느꼈습니다. 히시누마 부부를 이 세상에서 말살하는 계획은 이미 이때부터 내 머릿속에 막연히 떠올랐는지도 모릅니다.

"이건 빨아도 안 지워질지 모르겠다. 하지만 괜찮아. 똑같은 팬티를 찾으면 되니까."

일단 그렇게 말하며 유키나를 안심시키고 문제의 팬티를 챙겼습니다.

초등학교 3학년이었던 내가 어느 가게에서 산지도 모르는 속옷을 찾을 수 있을 리 없죠. 하지만 유키나는 아무런 의심도 없는 듯했습니다. 내게 일임하고는 내가 문제를 해결하리라 마음을 푹 놓았겠죠.

새해가 밝고 1월 3일, 나는 엄마에게 이끌려 다시 히시누마 가족을 방문했습니다.

아무리 엄마라도 어린 딸을 억지로 떠넘겨 꺼림칙했는지, 아니면 인사를 빙자해 뭔가를 찾고 있었는지 모르겠지만 그 엄마이니만큼 후자가 분명할 테죠. 어쨌든 엄마는 유키나가 입양된 후에도 가끔 얼굴을 보러 갔습니다.

이쯤 되면 눈치채셨겠지만 예전에 내가 그날 엄마 혼자 히시누마 가족을 방문했다고 한 말은 진실이 아닙니다. 유키나의 입을 빌려 거짓말한 것은 물론 유키나에게 방화 살인을 사주한 사람이 내가 아니라 엄마였다고 꾸미기 위해서였습니다.

엄마를 감싸주려는 생각은 추호도 없지만, 여러 번 말했듯 엄마라는 사람은 간계는 부려도 살인을 하지는 않았습니다. 그 사람에겐 여차하면 위험을 감수할 각오나 몸을 던져 심판할 정의감이 없었습니다. 그런 사람이 살인자가 될 자격이 있을까요?

엄마가 히시누마 부부와 차를 마시면서 이야기를 나누는 동안 나는 유키나와 현관 옆 방에 단둘이 있었습니다.

언니에게 맡겼으니 안심했겠죠. 그 파란 팬티와 똑같은 속옷은 찾지 못했다고, 아무리 빨아도 그 갈색 얼룩이 지워지지 않는다고 말하자 유키나는 울상을 지었습니다.

"지금 울 때가 아니야!"

나는 유키나에게 호통쳤습니다.

지금부터가 승부처였습니다. 아무리 멍청한 유키나라도 양부모를 살해할 마음을 먹게 하려면 나름대로 설득력 있는 이유가 필요했습니다.

결국 유키나의 질투심과 공포심을 부추기기로 했습니다.

"만약 고모할머니에게 들키면 큰일이야! 엄마가 그랬는데 미에코 할머니는 평소에 상냥하지만 화가 나면 엄청 무섭대.

고모할아버지는 너뿐 아니라 예쁜 여자아이가 있으면 바

로 장난을 쳤는데 그럴 때마다 할머니가 화가 나서 걔를 우물에 던져버렸대.

집 뒤에 오래된 우물이 있지? 그 우물은 너무너무 깊어서 떨어지면 아무리 소리 질러도 아무도 못 듣는대. 그래서 고모할아버지도 이웃 사람들도 눈치채지 못해서 결국 다 죽었대. 어린 여자아이들이 몇 명이나 그 안에서 해골이 됐다더라고.

하지만 유키나. 이 일은 고모할머니뿐 아니라 엄마에게도 절대 말해서는 안 해! 만약 엄마가 알면 네게도 고모할아버지에게도 엄청 화를 낼 거야.

엄마가 화나면 고모할머니보다 훨씬 더 무섭거든. 분명 경찰에 신고할걸? 그러면 고모할아버지도 너도 수갑을 차고 경찰에 끌려가 두 사람 얼굴이 TV에 크게 나올 거라고."

집 뒤 오래된 우물에는 아이들이 떨어지지 않도록 망이 쳐져 있었습니다. 그것 때문에 안을 아무리 들여다봐도 우물 바닥은 보이지 않았죠.

그렇지 않아도 잔뜩 겁에 질려 있는 유키나는 내 말을 듣고 무서워서 바들바들 떨었습니다. 이야기가 앞뒤가 맞는지 따질 계제가 아니었습니다. 그래서 내가 엄마에게도 미에코 할머니에게도 혼나지 않을 방법이 딱 하나 있다. 잘 될지 안 될지는 유키나가 마음먹기에 달렸다고 말하자 그 아이는 두말없이 동의했습니다.

유키나에게 순서를 알려줬습니다. 과거에 얹혀산 덕분에 집 구조는 눈 감고도 알 수 있을 정도였습니다. 엄마가 상비해 둔 수면제는 이런 일이 있을 때를 대비에 미리 슬쩍해 두었죠.

다소 불안했고 우려스러웠지만 유키나는 결국 임무를 완수했습니다.

활활 타오르는 집을 보면서 유키나의 머릿속에 무슨 생각이 오갔는지 모릅니다. 그날을 기점으로 유키나는 주변 사람에게 마음의 문을 닫았습니다.

1월 4일 밤, 나는 잠자리에 누워 숨을 죽이고 중대사건 발생을 알리는 전화가 울리기만을 기다리며 귀를 쫑긋 세우고 있었습니다.

전혀 예상치 못한 일에 엄마는 아연실색했을 테죠. 대략적인 이야기를 듣고 히시누마 가족의 집이 전소되어 겐이치, 미에코 부부가 사망했고 유키나는 기적적으로 무사하다는 것을 확인했지만 당장 딸을 만나러 가지 않았습니다.

밤이 늦었다며 전화를 끊은 엄마가 곧바로 연락한 곳은 아빠가 사망했을 무렵 상담을 받은 변호사의 집이었습니다. 이 천재일우의 기회를 어떻게 살릴지, 엄마의 마음은 이미 그 대책을 세우는 것만으로 가득 차 보였습니다.

다음 날, 차를 몰고 현장으로 향하기 전, 아침 일찍 변호사사무실을 방문한 엄마의 뒷모습은 과거 아빠의 시신을 앞에 두고 도박을 했을 때와 같은 늠름한 투지로 가득했습니다.

그 후 구 년 남짓, 우리 가족은 엄마와 자식 셋이 그럭저럭 평온하게 살았습니다.

아빠의 사망보험금과 유키나가 히시누마 가문에서 얻은 유산을 손에 넣은 엄마는 더는 간호사로 일하지 않았습니다. 의사의 미망인으로 누구의 눈치도 보지 않는 쾌적한 삶을 거머쥐자 인간으로서 망가져 버린 딸의 존재도, 점점 마음이 병들어가는 아들의 소리 없는 아우성도 그 물질적인 만족 앞에는 희미해 보였습니다.

대학에 입학하면 집을 떠나 이 추악한 가족과 연을 끊을 작정이었던 나는 공부와 동아리 활동에 매진하고 패스트푸드점 아르바이트도 열심히 했습니다.

목표였던 세이에이대학에 추천 전형으로 입학하려면 학업뿐 아니라 외부활동도 충실해야 합니다. 당연히 평소 행실도 중요한 평가 요소였죠. 반 친구 중에는 유흥업소나 수상한 모델 아르바이트로 돈을 버는 아이도 있었지만 나쁜 소문은 치명적일 수 있어요. 가정환경은 최악이었지만 다행히 교사들의 평가는 매우 뛰어났습니다. 나는 모든 일을 실수 없이 진행하고 있었습니다.

그러나 그런 내게도 역시 함정이 있었습니다. 목표를 향해 힘겹게 달려와 대학 입학까지 겨우 일 년 남은 고등학교 3학년 1학기에 다나카 테쓰 씨와 운명적으로 만났습니다.

휴일 아침마다 하던 조깅 중에 우연히 집 근처 '다나카 동물 사랑 애니멀 클리닉' 앞을 지나다가 지적이고 어딘가 음울한 분위기를 풍기는 마른 중년 남자가 입구에서 나오는 모습을 봤습니다.

아침 7시 전. 동물병원이 진료를 시작하기에는 너무 이른 시간이었습니다. 나중에 생각하니 그는 병원에서 철야를 마치고 아침 식사를 하러 집으로 돌아가던 참이었습니다.

죽은 아빠를 떠오르게 하는 외모와 분위기에 나도 모르게 시선을 뗄 수 없었습니다. 병원 문을 잠그자마자 서둘러 떠난 남자가 아빠와 같은 의사라는 사실을 조금도 의심하지 않았습니다.

나는 결국 엘렉트라 콤플렉스에서 벗어나지 못한 인간일까요? 솔직히 테쓰 씨는 자세히 보면 의사로서도 남자로서도 아버지와 그리 닮지는 않았습니다. 테쓰 씨는 다정하고 성실하며 대상이 사람인지 동물인지 차이는 있지만 환자를 향한 애정도 열의도 아빠보다 훨씬 뛰어났거든요. 그런데도 그의 외모가 그만큼이나 아빠를 닮지 않았다면 과연 내가 그렇게까지 끌렸을지……. 지금도 확신할 수 없네요.

나는 지인에게 받은 아키타견을 길에서 주운 유기견인 척 '다나카 동물 사랑 애니멀 클리닉'에 데리고 갔습니다.

테쓰 씨는 순진한 사람입니다. 내가 의도적으로 접근했다는 사실을 마지막까지 눈치채지 못했어요. 오히려 고토미 씨가 눈치챘는지도 몰라요. 그 여자는 방자했고 남편의 천직인 수의사 일에서도 내세우기 좋은 직업 이상의 의미를 찾지 못한 여자였지만 결코 둔한 아내는 아니었습니다.

우리가 연인 사이가 되기까지 긴 시간은 필요 없었습니다. 아주 작은 계기로도 충분했습니다. 테쓰 씨는 내게 유혹당했다는 자각조차 없었을 겁니다. 자신이 깨끗하고 순수한 여고생의 순결을 빼앗았다는 자책에 시달렸죠.

테쓰 씨는 아내를 버리고 나와 함께하겠다고 약속했지만 구체적인 절차를 진행하지는 않았습니다. 나는 고등학교를 졸업하자마자 동거할 생각이었는데 고토미 씨가 순순히 물러나리라 생각하지는 않았습니다. 고토미 씨의 아버지는 수완이 좋은 사업가에 동물병원을 개원할 때 상당한 금액을 지원받았다고 들었기 때문입니다.

잊을 수도 없는 1월 2일 밤, 마침내 그 사건이 일어났습니다. 내가 병원에 데리고 온 아키타견이 고토미 씨의 손에 무참히 죽었습니다.

끔찍하고 잔인하게 잘린 목을 목도한 순간 분노와 슬픔보다 이로써 내가 고토미 씨를 이겼다는 확신이 먼저 머리를 스쳤습니다. 동물의 생명을 그토록 소중하게 여기는 테쓰 씨가 아내의 이런 폭력적인 행동을 용서할 리 없었으니까요. 비록 질투심에 사로잡혀 저질렀다고 해도. 내가 강경한 수단을 궁리할 필요도 없이 적이 먼저 자책골을 넣은 셈이었습니다.

그렇게 생각한 만큼 마지막에 테쓰 씨가 내가 아닌 고토미 씨를 선택해서 얼마나 충격을 받았는지…… 도저히 말로 표현할 수 없습니다. 생각만으로도 온몸이 분노로 떨리네요.

굳게 마음을 먹고 가족회의 자리에 간 그가 설마 그런 결론을 가지고 돌아오리라고는 상상도 못 했습니다. 어떤 변명도 위로도 귀에 들어오지 않았습니다. 이제 이대로 계속 살 수는 없다. 그 순간 나와 테쓰 씨의 인생을 영원히 묻어 버릴 결심을 굳혔습니다.

그러나 단지 원한이 쌓이고 쌓여 테쓰 씨를 죽인 것은 아니니 그 점은 오해하지 말아 주셨으면 합니다.

비록 내 것이 되지는 않더라도 그 여자에게 내줄 수는 없다. 당시 나를 움직인 힘은 오로지 그 생각뿐이었다고 해도 과언이 아닙니다.

물론 몸만 뜻한 것은 아닙니다. 마음도 그 이상으로 중요하죠. 그가 죽은 뒤에도 고토미 씨가 남편과의 추억을 가슴에 품고 사는 것만은 무슨 일이 있어도 막아야 했습니다.

남편을 옭아매려고 어떤 비열한 수법을 썼는지는 모르지만 나는 반드시 그 여자에게도 버림받은 여자의 굴욕과 패배감을 맛보게 하겠다고 다짐했습니다.

그러려면 테쓰 씨의 죽음은 타살이나 사고사가 아니라 자살이어야 했습니다. 그것도 단순 자살이 아닌 오로지 나 때문에 죽은 것으로 해야 의미가 있었습니다.

내 계획은 점점 뚜렷한 형태를 갖췄습니다.

마침 그 무렵 우리 집에는 심각한 사태가 발생한 상태였습니다. 바로 유키나의 임신이었습니다. 아이 아빠가 오빠인 슈이치로라는 사실은 말할 것도 없었습니다.

아들의 환심을 사면서 아들을 조종하고 그의 기분이 상할까 노심초사한 엄마는 비겁하게도 오빠와 유키나의 성관계를 눈감았습니다. 그렇게 당연한 결과가 나왔을 뿐이었죠.

엄마는 패닉에 빠졌지만 정작 당사자들은 너무나 무책임하게 굴었습니다. 엄마의 비호와 지배하에서 불합리를 불합리라고 생각하지 않은 채 집고양이처럼, 어떤 의미로는 자유롭게 제멋대로 살아온 두 사람이 임신이 왜 문제인지 이해할 수 없을 만했지만, 뜻밖의 문제는 모성과는 무관해 보였던 유키나가 낙태를 완강히 거부한 것이었습니다. 유키나는 병원에 가지 않겠다고 단호히 거부했습니다.

내가 유키나 살해 계획을 알려주자 처음에는 당혹감을 감추지 못한 엄마도 이내 구세주를 만난 표정을 지었습니다. 깊이 생각하지 않아도 유키나는 아이를 키울 능력이 없는 것은 당연했습니다. 마음은 망가진 채 몸만 멀쩡히 여자가 된 딸을 앞에 두고 그 엄마도 어찌할 바를 몰랐습니다.

절대로 의심받지 않을 방법이 있다. 내가 책임지고 실행할 테니 엄마는 그냥 협조만 하면 된다. 엄마는 이 달콤한 유혹에 넘어갔습니다. 내 의도는 간파하지 못했죠.

정신 질환이 있는 딸이 의문의 추락사를 당한다면 누구도 우연한 사고라고 믿지 않는다. 아무리 잘해 봐야 자살, 자칫하면 사고로 가장해 짐짝을 처리했다고 의심받는다. 게다가 임신 사실까지 알려지면 상대 남자까지 추궁받아 오빠와 유키나의 배덕한 행위가 온 세상에 노출될 것이 자명하다. 이렇게 엄마를 설득했습니다.

추락사를 당한 사람이 은둔형 외톨이인 유키나가 아니라 대학 진학을 목전에 둔 나라면 자살이나 살인을 의심하는 사람은 아무도 없을 테죠. 난간만 약간 손봐두면 단순 사고로 마무리될 수 있는 데다 난간에 하자가 있었다며 집주인에게 고액의 배상금을 받아낼 수도 있었습니다.

엄마는 덥석 물었습니다. 오랜 세월 사치스러운 생활을 이어온 탓에 궁핍해진 주머니 사정까지 그녀의 등을 떠밀었습니다.

우선 지인이 많은 미나토구에서 멀리 떨어진 임대 맨션으로 이사했습니다. 오래되고 낙후된 건물에 주변에 사람이 많지 않고 가능하면 집주인이 할머니여야 한다. 그리고 '아야나'가 '사고사'한 뒤에는 지체하지 말고 도쿄를 떠나 세간의 관심이 식을 때까지 당분간 시골에 틀어박히는 편이 좋다. 엄마는 마지막 순간까지 내 제안 뒤에 숨은 위험을 감지하지 못했습니다.

사실 나는 비책이 하나 더 있었습니다. 오빠 슈이치로였습니다.

아무리 엄마에게 반항하지 못한다고 해도 유키나를 살해한 후 나와 유키나를 뒤바꾸는 일을 오빠에게 납득시키기란 쉽지 않았습니다. 나는 여기서도 오빠의 질투심과 공포심을 부추기기로 했습니다.

"오빠는 모르겠지만 유키나에게는 오빠 말고도 다른 애인이 있었어."

그날 밤 거실에서 오빠와 단둘이 남은 나는 적당한 때를 가늠해 오빠의 귓가에 속삭였습니다.

영문도 모른 채 쾌적한 맨션에서 느닷없이 지저분한 집으로 끌려온 충격으로 오빠와 유키나 모두 정서 불안에 빠졌다는 것을 알았습니다. 특히 유키나는 평소 자신의 방에 틀어박혀 술에 취해 오빠와도 말을 하지 않는 날들이 이어졌죠.

"실은 전에 살던 집에서 유키나가 몰래 다른 남자를 만나는 모습을 봤거든. 밤중에 잠에서 깼다가 현관문을 열고 몰래 나가는 유키나를 우연히 봤어. 그래서 뒤를 밟았더니 맨션 앞에 차가 세워져 있더라고. 유키나가 조수석에 타는 모습을 봤어. 그때 운전석에 앉은 남자의 얼굴이 살짝 보였는데 이름이 뭐였더라? 오빠의 중학교 동창이고 근처에 살던 사람. 집에도 놀러 왔는데⋯⋯. 그 사람이더라고. 유키나가 임신한 아이는 그 남자 자식이 아닐까? 이사한 뒤로는 그 사람을 못 만나서 유키나가 우울해하던데."

순간 얼굴이 굳는 오빠를 나는 놓치지 않았습니다.

"그 아이는 자포자기하면 무슨 짓을 저지를지 몰라. 이건 엄마도 모르는 이야기인데, 고모할머니 부부가 불에 타 죽은 그 화재 말이야. 화재 원인이 뭐였는 줄 알아? 사실 유키나가 불을 질렀어. 유키나는 겐이치 고모할아버지의 애인이었거든. 그 아이는 초등학교 1학년 때부터 여자였다고. 그 비밀을 미에코 고모할머니에게 들킬 뻔하자 둘 다 죽여 버렸지. 거짓말 같으면 유키나에게 물어보는 게 어때?"

그 화재를 기점으로 유키나가 변한 것은 오빠도 이상하다고 생각했을 겁니다.

그리고 자신이 유키나의 첫 남자가 아니라는 사실도 어렴풋이 눈치챘겠죠.

호시 타쿠마 씨와의 일은 완전히 꾸며낸 이야기지만 제게는 비장의 무기가 있었습니다.

나는 말없이 오빠의 코앞에 다이아몬드 펜던트를 내밀었습니다. 알파벳 'T'를 본뜬 작은 다이아몬드가 반짝이는 그 펜던트는 사실 테쓰 씨가 준 내 생일 선물이었습니다.

"이삿짐을 정리하다가 유키나가 숨겨둔 것을 발견했어."

오빠는 숨을 죽이고 내 손바닥을 응시했습니다.

그 찬연히 빛나는 'T'자가 '타쿠마'의 이니셜임은 알려줄 필요도 없었습니다. 오빠의 영혼은 그 순간 죽었습니다.

부모와 형제를 죽인 일이 그렇게도 용서받을 수 없는 죄인가요?

아직도 진심으로 이해할 수 없습니다.

나는 그 추악한 가족에게 혐오감밖에 없었습니다. 증오가 아닙니다. 엄마의 주검은 물론이고 그 무력하고 무해한 오빠의 주검을 앞에 두고도 혐오감 이상의 감정은 생기지 않았습니다.

가족이라는 속박에서 벗어나 인생을 리셋하는 것은 내게 꼭 필요한 일이었습니다.

노랗게 번들거리는 지방에 끈적하게 달라붙는 검붉은 피…… 당연히 구역질이 나왔습니다. 영혼 없는 고깃덩어리가 되어서도 그들의 존재는 정화되지 않았습니다.

아무 말 없는 목에 단호하게 메스를 댄 그 순간, 나는 영락없는 귀축이었습니다.

그러고 보니 중요한 이야기를 깜빡했네요. 내가 사립 탐정으로 가장해 다나카 스즈코 씨 집을 방문한 일이요.

사카키바라 씨가 지적한 대로 내가 테쓰 씨의 어머니인

스즈코 씨를 만나 '유서'를 되찾으려 하지 않았다면 테쓰 씨와 나의 관계를 들키지 않았겠죠. 그랬다면 '유키나'를 자칭한 인물이 실은 '아야나'라는 증거도 잡지 못했을 수 있습니다. 스스로 무덤을 판 꼴이죠.

하지만 내가 한 일을 조금도 후회하지 않습니다. 후회하기는커녕 스즈코 씨를 만나러 가지 않았다고 생각하면 몸이 떨릴 정도로 무섭습니다. 패배를 인정하기 싫어 부리는 억지가 아닌 나의 진정한 마음입니다.

테쓰 씨가 왜 나를 배신했을까?

왜 나를 버리고 고토미 씨를 택했을까?

이별 통보를 받은 그 날 이후 하루에도 수십 번씩 되풀이한 이 질문의 답이 설마 스즈코 씨의 입에서 나올 줄은 몰랐습니다. 그 대답을 들을 수 있던 것만으로도 살아 있어 다행이라고 생각합니다.

테쓰 씨가 나를 버린 이유는 처자식 때문이 아니었습니다. 나를 생각해서, 나를 사랑해서 물러났죠.

세상 물정 모르는 테쓰 씨나 스즈코 씨는 그 대단한 고토미의 아버지 앞에서는 갓난아이나 다름없습니다. 간계를 부린 그 아버지는 나에 대한 테쓰 씨의 애정을 역이용했습니다. 부정을 저질렀다는 이유로 내게 위자료를 청구하겠다고 윽박지르는 것도 모자라 내가 그때까지 여러 남자와 사귀고 남몰래 천박한 아르바이트를 했다고 거짓을 늘어놓으면서

이 사실을 학교가 알면 대학 추천을 취소할 것이라고 협박
했죠.

나와 내 명예를 무엇보다 소중히 생각하는 테쓰 씨에게
선택의 여지 따위 없었습니다.

대학 진학도 학교 추천도 테쓰 씨 없이는 내게 아무런 의
미가 없다는 것을 어떻게 하면 그에게 알려줄 수 있었을까
요?

나는 소중한 테쓰 씨를 오해해 죽였습니다. 그 단 한 가지
사실만으로도 사형당해 마땅하겠죠. 그래도 그의 진심을 모
른 채 굴욕과 분노로 얼룩진 패자의 삶을 걷는 것보다 얼마
나 행복한지 모릅니다.

청산가리 독이 온몸에 퍼져 고통에 몸부림치면서도 마지
막으로 나를 바라보던 눈빛에 분노는 없었습니다. 그저 원
통한 마음과 슬픔이 배어 있었을 뿐이죠.

나는 후회하지 않습니다.

사카키바라 씨. 그러니까 내가 당신을 만난 것도 결과적
으로는 정답일 테죠.

당신을 만나지 않았다면 나는 여전히 필사적으로 과거의
자신을 떨쳐내는 데 여념이 없었을 테고 테쓰 씨에게 버림
받았다는 패배감으로 얼룩진 미련을 끌어안은 채 '기타가와
유키나'로 살아갈 수밖에 없었으니까요…….

나는 만족합니다.

옮긴이의 말

가족이라는 울타리 안에서
고조되는 죽음의 무도

미키 아키코는 독특한 경력을 지닌 미스터리 작가입니다. 도쿄대학교 법학부를 졸업한 법조인인데, 삼십 년 이상 변호사로 활동하다가 예순 살에 은퇴한 뒤 육십 대 중반에 미스터리 작가로 비교적 늦게 데뷔했죠. 데뷔 시기는 다른 작가들보다 늦은 편이지만 여느 작가 못지않게 뛰어난 작품을 꾸준히 발표하는 작가라는 사실은, 이 작가의 작품을 읽어본 독자라면 누구나 동의하리라 생각합니다.

그렇게 변호사로서 풍부한 경험을 미스터리 분야에서 십분 발휘해 또 다른 길을 걷고 있는 미키 아키코는 사실 변호사를 그만두기 전까지는 소설을 쓸 생각이 조금도 없었다고 합니다. 은퇴 후에는 집에서 요리 등 여가를 즐기거나 남편과 여행을 다닐 계획이었는데 안타깝게도 류마티스 관절염에 걸려 마음대로 움직일 수 없게 되었습니다. 그래서 책상에 앉아서 할 수 있는 일인 미스터리 소설 집필을 시작했다고 합니다. 그리고 이왕 작품을 썼으니 투고해 보자고 생각했고 세 번째 투고한 작품이 신인 문학상을 받게 되어 데뷔했습니다. 그 작품이 바로 바로 『귀축의 집』입니다.

『귀축의 집』은 제3회 '바라노마치 미스터리 문학 신인상' 수상작입니다. 바라노마치 미스터리 문학신인상은 미스터리 장르에 지속적으로 활기를 불어넣어 줄, 즉시 투입할 수 있는 재능을 발굴하려는 목적으로 '신본격 미스터리의 아버지' 시마다 소지가 창설한 문학상입니다. 최종 심사위원은 시마다 소지 한 명뿐입니다. 시마다 소지는 이 작품을 '솜씨가 뛰어난 장인이 짠 화려하고 고풍스러운 괘종시계 같아서 빈틈없이 작동하는 것 자체만으로도 가만히 바라보고 싶은 아름다움이 있다. 드물게 완성도를 자랑하는 정밀기계다'라고 평가했습니다.

그만큼 치밀하게 잘 짜여진 『귀축의 집』은 특히나 본격 미스터리를 좋아하는 독자라면 더욱 재미있게 읽을 수 있는 작품이 아닐까 생각합니다.

'귀축(鬼畜)'의 사전적인 의미는 야만적이고 잔인한 짓을 하는 사람을 비유적으로 이르는 말입니다. 이 뜻에서 알 수 있듯 『귀축의 집』은 제목부터 심상치 않은 서늘함을 풍깁니다.

372

늦은 밤, 인적이 드문 항구에서 엄마와 아들이 탄 자동차가 바다에 빠지는 추락 사고가 발생합니다. 끝내 시신은 발견되지 않았고 남겨진 가족은 은둔형 외톨이로 오랫동안 집에서만 생활한 막내딸뿐이었습니다. 막내딸 유키나는 사립탐정 사카키바라에게 사망보험금을 받기 위한 협상을 부탁하면서 '우리 집 귀축은 엄마였다'라고 말하죠. 의뢰를 수락한 사카키바라는 조사를 시작하고 사건 관계자를 만나 인터뷰하면서 가족과 집이라는 폐쇄적인 울타리 안에서 어떤 숨막히는 참상이 벌어졌는지 진상이 드러나기 시작합니다.

그 과정을 치밀하게 공들여 쌓아 올리며 진상을 추리하게 하는 이 작품은 요즘 보기 드물 정도로 추리소설의 왕도를 따르는 작품입니다. 차례차례 등장하는 관계자들의 증언, 그 속에 숨겨 놓은 모순과 진실을 따라가다 보면 우리를 기다리는 것은 깜짝 놀랄 반전과 촘촘히 심어 놓은 복선이 회수되는 쾌감이죠. 혹자는 이 작품을 이야미스로 구분하기도 하지만 그보다는 이야미스라는 조미료를 몇 꼬집 가미한 정석적인 본격 미스터리가 아닐까 생각합니다.

어느 분야든 세월이 흐르고 발전하면서 새로운 유행이 등장하죠. 참신함과 기발함이 무기인 그 거부할 수 없는 흐름과 도전은 한 분야에 지속적으로 생명력을 불어넣는 원동력이자 즐거움입니다. 그래도 역시 돌고 돌아 결국 처음으로 돌아간다는 말처럼 한 분야를 오랜 세월 지탱해 온 '고전'은 '고전' 나름대로 한결같고 묵직한 매력이 있습니다. 클래식이란 시대와 유행을 초월해 꾸준히 인정받고 오랫동안 많은 사람에게 사랑받아온 보증된 존재입니다. 그것이 바로 사람들이 끊임없이 '클래식함'을 찾는 이유 아닐까요.

그러니 결국 '가장 클래식한 것이 가장 현대적인 것' 아닐까 생각합니다. 파격이 난무하는 시대에 그것을 증명한 작가 미키 아키코가 앞으로도 오래도록 가장 현대적인 즐거움을 선사할 수 있기를 기대해 봅니다.

2024년 봄

문지원

귀축의 집

1판 1쇄 발행 2024년 5월 24일
1판 2쇄 발행 2024년 6월 28일

지은이 미키 아키코 **옮긴이** 문지원
발행인 송호준 **편집장** 민현주 **총괄이사** 황인용
디자인 소요 이경란 **제작·마케팅** 송승욱
발행처 블루홀식스 **출판등록** 2016년 4월 5일 제 2016-000100호
주소 경기도 파주시 회동길 483-1 **전화** 031-955-9777 **팩스** 031-955-9779
이메일 blueholesix@naver.com

ISBN 979-11-93149-20-1 03830 값 16,800원